———— 想象,比知识更重要

幻象文库

图书馆员

与

黄金锅

〔美〕格雷格·考克斯 —著

赵阳 —译

GREG COX

新星出版社 NEW STAR PRESS

献给世界上所有公共图书馆管理员

1

爱尔兰，公元 441 年

一圈竖立的石头站在爱尔兰崎岖不平的西海岸线一座岩石山顶上，俯瞰着数千英尺下有礁石海岛点缀着的海湾。尽管大体上春天已经来到，但这里的夜晚仍然寒意十足，潮湿阴冷。一轮接近圆满的盈月将冷冷的月光铺洒在昏暗、沧桑、嶙峋的岩石上，数千年来，这些石头静默地仰望着孤零零的山顶。

西贝拉夫人已经没有什么耐心。

她站在相当于原始的石阵祭台正中心。一袭质量上乘的玄色丝绸长袍为她抵挡住些许从大海方向吹来的湿冷春风。她娇嫩高贵的面庞已经流露出一丝愠怒，破坏了她的美貌，她那散发幽白光泽的肌肤在月光下看上去七彩斑斓。柔软光亮的黑发在头顶高高盘起，是富有的女人特有的样式。纤长柔嫩的手指摆弄起一把精美的铜制匕首，刀柄的形状是一条引人注目的毒蛇。匕首象征她的权威，一代又一代领导人通过古老、秘密的规矩传承着它，历代领导人都不知疲倦地追逐魔法和魔力，他们相信：这些神奇的力量注定有朝一日会改变世界。

毒蛇兄弟会。

"我真是等得不耐烦了，"她说，一口不列颠贵族的口音，"约定的时间已经到了。那个小矮人在挑战我的忍耐度。"

两个武士陪伴在她身边，保护她的人身安全，执行她的要求——杀戮之类的命令。其中一个是希腊雇佣兵，另外一个是被撤职的罗马军团成员。后者抽出短剑，这样方便更好地保护她，而前者抱着一个用羊皮毯子卷起来的襁褓。一阵哭声从襁褓中传出来。西贝拉夫人的肚子"咕噜咕噜"响起来，提醒她已经好几个小时没有吃过东西了。

"也许他被什么事情耽搁了，夫人。"罗马人说。他刮净胡子的脸上有一道蛇形文身。

"那我也不希望迟到这么久。"她用脚尖踮踮岩石地面，"我的时间很宝贵……我的天性也没有'原谅'这两个字。"

她的视线越过直立的石头，看往高山东边山坡前沉睡的树林和草地。目光所及，远处只有几片可怜的庄稼地和零星的小茅草屋。由岩石或者木材建造的粗糙围墙后面，几缕刺鼻的炊烟从茅草屋上面袅袅升起。爱尔兰是一处愚昧、落后的小海岛，距文明城市中的舒适环境相去甚远，这里几乎是一片荒蛮之地，伟大世界里的纷繁争端对它并无影响，甚至罗马都没有动它分毫。西贝拉走了很远的路才来到这里，跨过爱尔兰海，来到这个落后的小岛上。她希望这次旅程能不枉费她的辛苦。

"那如果他不来，该怎么办？"希腊人问。

西贝拉的声音被冰一点点封住。她用手指揩了一下蛇形匕首的刀尖。

"那样的话，他就会知道，轻易怠慢一个值得他尊敬的人是不对的。"灌木丛中一阵"窸窣"的声音传进她耳朵。她抬高声音，对着石圈外面的阴影喊道："如果你能听到我说话，就立刻现身，否则，我会做出让你后悔万分的举动。"

起初，没有人回应，不过紧接着，有一特别的带有爱尔兰盖尔语[①]口音的声音响起。

"没必要威胁我。按照之前的约定，我就在这里。"

一道极小的人影离开一块竖石下面的树丛阴影。这个人，身高和孩童一般，不足两英尺，但脸上长着浓密的红胡子，他的外貌是四十多岁成年男子的模样。他头上戴的三角帽和身上穿的短式夹克衫、马裤都是森林绿的颜色，几颗光亮的铜纽扣点缀着他的皮带和鞋子。短粗的小手里握着一根和他身材成比例的短木棍。这根坚硬的黑刺李手杖，上头有个圆圆的把手，使得它如武器一样衬手。

"你这一去时间可是够长的，小妖精，"西贝拉说，"还是说，你们矮妖[②]一族从来都不把守时当成美德？"

"你安排给我的工作可不那么轻松，"小矮妖说，有些生气她的责备语气。他焦急地回头张望，仿佛担心自己被追赶一样，"但是，我拿来了你要的东西。"

"我早就知道，"西贝拉说，"给我看看。"

"如你所愿。"

他身前的空气出现一圈波纹，当障眼法被取消后，小矮妖跟前出现一口相当大的黄金锅。一大堆金币堆放在古老的铜锅里面，锅沿上面装饰有相互扣住的螺旋形和三足形，这些形状是古

---

①盖尔语，古时爱尔兰当地使用的语言。——译者注
②矮妖，爱尔兰传说中的一种像小矮人的魔法精灵。他们是财宝的守卫者。小矮妖身穿绿色衣服，长相都很老。传说当人们抓住一只小矮妖后，可以要求小矮妖帮助自己实现一个愿望。——译者注

老的凯尔特①工匠最喜欢的图案。西贝拉还看到金币的正面是一位异教神明的形象。金币在月光下闪闪发光，好似新铸造的一样。陪在西贝拉身边的武士吃惊地倒吸了一大口粗气，她似乎都能闻到他们血脉中涌动的贪婪。不过，她并不想责备手下会有如此反应，一大笔黄金足以让普通凡人惊叹了。

"好哇。"见到她终于得手的宝物，西贝拉狭长的黄色眼睛瞪得圆圆的。她冰冷的心脏似乎跳跃得更快了一点。"把它拿过来。"她迫切地命令罗马人，"我必须拿到手。"

"别这么着急！"小矮妖反对。他挥舞起手里的短木棍，收回了铜锅和闪亮亮的东西，黄金锅一下子不见了踪迹。

"你和我谈的条件呢？"西贝拉皱起眉头，对于延迟拿到宝物很不高兴，但她觉得，如果最终得到黄金锅需要解决一点小麻烦的话，她不会介意这短暂的不快。她不情愿地朝希腊人点点头，希腊雇佣兵走上前，把襁褓送到她面前的祭坛上。看上去，他为卸掉有损男子气概的负担而心存感激，如释重负，他打开包裹的简易盖被，露出来不停扭动的小人——一个尚不足一个月的小女婴。

西贝拉脸上露出厌恶的神情。她很少用到小孩，除非当作开胃菜。她的肚子"咕噜"一声再次响起来。

"哦，没有妈妈的可怜孩子啊，"小矮妖喃喃低语，"让我带你离开这个该死的地方！"

这回，变成了小矮妖急切地往前冲，但西贝拉将匕首的刀刃狠狠划过石头祭台，以引起他的注意。当她举起手中的刀悬在毫无抵抗力的婴儿头上时，他顿时僵在原地。

---

① 凯尔特人，西欧最古老的土著居民之一，后人大部分生活在爱尔兰、英国和法国三地。——译者注

"现在是谁着急呢？"她用讽刺的语气说道。她空着的那只手轻抚古老的祭坛石面，手指沿着石头上蜿蜒的沟槽移动，这些沟槽是几年前工匠精心刻画的。"你知道吗，这座高山，被乡野村夫称为'鹰之栈'①，很久以前，是凶残神明克罗姆②的巢穴，谁还记得在他之前，有更黑暗、更贪婪的神呢？这个胖乎乎的小女孩不会是这座值得尊敬的岩石上第一个无辜的祭品，更别提，她同样不会是第一个死在我手上的人。"

"你这个女巫婆！"小矮妖生气得涨红了脸，"你到底是什么样的女人？竟会用一个无助的小婴儿来威胁我！"

"我可以明确告诉你，我的确是冷血动物……的的确确。"她亮出祭祀的匕首，匕首在月光下发出幽森的寒光，"而且，毒蛇兄弟会也向来不是以乐善好施闻名的。"

"的确不是善辈。"小矮妖暗暗嘀咕。他只好接受失败，举起了用障眼法隐藏的大锅，这样一来，里面的黄金再次发出明灿灿的光芒，"那好吧。拿走你的宝贝，但愿这个东西能给你带来好处。"

"噢，你不知道我打算用这件神器来做什么，"她幸灾乐祸地说，"就连这个可怜小岛外面的世界，也不明白。我的抱负，可比你的小心愿宏大多了，小矮妖！"

罗马人听从她的指挥，把短剑插回剑鞘，大步向前，拿走了大锅。因为黄金沉重，他呼出一口气，费力地把锅放到祭台上，就放在那个凡人婴儿旁边。这时，小女婴开始发出讨人厌的"嘤

---

① 鹰之栈（Cruachuan Aigle），爱尔兰传说中的一座山丘，是丰产之神克罗姆（Crom Dubh）的避难所。——译者注
② 克罗姆，爱尔兰传说中主管丰产的神明。古代凯尔特人在祭祀克罗姆时，需要献祭活人，将当作祭品的活人头颅砍掉。——译者注

嘤"啼哭。

西贝拉没理会哭泣的婴儿，眼睛死死盯着近前的宝物。

"终于，"她兴高采烈地自言自语，"经过了这么久，这么多麻烦……"

"等一会儿你再得意吧，"小矮妖皱起眉头说，"我已经给了你想要的东西。现在，把孩子给我。"

西贝拉哈哈大笑。

"我为什么要给你这个小女孩呢，小妖精？"她用刀刃抵住小婴儿的喉咙，"现在是我占据上风，不是你。"她轻声嘲笑他的天真，"这座荒诞小岛上的居民都这么好骗吗？还是说感情因素阻碍了你的正常理智？"

小矮妖脸上露出的震惊表情绝对值得她跋涉千里来到这个地方。眼下残忍的现实给了他一记重锤。

"但是……但是，我已经给了你要求的东西！"

"我要求的东西和我拿走的东西，通常是两个完全不同的问题。"她上下打量了一番小矮妖，思索着他是不是一个好的活人祭品，"因为你的愚蠢，你也许在我这有更大的用处。毒蛇兄弟会一心想要把魔法的效用发挥到最大。如果让你这样的生灵白白溜走，着实可惜了。"

小矮妖之前红润的面庞开始变得灰白。"你的意思是，让我做你的奴隶？"

"猜得很准。似乎你脑袋终究还会运转呢。"她转回头，吩咐希腊人，"用银绳把他绑起来，这样他就逃不掉了。"

小矮妖害怕得连连后退，"你不可以这样。我不允许你这样做！"

"那你是要我先品尝一下这道美味可口的小菜了？"她期盼

地伸出舌头，一根分叉的蛇信子快速地闪现出来，"坦诚来讲，所有这些招人烦的讨价还价会让我变得特别饿……"

"恶魔！"小矮妖朝她挥舞起短木棍，"你不是人类，你不是！"

"不完全是，"她承认道，"但是看看谁在说话呢。"她露出奸诈的微笑，"那么，你是要救你自己，还是这个婴儿？"

"我诅咒你不得好死！"小矮妖说，"你知道我根本就没有别的选择。"他手中的短木棍从手指间滑落，掉到地上，"那就这样吧。继续你的恶行。"

罗马人走到小矮妖身后，用一根柔软的银线把小精灵的手绑到身后。这种珍贵的金属不仅绑住了小矮妖的身体，也阻止了他试图施展任何魔法诡计。

"你想怎么样都行，"他龇牙咧嘴地说，"但是，放了那个孩子吧，请你发发慈悲。"

"慈悲？"西贝拉大笑，"你真是一个爱轻信别人、容易上当的老糊涂蛋。"婴孩开始啼哭，刺耳的哭嚎刺激了高贵女巫的神经。西贝拉再次把手伸回异教祭坛。"现在，我想起来，如果不给这个地方留下点什么贡品是非常不敬的。也许，一份恰好出现的祭品，能帮我向古老的神祇表达崇高敬意……"

她举起匕首，期待地流出口水。

"致敬？"一个熟悉的声音让她停了下来，"你总是有一种古怪的仪式感。"

一个穿着简单旅行衣的男人从距祭台有段距离的竖石后面走出来。他刮干净胡须的脸庞看起来很年轻，而敏锐的灰色眼睛和沉思的表情显示出他是位学者。他一头凌乱的沙金色头发，看样子需要好好梳理。不列颠口音表明他并不是这一带海岸本地人，尽管如此，西贝拉在毒液滴下来时仍认出了他。

"图书馆员。"

* * *

考虑到隐藏的时机已经过去，所以，伊拉斯谟便不再伪装了。西贝拉夫人无意释放那个不知姓氏的婴儿，这完全在他的意料之中，若不是西贝拉和小矮妖之间的交易进展不顺利，因而需要拯救婴儿远离致命危险的话，他仍在等待合适的时机现身。很显然，他无法继续等待时机再迎战西贝拉和她的部下，如果他想拯救那个婴孩，就不可能继续躲在暗处。

"尊敬的夫人，"他如此称呼她，"你可是距往日的猎物太远了。"

"路途的辛苦必定有所回报，"她回应，"我冒昧地问一句，你是怎么找到我的，在这么关键的时候？"

伊拉斯谟耸耸肩："你已经把你的行踪隐藏得很好了，但我在拜占庭[①]设法拦截了一封你写给手下的信，信上通知他们有关你的行程。顺便，我在这里想表达一下敬意，你非常有才华地采用了一种带有欺骗性的暗号，以保护你的信息被刺探的人偷看，这一暗码我将近一天时间才破解开。"

"可惜的是，密码还是没能抵挡住破解，若是再难一点就好了。"西贝拉尖酸地说。

"下次，用一种消失了的语言，这样就比古埃及语更难懂了。也许阿卡德语[②]或者前亚当时代[③]的原始语言会好点。"伊拉斯谟

[①] 拜占庭，曾是东罗马帝国首都，现为土耳其首都伊斯坦布尔。——译者注
[②] 阿卡德，是公元前2000年前两河流域产生的文明。——译者注
[③] 前亚当时代是指基督教中上帝创造亚当之前的时代。——译者注

说,"而且你用来预定到爱尔兰行程安排的假名也一眼就能看穿,我们很容易就能跟随你来到这片碧绿海岸,你的行迹太容易找到了……只要我们赢得各种各样有观察力的当地居民的信任。"他一直滔滔不绝地说着,试图将西贝拉的注意力从那个无辜的婴孩身上移开,"如果我这么说算是安慰的话,你和你的随从很难不引人注目,即使你们一路过来隐姓埋名。但是,当地居民中还是盛传有位高贵的夫人,大概是外国血统,从某些地方走过,十分神秘地靠近某个异教徒遗址——这一传言我很难忽略,因为这个地方恰巧就是某些活跃地脉的连接点。"

事实上,他的简述省去了很多细节。追踪逃跑的毒蛇兄弟会成员是相当费时费力的,还包含很大的运气成分,额外还有当地一位异常珍贵的向导帮助。

"你的坚持不懈,已经到了顽固的地步。"西贝拉说,"但你之前说过'我们'。"她看了看伊拉斯谟身后耸立的单块巨石,"让我猜猜,令人敬畏的黛德丽也和我们在一起喽?"

"你猜得没错,巫婆。"一位头戴发带、身材高大魁梧的女子从另外一块竖立的石头后面走出来。她的皮肤被靛蓝染成蓝色,身穿一件系带的短袍,脚踩一双皮靴。错综复杂的文身文在她的胳膊和脸上。编成辫子的棕色头发衬托着她姣好的容貌。她手上提着一根硬木棍子,这件武器的两个顶端用铁皮箍住。她喊着说话时,发出的小舌音证明她来自苏格兰高地。"现在,在我忘记自己是守护者而不是杀手之前,离那个孩子远点。"

"你以为你是谁啊,能让我束手就擒?"西贝拉说着,那两个难对付的卫兵走到她身边,伊拉斯谟在之前与毒蛇兄弟会战斗的时候就见过他们。他们都已经亮出武器,高大的卫兵用咄咄逼人的目光盯着两个擅自闯入的外人,那神情就仿佛两条由皮带勒住的猎狗，只等女主人一下命令，他们就要冲上去和她的敌人斗个你死我活。西贝拉奚落地瞥了一眼黛德丽，"就凭你们两个？"

"不是只有他们两人，"一个陌生的声音传来，"正义来临时，从来不是孤独一人。"

一位上了年纪的老人，穿着修道士的棕色长袍，走到伊拉斯谟和黛德丽身边。他头顶剃光[1]，印证了他的信仰和职业。饱经风霜的面容显示出他多年在荒野间跋涉的艰辛，起初是作为奴隶，现在，是传教士。四十多年的时光，将他浅棕色的胡须添上几缕灰白。他的腰间没有别着任何武器，而是随身带着一本《圣经》。起老茧的手指间，握着一个寻常的铁铃铛手柄。

"你又是谁？"西贝拉问。

"你可以叫我帕特里克，"他说，"你的出现亵渎了神明，玷污了这片珍贵的土地。"

他摇起铃铛，清亮、纯净的铃音回荡在山巅——铃音立刻对西贝拉产生了神奇的效果。她手中的匕首掉落在地上，她痛苦地尖叫着，用手捂住耳朵。

"让他安静！"她尖叫着对手下的卫兵喊，"让他停下来！"

命令一下，卫兵立刻动身朝帕特里克冲过去，而帕特里克一直朝遭受痛苦的毒蛇美女摇晃手中的铃铛。伊拉斯谟立刻紧张地望了一眼他的守护者。

"黛德丽？"

"把他们交给我。"她回应。她脸上写满了坚毅，没有丝毫恐

---

[1] 中世纪，天主教的传教士也要行削发式，与中国僧人的剃度出家不同的是，基督教士是将头顶的头发剃光。——译者注

慌。身上带有文身的女战士在哈德良长城[①]上曾经以卓越的突袭和打斗经历证明了自己的实力,那是她被图书馆招为伊拉斯谟人身和灵魂的保护者之前的事。"照看好那个孩子。"

我正是这么想的,他心想。趁着西贝拉此时正受困于铃音,他抓住机会冲到祭台旁边,迅速抱起了那个受惊的婴儿。他目光短暂地停留在放在祭台旁边的闪亮黄金锅上,但他明白自己最应该着手拯救的东西是什么。让西贝拉失去她的宝物,这个机会可以等等,解救小婴儿最为紧要。他将小孩用手臂轻柔地抱起,迅速离开祭台,远离西贝拉能染指的地方。

"小乖乖,别怕,"他轻柔低语,温和地安抚小婴儿,"我抱着你呢。"

他留意到,这次比以往更凶险。他看向自己的伙伴,见到黛德丽已经在和西贝拉的两个卫兵胶着地打斗,她拼命阻止他们去袭击帕特里克,而另一边,帕特里克正要去帮助那个被绑的小矮妖。伊拉斯谟焦急地望着黛德丽像经验丰富的武士一样挥舞着她的武器,她手中的橡木长棍时高时低地挥动,将两个卫兵的进攻都转移到一边。当两个卫兵和她交战想要穿过她的防御时,两人嘴里不时吼出粗俗的咒骂,希腊语和拉丁语都有。罗马人挥起短剑——准确来说,是"罗马短剑",希腊人使的是一把战斧。

守护者手里的武器像是活物一般,但伊拉斯谟知道,这件武器其实根本没有魔法加持,唯一可称得上神奇的是黛德丽自身卓越的格斗技术,正是这点,才让她和伊拉斯谟在代表图书馆执行一系列致命任务时幸存下来。一如往日,他被她集迅捷利落和凶猛残忍为一体的打斗技巧而震撼,即使这样,他仍担心她的安

[①]哈德良长城,罗马帝国攻陷不列颠岛后修建的防御工事,是古罗马帝国的西北边境。——译者注

全，因为这两个对手相当难对付。他知道，他们可不仅仅是恶棍而已。毒蛇兄弟会只聘用最好也最无情的杀手。

打得好，黛德丽，他在心中默默鼓励她，不止一个人的生命要依靠你的英勇。

他渴望能帮助她，在之前的历险经历中，他学到了一点点防身武术，但他没办法一边闯进激烈的打斗中一边用胳膊保护小婴儿，所以，只能留黛德丽一个人对付难缠的敌人，除非有什么办法能解决他的后顾之忧。

"把我解开！"在西贝拉夫人受折磨的尖叫声中，小矮妖哀求正在混乱战斗的帕特里克，"放开我，求求你了！"

如果说传教士的铃铛也折磨了小矮妖的话，那个小矮妖并没有把这种痛苦表现出来。伊拉斯谟猜测，可能是因为小精灵天性不分好坏，只是来自其他世界而已。最坏的结果，那个铃铛大概只是会吵得小矮妖心烦，就像指甲划过石板的声音。

"好的，振作起来。"帕特里克用一只空余的手松开将小矮妖两只手腕绑起来的银绳，另一只手一直在摇着铃铛，"很快，我就会恢复你的自由。"

伊拉斯谟知道，帕特里克在年轻的时候，曾经被海盗抓走，卖为奴隶，多年被束缚成为任人宰割的奴仆，直到最后，他逃走了，重获自由。所以，他不能袖手旁观让另外一个人遭受和他类似的命运，这丝毫不让人意外，即使被救之人是不信天主教的精灵一族。

"真心感谢你，神父，"小矮妖说，"但请你快一点。那个邪恶的女人不会这么轻易被打败的！"

"你这样说，就是快皈依我主了，我的小个子朋友！"帕特里克说。一只手解绳子让帕特里克的动作有点慢，但他灵巧的手指很快就松绑了小矮妖,小矮妖一被松开,就立刻冲上前去。他飞快地取回之前掉落在地的短木棍。

"噢,这才像样,就这样!"

黛德丽痛苦的尖叫将伊拉斯谟的注意力转回到她和西贝拉两个卫兵的战斗中。罗马人手中短剑划出一道迅疾的光影,划伤了她的肩膀,她的肩上立刻涌出鲜血。她愤怒地咆哮起来,将手中的木棍一端飞速扫到对手脚下,另一端顶进希腊人的肚子,给自己争取了片刻喘息的机会。从伊拉斯谟的角度来看,伤口不大,但挂着伤就大大降低了她获胜的可能性。她的敌人从两边同时朝中间夹击,逼迫她挥舞手中武器周旋,让他们不敢靠近自己,也不敢靠近帕特里克和他的铃铛。事实上,伊拉斯谟此刻稍稍心安一点,目光和心思全部聚集在激烈的打斗中,这两个狂暴的武士似乎更想要杀掉黛德丽,而不是越过她。失去他的守护者,也不算是胜利。

"你们怎么了?"黛德丽嘲讽两个对手,"一个女人对你们两人,也消化不了,是吗?"

她脸上沁出汗珠,提醒伊拉斯谟她的力量也不是没有穷尽的。她现在势单力薄,对手是两位训练有素的战士,其中一人对她发出致命一击只是时间问题。他们现在已经将她推入防御的被动地位。

他不能让她独自战斗!

臂弯中的婴儿是个累赘,伊拉斯谟着急地四处查看。有没有什么安全的地方可以妥善安置这个婴儿呢,然后去帮黛德丽的忙?

一只小手轻轻拽了一下他的裤子。他低头,看到小矮妖站在他身旁,这个小精灵的头顶刚刚与图书馆员的膝盖对齐。

"嘿,图书馆员!"小矮妖举起他的短木棍,"愿意用这个武器交换婴儿吗?"

伊拉斯谟只犹豫了片刻。尽管眼前这个小矮妖明显对这个特别的孩子尤为关注,这点存疑,不过图书馆员亲眼所见的事实使他明白:小女婴在小矮妖的手里要比落到无情的毒蛇兄弟会手中更安全。

"照看好她。"伊拉斯谟说着把婴儿交给了小矮妖。

"你放心,我向你郑重保证。"小矮妖将手里的短木棍交给他,"现在,那位勇敢的女士需要你的帮助!"

伊拉斯谟根本不需要催促。他将结实的短木棍握在手中,木棍在他手中显得格外短小,他转身去看战斗情况,恰好看到罗马人正从黛德丽后面扑过去,黛德丽正忙着痛击希腊人,希腊人朝黛德丽猛砍和猛劈时嘴里还爆发出一连串令人毛骨悚然的喊杀声,吸引了她的所有注意力,将她脆弱的后背留给罗马人。黛德丽是伊拉斯谟见过的最好的武士,但是,她脑袋后面毕竟不长眼睛,也没有额外的一双手应付敌人,不像几年前他们在撒马尔罕[①]遇到的那只流着口水的镇墓兽。

那东西是可以计入当年年鉴的怪物了⋯⋯

但眼下,不是回忆往日探险的好时候,不能耽误一丁点时间。伊拉斯谟提着短木棍冲上前去,用力一击,"啪"的一声,正好打在罗马人的脑袋后面,只离罗马人把短剑刺进黛德丽的身体差了几毫秒时间。挨了这一下,罗马人摇摇晃晃,跪倒在地上,尽管只是暂时的。伊拉斯谟放松地缓了口粗气,不敢去想刚才黛德丽差点丧命。打完这一下,他的胳膊被震得发麻,心脏也

[①] 撒马尔罕,中亚最古老的城市之一,是古丝绸之路上的枢纽城市,曾是古帖木儿帝国的首都。——译者注

扑通乱跳。他是个学者,不是战士,但他明白:有些时候一根结实的木棍比引用一段名家言论更方便顺手。

至少,暂时来看是这样。

"背后袭人者,终会被偷袭。"他说起俏皮话,"虽然这不是谚语,但胜过谚语。"

"干得好,图书馆员!"黛德丽夸赞他,就好像她脑袋后面真的长了一双眼睛似的,"我以后可以教你功夫,把你培养成斗士。"

"这话听起来可是非常浪费我这么深的教育背景!"

"随你心意,"她回复,"我的工作就是保护你那装满知识的脑袋完好无损!"

不再被前后夹击的她,现在对手就是面前的希腊人,就在她还没重新占上风时,希腊人挥动战斧用力一击,劈断了黛德丽的武器,黛德丽两手各握着一截儿断掉的木棍。

"现在怎么样,小姑娘?"希腊人哈哈大笑,停下来欣赏自己的胜利。

"看起来挺锋利,"她回答,"我想,你欠我一件武器。"

她手腕轻轻一转,将左手中的半截木棍反手举起,朝希腊人猛掷过去,就像掷标枪一样。木棍坚固的箍起顶端不偏不倚地打到那人两眼中间,导致他踉跄着后退了好几步,狂乱地挥舞着斧头。第二次投掷打中了那人的肩膀,使得他的胳膊顿时失去了知觉。疼痛难忍中,他手里的战斧掉落,斧子划过半空,稳稳地落在黛德丽的手中。

"这个也不错。"她说。

伊拉斯谟注意到,突然间,又是他们在打斗中占据优势地位了。在罗马卫兵还没完全站起来之前,他用手里的短木棍又敲了一下跪在地上的罗马人的脑袋，另一边，被缴走武器的希腊人也站立不稳地踉跄着，趁他不注意扔过去的木棍给他脸上和肩膀留下难看的淤青。两个卫兵的状况都很惨，而西贝拉夫人——

"伊拉斯谟！"帕特里克大声喊，"小心！"

西贝拉像一条进攻的眼镜蛇一样朝他扑过去。她的耳朵滴出鲜血，也许耳朵最终被帕特里克那神圣的响亮铃音给震聋了，所以她不再惧怕铃铛的声音了。趁伊拉斯谟不备，她从后面困住他，用自己巨蛇一样的下身缠绕住他，张开血盆大嘴，那嘴比任何普通人类的嘴都要大，露出一对尖利的毒牙，毒牙上面滴着毒液。伊拉斯谟的耳边传来"嘶嘶"的蛇语，分叉的蛇信子突然从她双唇间伸出来，她的头朝后弓起，只差几秒钟就将毒牙咬进图书馆员的脖子。

"放开这位好先生！"帕特里克命令她，"我还为你带来了另外一份礼物！"

他赶紧出手，把一种普通黄铜烧瓶里面的液体泼向西贝拉夫人恶魔般扭曲的面庞。圣水溅落到她脸上，像硫酸一样灼烧起她的皮肤。随即，她痛苦地发出"嘶嘶"叫声，被烧焦的肌肤腾起一团团白雾。她连忙向后缩回脑袋，远离伊拉斯谟。伊拉斯谟的身上也被洒上了圣水，但却没有她那样夸张的结果。他眨眨眼，甩掉水珠，看见黛德丽挥舞着缴获的斧子飞速朝他奔来。

"伊拉斯谟！"她高喊，"蹲下！"

他立马蹲下来，就听见斧子"嗖"的一下飞过他脑袋，正好把西贝拉的头从身体上斩落。他听到被切断的头颅"铛"的一声掉落到祭台上。

献给克罗姆天神的祭品？

西贝拉身体软弱无力地瘫在地上。伊拉斯谟缓出一口粗气，后怕地用手摸了摸自己的脖子，只是为了确定一下自己确实逃离了毒蛇的致命一咬。他的视线转移到祭台上，西贝拉凶猛的大嘴还一阵阵抽搐着开合，那几秒似乎无比漫长。但最终，她的嘴巴合上了，狭长的眼睛永远地凝固了。

帕特里克用手画了个十字。黛德丽的反应是非常符合个人特点的直率。

"很久之前就该这么了结她。"她说完，转过身看看被制服的卫兵，他们忽然发现自己陷入没有头领又被动万分的困境。她残忍地对惊呆的两人笑起来，"下一个是谁呢？"

两个卫兵转身就逃，飞一般慌乱地跳出石阵，跑进黑夜中，顺着高山陡峭的山坡跌下去，撞击声、咒骂声和卵石被踢开的"咔嗒"声此起彼伏。

"走吧，黑暗的奴仆！"帕特里克对着他们高喊，摇动手里的铃铛，"离开这座绿宝石海岛，永远也不许回来！"

忽然，伊拉斯谟发现：在混乱中，小矮妖不见了。他环视了一圈山顶，没有看到小矮妖的踪迹，小矮妖已经带着那个不知名的女婴溜走了。

当然，他们丢失的不仅仅是这些。

"黄金锅！"黛德丽后知后觉，"锅丢了。"

"是这样。"伊拉斯谟承认。小矮妖留下的东西，只有他手里的短小木棍，那是小矮妖之前请求伊拉斯谟用来交换遭受生命威胁的婴儿的。"看起来，我们的小矮人朋友在我们都忙着应付敌人的时候，带着小婴儿和黄金锅潜逃了。"

"正是小矮人族的行事作风，"帕特里克说，"你眼睛看向别处一会儿，再回头就发现自己两手空空了。"

伊拉斯谟认真思考整晚的事情，"我很疑惑，为什么西贝拉夫人会这么急切地想要小矮妖手中的黄金呢？"

"你是说有什么表象之外的原因？"黛德丽问。

"数千年来，毒蛇兄弟会已经积攒了很多财富，所以，我不明白，就为填充保险柜，她走这么远来掠夺财宝？"伊拉斯谟轻托下巴，陷入沉思，"她要的东西，绝对不止财宝这么简单。"

"也许，她要寻找的，是魔法黄金？"黛德丽猜测。

"很有可能。"伊拉斯谟在脑中记下，等他回到图书馆安顿好以后，他一定要对仙境黄金和它潜在的功用做一次详尽的研究，"但现在，我想我们可以说，我们还是有点运气的，称得上是胜利。我们不仅拯救了一个无辜的婴孩，让西贝拉没有得到黄金，而且我们还将毒蛇兄弟会驱逐出了爱尔兰，也许是永远的。"

"希望能如愿吧。"帕特里克说。

"没有你慷慨的帮助，我们无法成功，"伊拉斯谟对传教士说，"有你做我们的向导和完成任务的同伴，我们太荣幸了。"

"你是一个大好人，"黛德丽同意地说，"一位真正的圣人。"

"圣人？"帕特里克对这一称谓不太接受，轻声笑起来，"也许有一天会是吧，愿上帝保佑，但现在还远不是呢。我只是一个普通卑微的传教士。"

"没错。"黛德丽用带有嘲讽的语气说。她竖起大拇指，指向伊拉斯谟，"喏，这也只是一个普通的图书馆员。"

西方天空开始放亮了，就在大海的尽头，危机重重的漫长黑夜即将过去，新的一天即将来临。尽管两手空空，但伊拉斯谟还是想和黛德丽尽快回到图书馆。他心中不禁犯嘀咕，那个小矮妖——还有那个他们今晚救下的不知姓名的小婴儿，他们后来发生了什么事呢？

但那也许是另外某一天需要解决的谜团了。

2

法国，巴黎

"所以，《歌剧魅影》^① 是真的喽？"伊齐基尔·琼斯对这一想法很吃惊，他和杰克·斯通此刻正走在一条昏暗的地下走廊里。矮小的年轻图书馆员不敢置信地摇摇头。他说话时，带有一点澳大利亚口音。"你可能想到了，至少现在，我一点都不会感到奇怪，但是，我还是怀疑这个故事只是故事而已。"

"你听到詹金斯说的话了。"杰克·斯通低沉地说。他厚实的肩膀上挂着一个背包，身上的法兰绒衬衫、牛仔裤和工作靴帮他抵挡住悠长地道中阴冷的空气。"加斯通·勒鲁，就是写这个故事的人，是当时著名的调查记者，他写的这本所谓的小说，实际上是他深入调查发生在巴黎歌剧院里面——还有剧院下面的某件真实案件时，根据目击者的证言和书面记录整理出来的。"

斯通看了一眼拱形石顶。他是一位艺术史和建筑方面的世界级专家，虽然这些名誉都归在了一连串的假名之下。他花了一会

---

① 《歌剧魅影》是作家加斯通·勒鲁所写的长篇小说。小说以第一人称写作，记录了一位记者调查宏伟壮丽的巴黎歌剧院里闹鬼的故事。调查后的真相：歌剧院的鬼魅实际上是一个长相丑陋的人——埃里克。——译者注

儿时间审视头顶上年代久远的宏伟建筑。

巴黎歌剧院是世界上最大的戏剧院，总共有十七层楼高，平面占地大约三英亩。它位于巴黎中心区域的第九区，在19世纪末期，大概花费了十五年时间才建好，建设过程时常被战争、暴动和革命耽搁。曾几何时，它被改用作军械库和临时监狱，它巨大的地下空间和地下墓道被改成地下室，囚禁了很多不幸的战犯。这些阴暗的地下房间见证了无数恐怖的折磨和极刑场景，直到后来著名的魅影出没流言传播开来。如果这些阴冷的石墙会说话，它们也许会发出痛苦的呻吟声。

当斯通和伊齐基尔走在通往歌剧院地下第五层的昏暗石坡上，斯通不由得打了个冷战。这些凄凉的房间与地上美好时代[①]所建造的那些富丽堂皇的高雅房间完全无法相提并论，图书馆员们刚刚见识过地面上的宏伟建筑。脏水沿着潮湿的花岗岩墙壁滴下来。蜘蛛网缀在顶棚的角落。当图书馆员走近时，老鼠慌忙逃窜，它们机警的眼睛里反射着图书馆员们手机的光束。斯通和伊齐基尔利用手机光线在四处延伸的迷宫里前行，这里遍布的阴影中曾经是臭名昭著的魅影隐藏的地方——也许现在也是。

"那为什么我们要被困在地下室进行洞穴探险，"伊齐基尔抱怨，"而贝尔德和卡桑德拉就可以在拥有灯光和华丽装饰的楼上四处溜达？"

"因为我了解历史悠久的建筑，"斯通说，"而你知道怎么打开隐藏的宝库。如果说有人能找到魅影遗失已久杰作的秘密隐藏地，那就是你和我了。"他棕色的眼睛尽情饱览19世纪真正的建筑杰作；虽然他们的任务很紧急，但作为建筑专家的他还是珍惜

[①]美好时代是指19世纪末至"一战"前的这段时期，这期间相对和平，科学技术和生活水平较以前有较大提升，因而被西方上流社会视为"黄金时代"。——译者注

这个机会，好好欣赏起歌剧院延伸到各处的地下建筑。"而贝尔德和卡西会找出我们对手的目标。"

有谣言说，魅影创作的传奇协奏曲《唐璜的胜利》[①]仍然藏在歌剧院深处某个地方。甚至，图书馆都没有副本，尽管图书馆有丰富的稀有（经常是神秘的）音乐作品收藏。就连詹金斯——图书馆备受尊敬的看管员都无法肯定魅影的传奇之作有副本遗留于世，甚至，这件作品是否真的存在过都是个疑问。但是，传说中的协奏曲大概仍然是谣言中再次徘徊在歌剧院的魅影（或者是其他什么东西）所追寻的目标。

"好吧，既然你这么说了，我也无话可说。"伊齐基尔顽皮地咧嘴笑道，沉浸在斯通委婉的吹捧中。据斯通所知，身边自负的小贼除了乐于展示自己的天赋之外，更喜欢其他人认同他的能力。"落满灰尘的乐谱可逃不过伊齐基尔·琼斯的掌心。"他赶紧勉强地恭维一下斯通，"还有他的同事。"

"那我们得先拿到它，"斯通说，因为绝对有理由相信最近一段时期内，他们不是唯一潜行在地下室的人，"而且，另一前提是我们没遇到其他的对手。"

伊齐基尔的胳膊酸了，慢慢垂下举在身前的手机。

"小心，"斯通说，"你需要保持胳膊抬起的状态，和眼睛的视线一齐，就像詹金斯提醒我们的那样。"

"知道啦，知道啦，"伊齐基尔怀疑地说，"这样魅影就不会用他诡异的绳套勒死我们……"

"是旁遮普套索[②]。"斯通保持自己的右胳膊小心地举到半空

[①] 小说《歌剧魅影》中，"魅影"创作的歌剧取名为《唐璜的胜利》。——译者注
[②] 《歌剧魅影》中"魅影"的武器，一根用猫肠子做的套索，弹性极好，被魅影用来施"绞刑"。——译者注

中，一如詹金斯告诫他的那样，"那是魅影在他最强大时期的一件武器。"

"当然。但是，即使魅影是真的，那也是一个世纪前的事情了，对吧？而且，他不过是一个痴迷某个女高音的神智不正常的跟踪狂，并非普洛斯彼罗或者德拉克那样的不死之身。"伊齐基尔想起那些尤其长寿的对手时，不由得皱起眉头，"你不会是认为他还活着吧……然后重新施展过去他的那些老把戏？"

"宁求稳妥，以免遗憾。"斯通伸出手，抬起他朋友的胳膊，"况且还有楼上仍在传播的故事呢。"

确切地说，是鬼故事。

* * *

"那么，歌剧院有鬼影出现是吗？"伊芙·贝尔德上校问，"我的意思是，再次出现。"

发现这家歌剧院有自己的图书馆，让她颇感意外。巴黎国家大剧院的博物－图书馆是博物馆和图书馆的混合体，专门用来保护和归档收藏年代悠久的巴黎歌剧和大量的歌剧周边产品。宏大的档案馆包含了成千上百的书籍、曲谱、剧本、舞台和戏服设计、相关文件、海报、节目单、等比例模型和其他三千多件古老的戏剧珠宝。图书馆位于歌剧院大楼西侧的圆顶阁楼里，和魔法大图书馆相比，这间图书馆的规模相形见绌，但它也有自身独特的魅力，让人看了会留下深刻印象。墙边立着一排排高大的橡木书架，书架中某些稀有的书籍被金属丝网罩住保护起来。被相框装饰好的舞蹈家和女歌唱家的画像装饰着墙上的空白。图书馆的第二层是高雅的阅览区，一盏华美的水晶吊灯悬挂在头顶，贝尔德和她的同事卡桑德拉·基里安正在这里与图书馆的馆长会面，她们向对方坦露的身份，就是自身是图书馆员。

"完全是胡说！"克劳德尔先生言之凿凿，挥手表示他对这类谣言不屑一顾。他是一位瘦小的中年男子，鼻梁上的眼镜和后退的发际线使他有别于其他人。"这些话只不过是离谱的想象，纯粹是荒诞的谣言。魅影不过是一个传说，只存在于好莱坞的电影和音乐剧中。"

贝尔德很感激这位先生完美无瑕的英语。她是一位身穿便装的高挑金发女郎，曾经在北约组织的反恐特训学语言时学过一点法语，但用英语交谈还是更简易、方便一些，她觉得卡桑德拉也会这么想。她的侦查小分队队员是位数学和科学奇才，但不是语言专家。

"就这样？"卡桑德拉问。娇小的红头发女孩为了这趟伟大的巴黎旅行特意戴了一顶活泼的贝雷帽，"但是最近几周里，有人看到一个神秘的戴着面具的人徘徊在剧院里，像鬼影一样时隐时现。"

"这里是歌剧院呀，小姐。面具、戏服和装神弄鬼的人一样随处可见。为什么我会这么说呢？就在我们交谈的时候，新排演的《浮士德》歌剧就在剧院中首演，里面满是邪恶的魔鬼和戴着面具的人物。"激动人心的音乐从剧院主演奏厅传来，现在能隐约听到，尽管声音很微弱，克劳德尔先生不用提高自己的音量就能盖过它。"谁知道呢？也许你刚才提过的谣言只不过是一种宣传噱头，可以让人们一直谈论这部剧。"

贝尔德不相信他的话。如果他说的属实，图书馆里的剪贴簿就不会提醒他们留意一条有关新闻，新闻里是最近接二连三地报道说有人看到了剧院的鬼魅影子，除非这里的确有状况需要图书馆员们注意，否则剪贴簿不会这样做。她的直觉告诉她，克劳德尔没有将全部实情都说出来。她参与过很多次审讯，对方在交谈中有所保留的话，她一定能感觉到。

"那太糟糕了，"她说，"我还以为也许你能和我们分享一些独家新闻呢。"她朝他会意地眨眨眼，"只限于我们图书馆员之间的消息。"

"呃……"

我就知道，贝尔德心想。她向前倾身，好像被他还没说出口的话吸引住。她决定不要强迫自尊的法国人，这样才能让他继续说话。"什么？"

克劳德尔鬼鬼祟祟地看了一眼周围，然后压低声音，即使附近没有其他人能听到，至少看上去是这样。

"可能也没什么，但在不久前的有天晚上，我工作得很晚，一瞬间，我好像看到一个穿着斗篷的人慌忙跑进一间档案室，但是当我打开灯的时候，那里却没一个人影。"他轻微地笑了一下，"无疑，我自己的想象力在和我开玩笑呢。"

"或许不是，"贝尔德说，"你能告诉我们这件事发生在哪间档案室吗？"

克劳德尔投给她诧异的表情，"为什么你们对此这么感兴趣？"

"我能怎么说呢？"贝尔德说，"我从来无法抗拒一个好的鬼故事。"

"还有，我们是安德鲁·劳埃德·韦伯[①]的铁杆粉丝，"卡桑德拉撒谎，"你不会知道我们看过多少次《歌剧魅影》的音乐剧。所以，请你告诉我们吧。"

[①]安德鲁·劳埃德·韦伯是英国著名的音乐剧创作家，他创作有多部音乐剧作品，其中之一便是歌剧版本的《歌剧魅影》。——译者注

"如果你们坚持要去的话,"克劳德尔同意了,"虽然,我认为你们钻研这种无意义的事情是浪费时间。你们真的确定不想去看一眼我们正在进行的著名滑稽歌剧历史展览?"

"下次吧,"贝尔德说,"请容许我们去看一下吧。"

克劳德尔耸耸肩,"看来我很难拒绝你们这样可爱的同僚。"

"谢谢你。"贝尔德用法语表达感谢。

"从这里走,就在那边。"他扮演起导游的角色,引导她们来到附近一个贮藏有很多书架的地方。书架上的书籍一直延伸到顶棚,需要一个滚轮梯子才能到达书架的顶端。"这间特别的档案馆存放着19世纪以来的文献和纪念品。"

卡桑德拉的眼睛一亮,"这和勒鲁写的小说背景时间大约一致。"

"当然完全是个巧合,小姐,"克劳德尔如此坚持说,"就像你说的,那是一本小说……"

"我们不应该根据标签来评价一本书。"贝尔德说。她端详起眼前耸立的书架,书架实际上塞满了大量的剧本、简报、戏单、期刊、海报和一些追溯到辉煌时代的剧院短期使用物品。"你能不能想得起来,"她问克劳德尔,"那个一闪而过的鬼影在找什么呢?"

"一个明显是闯进来的人影,"他摇摇头说,"如我所说的,我只看到一个隐约的人影,后来打开灯就看不见了。我过度劳累的眼睛一定是欺骗了我。"

"现在,我还不敢说是你眼睛的过错。"贝尔德不太同意他的说法。她转身问卡桑德拉,"你呢,我的红发姑娘,有没有引起你注意力的可疑之处?"

卡桑德拉闭上眼睛,然后再睁开。她用自己的方式审视周围环境,她抬起手臂,优雅地在半空中挥舞起双手。卡桑德拉独特的大脑和感官接近魔法,尤其是一场危险的大脑手术将威胁她生命的肿瘤移除以后,之前肿瘤抑制的某些特殊能力如今被释放出来。她的手指沿着只有她自己能看到的空中图表和飞行表格活动,好像在探索一个他们身边的虚拟档案馆。

"根据时间、类别、知名度和重要性排序,还要考虑因为制度变迁产生的自然减员和耗损,"她轻柔地自言自语,"文件、组织、排列、法式字母顺序……"

贝尔德看不到卡桑德拉所见到的,但她知道这位聪明的图书馆员可以找到其中的规律——然后从规律中找到偏差——没有其他任何人能发现。对于卡桑德拉来说,整个世界是一系列没有尽头的现实生活层面的难题集合,而她有很多精确的解题诀窍。如果说有谁能全神贯注地发现线索,那这个人就是她了。

"那里!"卡桑德拉指着一个落满灰尘的特别书架说,书架上的书由金属网封锁着,"这里面有本书丢了。"

"你不是认真的吧,"克劳德尔不相信,"没有冒犯你的意思,小姐,但是据我所知,这些档案比我们任何人的寿命都长,我也没发现丢失了什么啊。你很难让我相信——"

"请相信她,"贝尔德打断他的话,"她的眼睛有观察这类事情的天赋。"

"更准确点说,是大脑,"卡桑德拉纠正着说,"但是眼睛也帮了大忙。"

贝尔德与惊呆的图书馆馆长擦身而过,去仔细查看有问题的地方。"你也许需要我的钥匙。"克劳德尔说。

"不必了。"贝尔德试了一下金属网,保护罩很容易就打开了,"看上去有人已经撬开了锁。"

是魅影吗？

她和卡桑德拉交换了担忧的眼神，紧接着，贝尔德走近一步，仔细查看这些厚厚的书籍，似乎每本都是剪贴簿集合，里面包括19世纪后半叶的信件和剪下来的报纸新闻。大多数书籍看起来好像很久没被翻开过，但确定无疑的是，在所有藏书中间有一条狭窄的细缝，说明丢失了一本书，封面是1881年的一本。贝尔德眯起眼睛看那条细缝，看到一个黑色信封留在书丢失的位置。

"有人给我们留了个字条。"她说。

克劳德尔吃惊地下巴掉了下来。卡桑德拉已经习惯了在不可能的地点遇见这种不寻常的发现，只是很期待地等待贝尔德拿到信封，然后打开它。黑色的纸张让上面的字和背景很相像，需要认真看才能辨认出来。里面是一个手写的字条，用血红的墨水书写的：

抱歉，我要借这本珍贵的书到普通人世间几个小时。请放心，它将对我的研究有重大帮助。

你最谦顺的仆人，O.G.

克劳德尔喘了一口粗气，"不。这一定是个玩笑。"

"O.G.是谁？"贝尔德问。

卡桑德拉给出了答案。

"剧院魅影（Opera Ghost）。"

* * *

一汪地下湖横亘在洞穴探险的图书馆员面前。幽暗的黑色湖水,估计从未见过阳光,在歌剧院地下最深、最黑暗的负二层蜷伏的石头顶棚下,如同一面巨大的液体阴影一样铺向四周。湖水轻柔地包围着一组低矮的石阶,石阶向下通往地下湖。伊齐基尔不想去想在地下储水池那幽黑的水面下游泳会是什么感觉。

"这个地下湖至少存在了一百五十年了,"斯通如此说明,"当他们1862年首次开始建设歌剧院的时候,向下挖掘时始终有地下泉水充满这里,所以,建筑师们在地基处建造了这个超大的储水池,帮助稳固这栋建筑物。实际上,这项解决方案非常有智慧,既有了压舱的重物,又储存了大量的地下水。"

伊齐基尔记住了他的话。古老建筑和蓝图设计向来是斯通的专长。

"我猜,我们是不能掉头回去了。"伊齐基尔叹了口气说。要是能选择的话,他宁愿在豪华酒店泡在奢侈的热水浴池里,而不是身处地下负五层的阴森黑色污水池中。但是,身为图书馆员不仅仅意味着光鲜刺激,即使你是位国际级偷盗兼秘密发掘大师。

"没门。"斯通将手电的光芒扫过湖面,"看看那边。"

手机的光束照射到停靠在湖对面的一艘尖角小船上,就在一面残破的砖墙前面。这艘优雅的小船看上去更像是威尼斯的贡多拉[①],不适合出现在这阴冷的地下储水池。但不管怎样,它就在那里。此刻,小船上没有人,这就又引出问题来:到底是谁用它划过湖面的?而他,或者她,又或者他们,此刻人又在哪里?

"看上去有人已经到过这里。"伊齐基尔说。

"没错。"斯通脱掉后背上的背包说,"好消息是,我们有备而来。"

[①]贡多拉,意大利水上城市威尼斯特有的一种小船,船角尖尖,船身整体纤细优雅,造型别致。——译者注

他从背包里拿出一个瘪瘪的充气小艇。把小艇充满气着实花费了好一会儿时间,但也比游过深深的黑暗池水要好。"打包的时候,我有种感觉,我们可能会需要用到这个,"斯通说,"在很多个版本的歌剧魅影故事里,魅影的藏身之处就在湖水的尽头。"

"预料得很妙,"伊齐基尔说,"全上船?"

两人吃力地爬进小艇,伊齐基尔让斯通负责划船,因为这个粗犷的图书馆员很喜欢这种户外活动之类的体力活;伊齐基尔选择省点力气给更适合他天赋的活动,比方说打开藏身之处,或者闯进去。

"加油呀,"他鼓励斯通,"我们合作得相当不错。"

"你是怎么定义这个'我们'的?"斯通抱怨地嘟囔。

"我来领路,"伊齐基尔说,"保持警惕,查看危险。"

"查看什么危险?"

"当我看到以后,我会明确告诉你的——"

有什么东西在小艇一侧的黑暗中"哗啦"一声落进水里。伊齐基尔吓了一跳,他赶忙把手中的手机光束照向声音来源,发现有什么东西掉进水池,在水面留下一圈圈涟漪。心跳逐渐安稳下来,伊齐基尔大口喘着气。他的嘴巴变得很干,但他根本不想尝试从污浊的池水里喝一口。

"那是什么?"斯通问。

"一条鱼或者蜥蜴之类的?"伊齐基尔嘴上说着,手指暗暗交叉[①]。从他的个人经历来说,曼哈顿的排水系统中出现短吻鳄可不是什么都市传奇;他希望巴黎能够更好地控制爬行动物。"故事里没有鲨鱼,对吧?"

[①]手指交叉是祈求好运的手势。——译者注

"没有,"斯通说,"但是,魅影不是经常淹死不受欢迎的访客吗?"

"这得你告诉我了,哥们儿。我可不知道这个老故事。"

斯通不敢置信地盯着他,"你不知道《歌剧魅影》?"

"哪个版本?是陈旧的老法国小说,默片电影,还是愚蠢的百老汇音乐剧?"伊齐基尔对每个版本的故事都不屑一顾,"别搞笑了好吗,都是些古老的媒体。"

他知道大致的故事情节:一个天才装神弄鬼地游荡在歌剧院,用一种优美的管乐器音乐让某个可爱的巴黎宝贝痴迷。但这些就是他对这一故事的极限了。就算他是个图书馆员,但并不意味着他掌握了大量他出生之前的腐朽老经典。

那是詹金斯的特长。

"赶紧划船,好吧?"

斯通嘴里咕哝了几声,接受了伊齐基尔的建议。

很快,他们就到达了地下湖的另一端,从外表看来,是个死胡同。洁白的贡多拉系在低矮的石头码头上,那码头迎着一面发霉的砖墙,砖墙似乎堵住了他们继续前行的路,但以伊齐基尔的过往经验来说,外表非常具有欺骗性,尤其是涉及遗失的物品和古物时。

"你怎么想?"他一边问斯通,一边和斯通一起从小艇上下来,避免掉进污浊的池水,"有暗道还是秘密的活动板门?"

斯通点点头,"传说中,那个埃里克,就是魅影,是歌剧院最初的建筑师和建造工人之一,他利用职务之便设计建造了很多隐蔽的入口和暗道,他经常利用这些秘密通道在歌剧院来去自如,还不被人发现踪迹,他还利用这些通道检查剧院是否有异常情况。据说,他还在地下建造了一个私人的住处,就藏在湖周围的四面墙中间某个地方。"

"所以整个'鬼魅'故事就是一场恶作剧,"伊齐基尔说,"就像《史酷比》①里的那样?"

"理论上,是这样,"斯通说,"这也正是为什么我们的魔法探测仪在这件案子上派不上用场。"

图书馆员们可利用的资源之一,是一种特殊的手持式探测设备,在适宜的环境中,探测仪可以测量出魔法能量值,其探测技术与盖革计数器探测电离辐射的原理类似。有时候探测仪在实地追踪、定位魔法物品与实体时,非常有帮助。

"不要担心,哥们儿,"伊齐基尔自信地说,"我来搞定。"

他用手机的光线仔细检查阴湿的砖墙。大部分砖墙上面铺了一层黏滑的霉丝,让他感到恶心,除了边上一块位于视线上方的特别砖块。

"找到了!"

他露出得意的笑容,伸出手,按了一下那块砖。按下去后,一个隐藏的杠杆被弹动,他脸上的笑容变得更加灿烂。墙中间旋转出一个门口大小的洞,露出一条通往幽深房间的路。

"啧,瞧瞧!"伊齐基尔指着门口,"Apres vous②?"

"你的口音烂透了,"斯通说,"不过,干得好,伙计。让我们看看你找到了什么地方。"

他们小心翼翼地走过密道,提防着可能存在的埋伏或者机关陷阱,然后,发现他们走进了一个不同寻常的环境。藏在地窖似的墙后面的,是一间豪华的套房,尽管经过了一个世纪的腐蚀,

---

① 《史酷比》,20世纪60年代热门卡通系列剧,主角是一只名叫"史酷比"的大狗,它经常帮助人类侦察神秘事件。——译者注
② Apres vous,法语,意思是:你先请。

这里之前的优雅格局仍然清晰可见。丝质纱帘和绸缎窗帘都已经有破烂的痕迹，颜色褪得只剩暗黑和鲜红色，挂在粉刷整洁的墙上。古老的家具，雕刻精致，铺着软垫，展示出优美的线条和结实耐用的品质，虽然上面铺了厚厚的一层灰尘和蜘蛛网。伊齐基尔看到一具打开的棺材时，深深吞了一口粗气，棺材里面放着华丽的停尸架，而神志正常的人会在放棺材的地方放一张舒适的床或者沙发。他朝棺材瞥过去，看到里面空空的，除了几个柔软的红色垫子和枕头，他稍稍放心了一点。垫子中间有个真人大小的凹陷痕迹，显示出这个精致的大木盒之前某个时候被人躺过。

"好吧，这棺材放这是什么意思？"伊齐基尔问，"请告诉我，魅影实际上不是一个吸血鬼吧，因为我实在是受够吸血鬼了。"

"据我所知，不是，"斯通耸耸肩说，"也许他只是有点心理变态？毕竟这个人生活在地下，还装作是鬼魂。"他用手电的光扫射了一圈诡异的闺房，"嘿，仔细看看这个。"

在一边木头壁炉上方的墙上，高挂着一幅用相框装饰好的肖像画，画中绘有一位美丽的金发女子，她五官秀丽，一双含情脉脉的蓝眼睛尤为迷人。她身上穿着的白礼服看上去更像是戏服，而不像日常穿着的衣服，即使在很久很久以前；伊齐基尔觉得她是在模仿一部他不知道的著名古老戏剧中的某位人物。她身后的聚光灯让她散发出近乎天使般的光辉，她怅惘的神情既天真烂漫，又略带一丝忧郁。伊齐基尔认真地盯着油画。

"所以，就是她？"他说，"就是魅影迷恋的小妞？"

"无法想象会是其他人，"斯通说，"她的名字是克里斯蒂娜·达埃。她是魅影提携的后辈，也是他痴迷的对象。"他花了一会儿时间欣赏这件艺术品，"绘画技法很高超，很容易让人想起德加[①]，大概他与魅影、克里斯蒂娜同一时期的，你能从这幅画中看出早期法国印象主义画派的影响，尤其是这种松弛的笔触，明暗和色调都设计巧妙。"他俯身凑近，眯着眼睛看了看油画的底部，"你看到落款署名了吗？"

"艺术欣赏该结束了吧。"伊齐基尔走到肖像画面前。他一边看着画，一边怀疑地眯起眼睛，和其他家具不同的是，油画上面不沾一丝灰尘——真正关心的人才会这样做吧？还有，难道是他的想象，还是这幅画本身挂得就有点歪呢？"你看见我看到的没？"

斯通瞅了他一眼，"看到什么？"

"我有种预感。"伊齐基尔留了个悬念，"让我们到这幅情人画像后面看看。"他们一起努力，摘下了画像，墙上露出一个隐藏的小壁龛。伊齐基尔失望地发现小储藏隔间里面是空的。

"晚了一步，"他说，"想打个赌吗？这里就是我们要寻找的魅影把迷失乐谱藏起来的地方。"

"有道理，"斯通认同他的说法，"他把他的杰出作品藏在最爱的女子画像后面。真的，相当浪漫。"

"非常诡异，急需强制限制令的那种。"伊齐基尔说。

他把手伸进小壁龛，确定里面是空的。那个把贡多拉留在门外的人明显比他们快了一步，即使那个人浪费时间去掸落画像上的灰尘，把画挂回原来的位置。

"没有乐谱，"他说，"有人先我们一步拿走了。"

忽然，管风琴[②]的音乐声从地下室传出来，声音来源离得很

[①] 德加，全名：埃德加·德加（Edgar Degas），1831—1917年，法国著名印象派画家，以画"芭蕾舞女"而著名。——译者注
[②] 管风琴是一种欧洲历史悠久的大型键盘乐器，依靠铜制或木制的音管来发音，音量宏大，气势磅礴，音色优美、庄重，能发出管弦乐器的和声音质。——译者注

近。突然出现的音符震得伊齐基尔的耳膜一跳一跳的。

"你怎么想?"斯通说。

他们没有继续管空空的壁龛,而是循着音乐声撩开一个幕帘,来到门口。这是一间相邻的房间,里面被一架巨大的老式管风琴占据。管风琴前面,是个披着斗篷的人影,他身穿黑色晚礼服,后背对着图书馆员,正用力敲击管风琴的琴键。一个银质枝状大烛台放在管风琴高高的木头台面上,照亮了整间屋子。烛光中的身影似乎随着管风琴发出的天籁之音舞动。在闪烁的烛光下,伊齐基尔眯起眼睛,看到在神秘的管风琴演奏师眼前架子上那黄纸乐谱的标题。引人注目的黑色花体字标题,呈现浮夸的效果,傲慢地展现出乐曲的名字:《唐璜的胜利》。

很明显,这部分故事也不是秘密。倘若图书馆员团队果真取得魅影的传世杰作送回图书馆的话,詹金斯会很开心的。伊齐基尔想,他们的这位爱好音乐的竞争对手也许对这本乐谱有他自己的打算。这不是第一次遗失已久的宝物落入错误之人手中。

图书馆员们的到来并非悄无声息。管风琴演奏师一边一个音符都不落地继续演奏,一边转回头看向闯入的两人。这人脸上的上半部分被一块白瓷面具遮挡住,只露出嘴唇和下巴。当伊齐基尔脑海中在设想面具背后会是怎样阴森恐怖的人脸时,他的后背爬上一股凉意。眼前这人真的会是剧院魅影吗?

他看起来真的很像。

"Bonjour[①]!"魅影说,戴着面具的面庞又转回音乐的方向。他悦耳动听的声音听上去一点都不吓人。"Qui vient[②]?"

"也祝你一天愉快,"斯通用英语回答他,"抱歉,打断你的

[①] 法语,"你好"的意思。——译者注
[②] 法语,"是谁来了"的意思。——译者注

小小地下独奏音乐会。"

"对我来说有点太古板了,"伊齐基尔补充道,"我想你是不会接受点歌喽?"

"恐怕,这只是一个私人音乐会,"魅影改用英语说道。他的声音中满是不耐烦,夹带高雅的高卢①口音。"那么,你们是?"

"我们是……图书馆员。"斯通说。

"那你们可走错地方了。歌剧院的图书馆在距我们上面几层高的楼上。"

"没问题,"斯通说,想到贝尔德和卡桑德拉就在楼上,"我们有同事在楼上。"他朝管风琴前面的人走过去,"你到底是谁?你想用这音乐做什么?"

魅影在面具下皱起眉头,"这是一场音乐会,不是审讯,如果说我宁愿有个更能欣赏音乐的听众,你会体谅我的吧?"

他戴着手套的手指按下一个乌黑的按键——图书馆员们身下的地板变成一扇活板门,瞬间被打开。

伊齐基尔尖叫起来,他和斯通跌进黑暗中,掉落到活板门下方大概几英尺下铺满沙子的地面,身后的活板门"啪"的一下又关上了。这一撞击让伊齐基尔差点喘不上来气,他缓了好一会儿才回过神来。他呻吟着坐起来,试图看看周围,但只看到一团漆黑。不论他们掉进了什么地方,这里一点光都透不进来。

"斯通?"他大声喊。

"在这呢,"斯通回答,他的声音就从身边传来,让伊齐基尔吓了一跳,"安然无恙,没受伤,我想。"

"我也是。"伊齐基尔试探性地伸伸四肢,看上去没有什么地

---

① 高卢,欧洲古代族群的名称之一,分布于法国、比利时、德国西部、瑞士等地。罗马时期以后,高卢渐渐成为法国人的代名词。——译者注

方骨折,尽管明天他身上可能会有很多淤青,假设他们真能看到明天的话,"我们在哪儿?"

"不是什么好地方。"斯通如此预测。

伊齐基尔摸索着找到手机,希望手机没有被摔碎。当他刚一碰到手机,灯就亮了,明亮得让他眼睛刺痛。他眨着眼睛,打量起周围的环境。

四周的镜子墙将他们围困在中间,镜子反射着夺目的灯光,看上去灯光从任何地方投来,找不到源头。他们目瞪口呆地看到自己无数个镜像,镜像又被镜子反射形成新的镜像,形成无数个人影。在六角形的顶棚上面有一轮喷薄的太阳,脚下是深深的沙子,给图书馆员(和他们的镜像)一种被困在无限阳光照射的沙漠中的错觉。

"好吧。"伊齐基尔嘟囔。他龇牙咧嘴地爬起来,"该死的镜子炼狱。"

"更像是一个酷刑室。"斯通站起来,掸掉牛仔裤上的沙子,"完全照搬故事里的场景。"

"不是故事,"一个声音打断了他们的交谈,"是历史!"

魅影的声音在屋子里各面镜子墙间回荡。灯光暗淡了一点,图书馆员们的镜像被坐在管风琴前的魅影所取代。斯通暴怒地咆哮着,朝他们的敌人冲上去,结果却被高高的玻璃墙弹了回来。

"省省你的力气吧,"伊齐基尔建议他,"这里全是镜子……实实在在的镜子。"

魅影的身影从各个方向围绕着他们,他的身影实际上是上一层音乐屋的反射,所以,他可以一边面对他们,又一边面对管风琴。伊齐基尔瞥了一眼(大概是)可恶演奏家背后的昏暗屋子。

"好把戏。"斯通皱起眉头承认。他看上去略微有点为刚才冒失地陷入圈套而感到尴尬,伊齐基尔忍住要奚落他的冲动。

也许过后吧,他心想,*等我们脱离这里以后*。

"埃里克是耍把戏和制造错觉的大师,"魅影大声说,"当然,他还擅长其他技巧和学科,从音乐到建筑。自然,这间屋子就是他聪明才智的最佳体现,你们应该多体验一番,先生们。他是根据先前波斯帝国沙阿①宫殿中的行刑室设计了这间精致的酷刑室,那是残酷的命运转折降临在埃里克身上之前的事。后来,他被迫在巴黎谋生,虽然在这里,他生活在暗影中,躲开人们肤浅的评价和偏见,人们却没能真正地领会他的天才。"

伊齐基尔耸耸肩,"或许,他只是个疯子?"

"不!"魅影激动地说,"他是被误解、被轻视、被诽谤的!一点一点被这个冷漠无情的世界逼疯的,这个残酷的世界没有看到他的智慧和一颗受伤的心,只看到了他受诅咒的丑陋外貌。他应该被尊崇为天才,而不是被辱骂成魔鬼。"

伊齐基尔留意到,眼前这个魅影说话一直用"埃里克"这种第三人称。"所以呢?"他问,"这和你有什么关系?"

"我是埃里克的直系后代,是他的合法继承人!是激励他创作出最伟大作品的炽热激情的活遗产!"

伊齐基尔费了好一会儿时间才明白他的意思,"等一下。他刚才是不是说他是魅影和克里斯蒂娜小妞的……?"

"估计勒鲁隐去了一些事情没写,"斯通说,"也许是为了保护克里斯蒂娜的名誉?"

伊齐基尔没有感到太震惊,"唉,这里毕竟是浪漫之都巴黎……"

---

①沙阿又称"沙赫",是波斯语中皇帝头衔的音译名称。——译者注

"他们的禁忌之恋遭到世俗偏见的反对……最后的结果也令人扼腕。但我会让整个世界对我著名祖先和毁坏他名誉的错误行径受到惩罚——我会实现他的终极复仇计划!"

他又继续弹琴,报复性地连续敲击琴键,音乐声逐渐变得更加洪亮,也更加暴烈。同时,镜子囚室里颤动的灯光变得更加明亮、更加炙热。

热得过火了。

* * *

"剧院魅影?"贝尔德重复了一遍。

"书中的名字,"卡桑德拉解释道,"这是魅影写在字条上的名字。"

"就像这个。"贝尔德举起他们在歌剧院图书馆里找到的信说,"但我们真的是在和真正的歌剧魅影打交道吗?"

"这有可能,"卡桑德拉说,"说不定,他是个从书中跳出来的虚拟人物实体。"

"还是说,他是想要模仿原来魅影的一个冒牌货?"

"也说得通,"卡桑德拉说,"或许,小说的内容是根据真实人物的事迹改编的,而这个人现在还活着,就像道林·格雷[①]一样?现在还没办法判定实际情况到底是什么。"

可怜的克劳德尔先生看上去完全被她们两人的发现和对话困惑住。"打扰一下你们,"他恳求地说,一瞬间又说回了法语口

[①] 道林·格雷是奥斯卡·王尔德所著的《道林·格雷的画像》中的主人公。道林·格雷出卖自己的灵魂保住了自己的年轻貌美,他所犯下的邪恶勾当让他曾青春俊美的画像变得丑陋。最终,他举刀刺向画像,自己死去,画像年轻貌美如初。《图书馆员》系列电视剧中,道林·格雷是一位仍在世的人物。——译者注

音,"你们究竟是什么样的图书馆员?"

严格说,贝尔德是守护者,不是图书馆员,但这可不是迷惑不解的馆长能一时半会儿消化得了的。

"那种对此事有不好预感的图书馆员。"贝尔德说,心里在盘算他们这次又会遇到什么疯狂的麻烦。不幸的是,她对《歌剧魅影》也是一知半解,只隐约记得看过某个老电影或者其他什么表演,唯一有印象的,也不过是魅影的面具被摘掉,露出了丑陋骇人的面庞,还有一盏巨大的水晶吊灯朝正在观看歌剧的剧院观众席砸下去。

这就是通过魔法门进行即刻旅行带来的问题。走过魔法门没有足够的飞机飞行时间来仔细研究这件案子,如果他们是从波特兰坐飞机到巴黎的,那她在一路上就有时间读那本该死的小说了。

又一次,她感觉到有图书馆员做队友真是幸事。

"我恐怕得问一下你,"她对克劳德尔说,"你们现在不会还有一盏超级大的水晶吊灯吧……有吗?"

"当然有,小姐。全巴黎最漂亮最让人印象深刻的水晶灯了。"

"它当然是。"

卡桑德拉皱起眉头,很明显理解贝尔德的想法,"你不会是认为……"

"我希望不是,"贝尔德说,"但它是我们应该料想到的最糟糕的结果。"

她紧张地盯着他们头顶的小型水晶吊灯,刚好看到吊灯不祥地前后摇摆。几秒钟以后,一本厚重的大书从开放的书架上掉落,重重地摔到地上。

"好吧,发生了什么?"贝尔德后退一步,为了安全,离开摇晃的吊灯下方,"告诉我,只是舞台上表演的音乐就能把东西摇晃到这种程度?"

"希望我能分辨出来。"卡桑德拉将手掌贴到墙上。她的眉头因为担忧而皱起,"不是,这是另外什么东西。有一种很奇特的震动——非常奇怪,不和谐的律动——不知道从哪个地方传来的。而且,它越来越剧烈了……"

贝尔德不喜欢这个消息,"什么样的震动?"

"给我一点时间。"

贝尔德紧张地看着卡桑德拉的超级大脑全速运转起来。和以往一样,贝尔德自己还是看不到任何东西,但她能想象到卡桑德拉睁大的眼睛前面呈现发光的图表和公式,而全神贯注的图书馆员像音乐指挥家正在指挥管弦乐队一样,挥舞起手指,将她幻觉中的图像转换角度,好从各个角度检查脑中设想的模型。

"她——她有什么毛病吧?"克劳德尔问,他本想用流利的英语问,结果只是结结巴巴的一个询问短句。

"完全没有,"贝尔德说,"再也没有了。"

曾几何时,卡桑德拉的特异能力会击败她自己,她不能总是处理好所有涌入脑海中的特异感知,但那是她成为图书馆员之前的事了。现在,她已经学会了掌控自己的天赋,而不是被自己的天赋压垮。贝尔德再也不用担心卡桑德拉会迷失在自己大脑设想的迷宫中。

这可是件好事,贝尔德心想,因为我们现在已经够麻烦的了,没精力解决她的大脑超载问题。

卡桑德拉深深吸进一口气,用力吸气的动作让贝尔德心里一紧。

"哦,不,"图书馆员喃喃自语,"这可不太妙。"

"怎么了?"贝尔德催促她,"快说出来,红发姑娘。"

卡桑德拉停顿了片刻,平息了一下自己高度紧张状态的感知。她深呼吸了一下,放下胳膊,把目光聚焦到贝尔德身上。而贝尔德从她的表情就猜到,接下来,是非常不好的消息。

"我感觉到的这种震动,是剧院整体建筑发生的共振效应,放大了建筑物本身自己的震动频率。如果建筑物继续这样震动,逐渐把原子级别的震动幅度加大,最后的结果,可能是严重损坏这一整座建筑物的完整性。"

这次,贝尔德认为自己好像明白了卡桑德拉说的理论。"就是那种如果整齐的行进脚步声足够大,步调一致的情况下,会导致一座桥坍塌?"

作为一名战士,她曾受训当部队走过桥梁时,因为以上原因,需要打破整齐的步伐再通过。

"没错!"卡桑德拉说,"一旦震动的能量超过建筑物的负载水平,整个歌剧院就会在震动中崩塌!"

"见鬼!"贝尔德骂了一句,"这些有害的震动是从哪里传来的,你有什么想法吗?"

"不太清楚,"卡桑德拉说,"也许是从很深的地下传来的。"

贝尔德把所有线索都连在一起,"是地下室。魅影过去的落脚点。"她赶忙从口袋里拿出手机,"我们需要给男士们提个醒,让他们知道正在发生的危险。"

"也许他们已经在处理这件事了吧?"卡桑德拉抱有希望地说。

"也可能还没有。"贝尔德沮丧地瞟了一眼手机,"该死的,我联络不上他们两个。"

"阴森的地下巢穴一般都没有信号,"卡桑德拉说,"以我的经验来说，总是如此。"

贝尔德想起自己曾经遇到过类似的问题，那时她被活活埋在疯狂山脉[①]下面。她只好用莫斯码和一面受了诅咒的西藏铜锣同其他人联络。

"不走运。"她把手机放下，然后转回头面向克劳德尔，"你听到她说的了。我们需要立刻清空歌剧院。"

克劳德尔对这个提议很为难，"以哪位领导的名义？两个美国的捉鬼图书馆管理员？"

"图书馆员。"贝尔德纠正他的话，虽然她也知道现在没有时间劝服他。即使她能及时找到相应的官员，但她该怎么和领导汇报？歌剧院的魅影打算把歌剧院弄垮？是啊，这个理由绝对能让人"心服口服"。

"让我猜猜，"卡桑德拉说，"我们又得单打独斗了？"

"哪次不是呢？"

一个极端的策略闯入贝尔德的脑海。她扫视四周一圈，焦急中，看到了一个非常便捷的火警报警器，她立刻冲过去。克劳德尔立刻紧张起来。

"不要，小姐！《浮士德》的演出会延期的。"

触发警铃并不会捉住魅影，也不能挽救歌剧院，但有希望在建筑物坍塌、爆炸之前清空里面的人员，假设他们无法在源头上切断这一危险震动的话。贝尔德准备好了听到刺耳的警铃，用手拉下报警器的开关。

没有任何声音发出。

[①] 疯狂山脉，是美国作家洛夫克拉夫特在1936年发表的中篇小说，讲述了科学考察队在南极山脉上的发现之旅。故事中，有大量科学无法解释的恐怖事件。该小说是最为著名的科幻恐怖小说之一。——译者注

"警铃!"卡桑德拉大声喊,"它不响啊!"

魅影的杰作?贝尔德能猜到。剧院魅影极有可能故意破坏了报警系统,这是他邪恶计划中的一部分。

"真该死!"她嘟囔,"我恨透了坏人总是把计划列在我们前头。这本应该是我擅长的领域才对。"

"现在怎么办?"卡桑德拉问。

一声节奏分明的断裂声吸引贝尔德的目光再次看向头顶。水晶吊灯现在比之前摇晃得更猛烈了。安装吊灯处的天花板上出现裂痕。一股肾上腺素涌上贝尔德的血管。

"当心!"她朝另外两人喊。

摇摆的水晶灯从天花板上松开,砸到地上,破碎一地。贝尔德扑到了别处,避免了被飞来的重物击中。这个时候,卡桑德拉也拽着克劳德尔远离了危险境地。

"所有人都还好吧?"她向其他两人喊。

"我们还好,"卡桑德拉回复,松开了正瑟瑟发抖的馆长,"但这只是个开始。这种轻微地震般的震动不过是预热而已。"

更多书籍从书架上掉落,但是贝尔德有其他更要紧的事需要处理。

比方说,歌剧院有个更大的水晶吊灯……

* * *

炽热的电灯使得酷刑室更加折磨人,震耳欲聋的管风琴音乐没能提供半点帮助。夹在烤箱一样温度的火炉和魅影充满激情的演奏之间,斯通无法好好思考。

"我还是喜欢这个故事的默片版本。"他自言自语。

"什么?"伊齐基尔说,他双手紧捂着耳朵。他大声喊,声音压过逐渐抬升的《唐璜的胜利》那狂热的音调。他脸上闪出亮晶晶的汗珠。

"没什么。"

斯通像古罗马桑拿房里的军团战士一样大汗淋漓,不断寻找出口。很可能在镜子后面某个地方有个隐蔽的出口,但他找不到。他脱下法兰绒衬衫,把衣服卷在拳头上,试图打碎镜子,从某种程度上来说,他是要毁掉镜子中反射的残酷灯光和热量,但最初的魅影很明显已经料想到了困在其中的囚徒会有如此反应——镜子竟然打不碎。斯通用手遮在眼睛上方,眯起眼看头顶的天花板,之前是活动的活板门,即使没有刺眼的灯光让人无法看清到底是哪里,天花板也太高了,够不到。

他瞥了一眼伊齐基尔,看到他正在尝试用手机求救。如果看不到有门,詹金斯也无法将魔法门连通上酷刑室,但也许贝尔德和卡桑德拉能过来救他们?

"真不走运!"伊齐基尔对他喊,声音盖过音乐,"没有信号!"

预料中的事,斯通心想,这里是地牢,又不是咖啡店。

汗水顺着他的脸淌下来,干燥的嘴唇品尝起汗水,味道咸涩。他发觉自己现在无比渴望储水池里污浊的池水,哪怕是之前地下过道旁边肮脏石墙上渗透的水汽也好。袭人的热浪在沙子地面以上的空中翻腾,几乎就像他们真的被滞留在烈日炎炎下荒无人迹的沙漠中。他开始挖沙子,寻找出口。也许,有另一扇活板门就藏在沙子底下呢。

"你在干什么?"伊齐基尔放下他的手机说。

"你有更好的办法吗?"

伊齐基尔张大了嘴,很想说出一条计策,但他过往的自负态度在热浪下消退了不少。"我也没辙。"他承认,也开始挖地道。

说实话，斯通不敢确定在大脑被持续烘烤的情况下，这是否是一条好的策略，但他就这样继续挖着，哪怕只是为了逃离把他们快烤化了的人造太阳光，更别提还有魅影那管风琴持续强烈的声波攻击。他不禁猜测，那个把地下室当作自己家的最初魅影，会把多少人囚禁在酷刑室里将他们逼疯。他隐约记得渴得发狂的囚徒为了逃离备受折磨的热度最终自缢而亡……

但那些囚徒可不是图书馆员，他心想，当局面对我们不利的时候，我们也不会放弃。

"等一下！"伊齐基尔嘶哑地喊了一声，"我想我发现了什么东西！"

斯通匆忙跑到他朋友身边，伊齐基尔正疯狂地用手舀起一捧捧散着热气的沙子，沙子底下露出一个扣紧的黑檀木盒子。伊齐基尔使劲拽那盒子，但盒子一动不动——木盒镶嵌进酷刑室地面的正中间。两人你看看我，我看看你，然后伊齐基尔打开了木盒盖子，发现里面有两只玉刻的昆虫，静静地躺在天鹅绒垫子上。

准确来说，是一只蚱蜢和一只蝎子。

"搞什么？"伊齐基尔不解地说，听上去明显对盒子里的东西很失望，"真是我们'需要的'啊，两只诡异爬行动物的小玩意儿！"

他要去抓那蚱蜢，也许只是想把它扔掉发泄一下。

"等一下！"斯通抓住伊齐基尔的手腕，"别碰它们！"他的嘴和喉咙像沙哈拉撒漠一样干燥，但还能勉强说得了话，"书中写过类似场景。这是一种机关陷阱：如果你活动了正确的动物，你就得救了，但如果你选择了错误的那只，你就必死无疑。"

"好吧，"伊齐基尔说，"那么，哪只是能让我们活的呢？蚱蜢，还是蝎子？"

"我不知道。"斯通回想,但他的脑袋现在就像过热的引擎一样,根本动不了。大脑神经突触都等在公路两旁,等待牵引卡车来救援。"我努力去想了,但是这里太他妈热了……还有那该死的音乐!我根本无法思考!"

"那你和我说说书中的情节。"伊齐基尔又拿出手机,"给我一分钟时间,容我把这本书下载到我……"当他恍然大悟般想到这个主意的瑕疵后,声音渐渐弱了下去,"哦,对哦。没有信号。"

斯通咯咯笑起来,"没关系。你刚刚提醒了我。"他转回身,从后面口袋里掏出一本卷了角的平装本小说,"当我们为这次任务做准备的时候,我从图书馆里随便找了一本。"

伊齐基尔脸上的表情非常有趣。斯通耽搁了一分钟,进一步解释。

"下次你再嘲笑我总是喜欢这种'死树做的书'时,要三思哦。"他一边快速翻动手里的书页,一边暗笑,"有些时候,老办法是最好的办法。"

"少扬扬得意,快看书吧,哥们儿。"伊齐基尔回应,"如果你能不把这件事告诉詹金斯的话,我会很感激你的。你知道的,他对这种事特别喜欢长篇大论。"

"我可不敢保证。"

斯通开始寻找关键章节,手指上的汗水浸透了纸张。让他稍稍松口气的是,勒鲁是那种老派的作者,他给每个章节都写上了标题,所以,斯通可以轻易地直接找到相关内容"第二十五章:转动蝎子还是蚱蜢?"

"感谢上帝,这本书还有目录。"斯通说,让他忽然意识到,这大概是他讲过最符合图书管理工作相关的话了。尽管如此,时间似乎仍然异常漫长，他疲倦模糊的双眼终于在勒鲁修饰过多的文字中找到了关键信息。"这里！转动蝎子，是活下来；转动蚱蜢，是向可爱的世界说再会。"

他伸手去够玉蝎子，但伊齐基尔拦住了他。

"别这么着急！"忧虑的小偷说，"我们怎么知道勒鲁写的就是正确的？他漏掉了魅影让克里斯蒂娜怀孕这种情节，不是吗？"

伊齐基尔说得对。他们不清楚勒鲁在写这本小说的时候，对真实事迹添加了多少虚构成分。似乎，小说和他们已经在魅影旧日所掌控之地撞见的情况有些许差异，此刻，斯通不想纠结两者的细微差别。太过相信书，可能会直接导致他和伊齐基尔丧命，让新魅影实现他的残忍计划，不管这项计划具体是什么。斯通盯着手里破损的书，陷入了沉思。到底有多少是虚构的？有多少是真实的？

他们此刻还有其他选择吗？

"如果说我从这份工作中学到的唯一一件事，"他说，"那就是，古老故事中的真实性比任何猜测的都要高。"他看向伊齐基尔，不想没征询过同伴的意见就做出选择，"你同意我这样做吗？"

伊齐基尔点点头，"我们是图书馆员。生，由书生；死，也由书死……即使是一本怪异的死树书。"

斯通深吸一口气，转动了蝎子。

伴随着古老齿轮的"吱悠"转动声，一面镜墙向一侧旋转开，露出一处可以离开酷刑室的门。地下室里吹送进一股凉凉的微风，吸引着两人逃离开高温的烘烤。

"老派的调查作家赢得一分。"斯通赶紧往出口奔去，伊齐基尔紧跟在他身后,"我们赶快离开这个鬼地方。"

出口后面,是阴冷潮湿、暗淡无光的楼梯井。人影婆娑,两人松了一口气,匆匆跑下楼梯,他们要去找魅影算账,而魅影本人,此刻还在琴键前不停地敲击。音乐声逐渐变得狂野,变得更加不祥,似乎被忧郁纠缠已久,最终变得疯狂、危险。威慑性的曲调与和弦音开始压过先前乐章中的浪漫,让斯通不由得脊背发凉。虽然不知道究竟是因为什么,但他的直觉告诉他:他们绝对不可以让新魅影继续演奏,如果他们想阻止他为祖先报仇的话,就不能让他再弹下去了。

"够了!"斯通高声喊道,声音高到能在洪亮的音乐声外听得见。他握紧了拳头,朝魅影走过去,如果有必要,他已经准备好了狠狠揍一顿面前伪装之人。"我不知道你到底有什么阴谋,但是歌剧演出结束了。那个胖女人已经演出了!"

"他说的没错,"伊齐基尔补充道,还在玩弄手里的手机,"好消息——在我们离开烤箱之后,我终于有点信号了。"

"现在不是说这个的时候,伙计。"斯通说。

魅影没有被吓唬住,尽管在两个浑身是汗、怒发冲冠的图书馆员面前,人数上他不占优势。

"退后!"他警告两人。戴着手套的手指悬在另一个黑色按键上,"再走一步,我就让大吊灯砸下去!"

伊齐基尔焦虑地抬头看了一眼天花板,"什么吊灯?"

"不是这里的。"斯通顿时僵在原地。他当然知道魅影所说的吊灯确切是哪个,"是那个巨大的吊灯……悬在楼上观众席头上的。"

斯通想起剧院里正在上演一出戏剧。魅影是否真的能通过按下管风琴某个特定按键就把大吊灯砸到观众身上,斯通不知道,但他又不敢接受魅影的这一挑战,他不想用无辜的生命来做赌注。他沮丧地回过头,看了一眼伊齐基尔。让人感到烦闷的是,他的同伴还在摆弄手机。

"说真的,要这样吗,老兄?你现在又要再看一遍手机信号?"

伊齐基尔耸耸肩。

"得时刻保持联系嘛。"

* * *

卡桑德拉和贝尔德快速冲上一架螺旋楼梯,在发生大祸之前抓紧时间拯救那盏大水晶吊灯。她们能清晰地听到舞台上《浮士德》响亮的演出,她们离开歌剧院后面的公众区,闯进了幕后工作区,这里除了演职人员以外,很少有外人来。卡桑德拉大脑中难以自抑的爱分析部分,情不自禁地开始区分演出中的高八度与和音,同时,她竭力毁掉脑中复杂的数学公式。音乐中需要消化的东西太多了,还有很多悦耳易记的旋律干扰她。太遗憾了,没有时间好好欣赏演出。

"你确定我们没走错?"贝尔德问。

卡桑德拉轻轻敲了一下自己的脑袋,"魔法大脑哦,你忘了?"

在楼下图书馆时,卡桑德拉紧急地看了一遍歌剧院的地图,然后,两人就向可怜又困惑的克劳德尔先生辞行。卡桑德拉并不像斯通一样精通建筑,但她有擅于描绘出图形的记忆力和迅速记住设计、样式规律的天赋,这些足以让她自信地穿行于四处延伸的歌剧院内部。

至少说,理论上没问题。

"Halte[①]!"当她们来到第二层时,一位保安命令她们。他像交通警察一样伸出手掌拦住两人,"你们不可以到这里来。"

"对不起,伙计,"贝尔德说,"但我们没有时间和你争论这个问题。"

利落的一记柔道过肩摔让不幸的保安仰面躺到地上,他一下就被摔晕过去了。在跨过他满脸震惊的脑袋时,卡桑德拉露出抱歉的表情。

"相信我们,我们知道自己在干什么。"

或者说,她是这么希望的。

飞似的跑过另一段楼梯,她们来到观众席正上方的穹顶阁楼上,这里现在被用来上舞蹈课和排练。让她们稍微放心点的是,屋子里暂时没有人。一整面墙的镜子令卡桑德拉回想起音乐剧中魅影通过化妆间的一面镜子引诱走了克里斯蒂娜。镜子前面安装了一根长长的扶手杆,实木地板见证了芭蕾舞女演员饱受摧残的脚趾,大概之前在这里练习的某些女演员此刻正等在楼下静候可以上场的暗号。贝尔德"砰"的一声关上了卡桑德拉和她身后的门,防止其他人打扰。

"地板上应该会有个活板门,这样剧院就可以在维护时吊起和落下水晶大吊灯了。"卡桑德拉说,跑上楼梯后她一直喘着粗气。她指着可能是活板门的准确位置说,"应该在那里某个地方。"

"我这就去看。"贝尔德说。

健壮的守护者甚至都没喘一口粗气,尽管她们是以最快速度跑上来的。卡桑德拉羡慕朋友的无限体力,心中暗暗决定:以后自己也要加强锻炼。作为图书馆员,总要进行不可思议的大量跑

[①] Halte 是德语中"站住"的意思。——译者注

步和跳跃活动，至少如果你想要在这个岗位上活下来的话，就得这样做。她不能总是依靠她的守护者来解决更费力的工作。

"我们开始吧！"贝尔德将一个小小的跳舞垫子挪开，露出带有两个铰链的门，门边四周都是巨大的钢铁固定杆，是用来支撑住水晶吊灯的。她抓住一个把手，用力拉开其中一扇门，在几英尺下面洪亮又激烈的歌剧表演衬托下，润滑良好的铰链没有发出任何转动的声音，观众席头上的巨大水晶吊灯绝对能配得上宣传的全巴黎最大。在毫无戒备的观众头上，由铁链高高挂起的水晶和黄铜至少有七吨重，而这些观众的注意力全部集中在舞台上正在演出的华丽场景上。位于绘有明艳天花板壁画下的观众席被红黄两色装饰着，宽阔的观众席上坐有两千多位观众，他们都专心地欣赏《浮士德》，没有一个人留意到有两位女士透过吊灯的下降口盯着他们。卡桑德拉不确定这种状况是好还是坏。

"希望我们走运，"贝尔德说，"剧院里现在全是人。"

卡桑德拉把手掌抵在胸口。正如她担心的，随着她们跑上楼时，整栋建筑的危险震动又大幅增强了。看来，吊灯从底座摇晃松动，落下只是迟早的问题——到时候，整个歌剧院也将随之倒塌。她沮丧地摇摇头，告诉贝尔德她的判断。

"吊灯就快要掉下来了……就像故事中的一样。"

"好吧。另外一个不必重现的灾难啊，"贝尔德嘟囔，"我们有多少时间可以改写这个剧情？"

卡桑德拉开始计算起来，但被手机铃音打断了。当她读出手机上的信息时，她的眼睛不由得瞪大了。

"是伊齐基尔发来的，"她告诉贝尔德，"他们遇见了魅影，魅影威胁说要通过某种遥控手段让吊灯坠落！"

"他能做到？"贝尔德焦急地询问。

"这比他过去的作案方式略有改进，但确实符合他这种人的性格。"卡桑德拉俯身挨着活板门，仔细查看吊灯。难道除了即将发生的共振灾难之外，还有什么伎俩？她伸出双手，让大脑全力运转，这样才能更好地分析和观察当前情况。"让我瞧瞧我能看到什么。"

联觉让她的感知能力涌在一起，她的世界开始变得格外敏锐，她身边的所有事物都开始展现出自身复杂的公式和几何构造原理。抬高的音乐声如同彩虹一样闪出多彩光芒，女中音和女高音、男高音位于图谱的明亮区域中，而男低音和男中音位于图谱的暗区，管弦乐给整个图谱增添了独特的互补音色。长笛和短笛的乐声为图谱增加了深红和鲜红色彩，尖锐的曲调颜色接近红外线，而巴松管和定音鼓的低沉音调慢慢接近紫外线。她能闻到华丽布景和戏服的气味，闪闪发亮，闪烁着七彩光芒的水晶吊灯她品尝起来就像是冰糖。她研究着吊灯，将它的线条和对称结构记入大脑，在她眼前的半空中构建出一个发着光的幻觉模型。她抬手摆弄起这个唯有她能看到的幻觉图形，从 X、Y、Z 三个坐标角度旋转，这样她就可以从每个角度观察吊灯的模样，然后寻找不属于它的某种细节……比方说，也许吊灯顶端的铁链上那个奇怪小凸起？是这个凸起破坏了吊灯的完美对称结构？

"找到了！"卡桑德拉挥手散去吊灯的幻觉模型，让她的感知平息到日常水平，然后，她从钱包里拿出一副看歌剧的小望远镜。她是碰巧把这副望远镜带来的，心想着说不定她会有时间欣赏演出，但现在，她用望远镜瞄准真正的吊灯，对准了不相称的瑕疵——看清以后，她发现那是一个小小的金属盒子，上面带着一闪一闪的红灯。她急忙指给贝尔德，将望远镜交给贝尔德看："请告诉我，那不是个微型的爆炸装置。"

"我也这么希望，红发姑娘，"贝尔德说，证实了是最坏的情况，"但那绝对是颗炸弹。我猜我们的魅影是坚决要再现吊灯坠落的场景。想打个赌吗？那个炸药就是用来操控链条断裂然后大吊灯砸下去的东西！"

排练厅外面传来脚步声。

"好吧，"贝尔德讽刺地说，"我们有伴儿了。你负责让他们不要干涉我，然后我来处理这颗炸弹。"

"怎么处理？"卡桑德拉一边问，一边直接跑去门口。

"还有什么办法？"贝尔德问，"硬拆呗。"

* * *

卡桑德拉把一件古旧的衣柜挡在排练厅的门前，及时用衣柜挡住了入口，立刻，门上传来木头和木头摩擦的刺耳声音。门的另一边传来拳头砸门声。愤怒的叫喊声此起彼伏，要求把门打开。贝尔德叹了口气，白了一眼。

你揍趴下一个保安，她心想，然后所有保安就都联合起来要解决这个问题了。

不过愤怒的当地人可以待会儿再解决，贝尔德现在有颗炸弹要拆除呢。她别无他法，只好从活板门下去，一摆一扭地爬到结实的大铁链上，直到站到大吊灯上面，吊灯在她脚下轻微晃动起来。贝尔德希望增加她自身的重量不会让危急的情况更糟糕。

"我就知道昨晚我不应该吃剩下的那块奶油蛋糕。"

她能感受到吊灯在颤抖，这是从天花板传来的致命震动。尽管她站在上面有点摇晃危险，但看到爆炸装置只是相当标准的炸弹而不是什么奇异的魔法符咒时，她感到放松了不少。在过去的反恐生涯中，她拆除过很多类似的小装置，尽管从来没有被吊在全神贯注、热爱文化的巴黎观众头上。她能在睡梦中就拆除这颗炸弹。

但那是在吊灯没先一步坠落的前提下。

"还有多少时间？"她朝卡桑德拉喊。

"现在有点分不开身计算这个。"衣柜被门顶得划开一个小缝隙，"就……赶快。"

贝尔德听见卡桑德拉正在使劲儿抵着门，用力把排练厅的门掩回去。贝尔德心里感激她的拼命，不过也知道娇小的图书馆员不能抵挡住剧院保安太长时间。卡桑德拉正在一点点失去力气。

真遗憾男士们没在身边帮忙干这么重的力气活。

集中精力，贝尔德提醒自己，*每次专注解决一个问题*。

贝尔德很清楚地意识到魅影可能随时用遥控器触发爆炸装置，于是立即动手。借助她最喜欢的瑞士军刀，她灵巧地撬开了炸弹的保护罩，露出里面的结构。确定引线的位置可不需要掌握什么神秘知识或者古老传说；如果说真需要什么的话，自信地剪断蓝线的贝尔德感到一股奇特的怀旧情怀，立刻，爆炸装置失灵了。一闪一闪的红灯熄灭。

就像过去的时候，她想。

但这并不是说她们已经摆脱了困境。她仍然能感受到身下的吊灯还在颤动。如果卡桑德拉的数学完全无误的话——而她从来没让人失望过——整个歌剧院现在都危在旦夕。

除非斯通和伊齐基尔能够从源头切断发出震颤的东西。

* * *

斯通发现自己又处于老式的僵局中，他不敢挑战魅影的威胁。他对观众席上头的大吊灯体积和重量都了解得一清二楚。即便魅影通过一个小小的黑色按键让吊灯朝观众坠落只是一种可能性，他们也需要慎重考量戴面具疯子的这一威胁。

"后退，"魅影一边继续弹奏，一边重复这句话，"不过，你们还是可以尽情享受音乐。我此刻正在做的，就是让整间歌剧院垮塌！"

洪亮的《唐璜的胜利》乐声从管风琴中发出来。音乐让整间地下室都震颤。当斯通明白魅影的终极目标后，他担心地瞪圆了眼睛。

"是音乐！共振！"斯通想起自己曾写过的一篇论文——虽然论文署名是他多个假名中的一个，论文内容主要是探讨高层建筑物设计时的机械共振问题，这一问题可追溯到很久以前的巴别塔[①]，"你要用共振让整个建筑物都倒塌！"

"不是要用，是正在成功！"魅影纠正他，"没有任何失败的可能性。《唐璜的胜利》可不仅仅是埃里克的杰出作品；它是他为向地面世界最终复仇而创作的，它留存至今，就是为了等待这一时刻！"

音乐声变得更加狂野，声音更加震耳，渐强音预示着世界末日级别的灾难。斯通走过去，要把魅影从管风琴前面拽走，但他又犹豫了，因为他想起了吊灯，观众席上正欣赏歌剧的脆弱的观众们头上那盏大吊灯，就像达摩克利斯之剑一样。

"很棘手的困境，是吗，图书馆员先生？"魅影讽刺他，"你敢横加干涉触怒我吗？你真的愿意牺牲无数条无辜性命吗，哪怕之后还有更伟大、更壮丽的灾难？"

"你给我闭嘴！"斯通咆哮道，拳头紧紧握在身侧。他不能

[①] 巴别塔，传说古巴比伦王国的一座高塔，因为建得高大，接近天际，又被称为"通天塔"。——译者注

仅仅袖手旁观，让魅影继续演奏，但吊灯怎么办？他绝望地转头看向伊齐基尔，而后者，还在全神贯注地玩手机。"帮帮我，伙计。我们现在该怎么办？"

伊齐基尔得意地一笑："不着急。我刚收到一条卡桑德拉发过来的消息。吊灯的问题……现在解决了。"

"等等！"斯通不敢相信自己的耳朵，"你是说——？"

"贝尔德搞定了炸弹。我们现在可以大展身手了。"

这是斯通最想听到的消息。他猛扑向魅影，魅影用手指使劲地按下一个黑键。"蠢货！你们这是自找的……那些无辜的灵魂会诅咒你们不得好死！"

斯通没有停下脚步。身处地下深处，他们无法知道吊灯到底坠落了没有，但斯通相信他的队友。如果卡桑德拉说贝尔德已经在楼上控制住了局面，他相信就没有什么问题。

这就意味着，魅影很快会被他打败。

"演出结束了，老兄。把你的手从琴键上拿开！"

"不！离我远点！"魅影跳起来，从暴怒的图书馆员手中逃脱，撞倒了管风琴前面的长凳。他慌忙抓起乐谱，抱在胸前。斯通抓住了魅影的黑斗篷，坚决阻止他逃跑，但魅影耸肩撇掉了斗篷，一把将黑衣扔到斯通身上，黑斗篷暂时把图书馆员包裹住，斯通大声吼叫着抗议。"你们这群该死的！"落魄逃跑的魅影开始咒骂，"现在，你们毁了所有——"

"得了吧！"斯通一把扯掉蒙住自己的斗篷，将黑衣扔到地上，"把协奏曲乐谱给我们！"

"永远都别想！埃里克的遗产是属于我的，我是他的合法继承人！"

魅影一把抓起放在管风琴上面的银烛台，朝斯通掷过去，斯通一弯腰，躲过了烛台的袭击。烛台一路闪着火星，越过斯通，掉到伊齐基尔脚下的地上。

"哇哦！"小偷大声抗议，"看好了再撇东西行吗？"

烛台上的蜡烛"噼啪"地熄灭后，整间屋子都陷入了黑暗，只有伊齐基尔手机发出微弱的光亮。昏暗中，斯通看到魅影推开伊齐基尔，跑了出去。当戴面具的疯子飞也似的跑到台阶下朝着更低矮的藏身窝点逃窜时，伊齐基尔被他推倒在地。斯通跑出去追魅影，他知道：只要这个着了魔的疯子还留存着魅影的恶毒协奏曲杰作，巴黎——甚至全世界，就没有任何一栋建筑物是安全的。

"我们不能让他跑掉！"斯通胡乱地喊起来，他的声音因为镜子酷刑室而始终沙哑，"不能让他拿走《唐璜的胜利》那乐谱！"

斯通打开自己手机的灯光功能，飞快朝曲折的台阶跑去，追寻魅影。他闯进一道石拱门，进入悠长阴森的走廊。他的手机光束扫过眼前的地下墓道，寻找着戴面具的人影，但此刻已经看不到了。斯通嘟囔着咒骂着什么，非常沮丧。谁知道这个地下建筑中到底有多少个秘密通道和逃跑路线呢？他需要快点跟上魅影，以免这个残忍之人带着致命的乐谱溜走。

"拜托，拜托，"斯通自言自语，"你在哪里？"

一条丝绸一样柔软的绳子圈住了他的脖子，让他无法呼吸。

旁遮普套索，斯通后知后觉地意识到。慌忙中，他忘记了要将胳膊抬起来这种自我保护动作。他抬头望去，看到魅影正从天花板的一扇活板门里看着他，两只手紧紧拽着套索的另一端。魅影的标志性面具后面，是一双燃烧着怒火的发狂蓝眼睛，残忍的魅影机械般狞笑着。

"爱管闲事的美国佬!被剧院魅影吊死在这里吧!"

凶手的细绳勒进斯通的脖子,让他窒息。他想要撬开喉咙下的套索,但他慌乱的手指根本伸不进丝滑的套索和他皮肤之间。他的脚被抬高到半空,随即喉咙间传出沙哑的呻吟声,整个人就像被判了绞刑的犯人被行刑一样,吊在半空中。当脖子上的套索越勒越紧时,他的肺里喘出最后一丝游气,让他彻底隔绝了氧气。他努力克制自己不昏过去,他的视线开始变黑,周围的黑暗一点点向他包围。

从没想过我会这么死去,他想,在世界上最宏伟的建筑之一的地下深处……

"喔喔。"伊齐基尔悠闲地走进墓道,"放他下来,哥们儿。"

"你胆敢命令我!赶紧逃吧,这样世界就会知道又一个魅影重新出现了——而且,他的复仇大计也将在不久实现!"

"我不认为会这样,"伊齐基尔奸笑着说,"你是不是落下了什么东西?"

他举起一沓松散的乐谱,在魅影面前炫耀,尽管魅影还戴着白瓷面具,但他震惊的眼神显示出了他的沮丧。勒着斯通的绳子略微松开了一些。

"不!"魅影痛惜地喊,"你怎么……"

"我没和你说吗,我是一个小偷!"伊齐基尔的声音渐渐变得冷酷,他双手举起乐谱,优雅地准备撕碎,"放我朋友下来——立刻!否则,乐谱就会成为一堆纸屑!"

"住手,我诅咒你下地狱!那可是埃里克的杰出创作,是他聪明才智的永恒巨作!"

"真可惜,我更喜欢流行音乐。"伊齐基尔开始撕开乐谱,但只是撕开一英寸,"放开他,放开他——"

"等一下!"魅影恐慌地叫喊,"不能这样!"

他松开了套索,放斯通落回地面。被勒得窒息的图书馆员没有立刻发觉这一后果,只感到绷紧的套索从脖子处松了。他大口喘着粗气,使劲儿拽松套索,憋闷的肺部贪婪地大口大口吸进空气。

"你还好吧,哥们儿?"伊齐基尔问。

"比几秒钟之前好多了,"斯通声音沙哑地说,"谢谢你,兄弟。"

"谢啥?就谢我朝尴尬的楼上举一沓乐谱?"伊齐基尔假装谦虚,"好啦。那只是小把戏而已。"他咧嘴对斯通笑起来,"不过,不客气。"

斯通轻轻用手揉搓喉咙,"如果你在我被吊起来之前这么做,就更好了。"

"你也没给我机会呀!"伊齐基尔回应,"另外,总得有人去追坏蛋呀,你看上去绝对在气头上,准备要给这个装腔作势的坏蛋一个教训的样子。说不定,我还挡了你的路呢。"

"好吧,下次——"

他们打趣的话让心急如焚的魅影等得不耐烦了。他焦虑地从天花板上朝下观望。

"打断一下!"戴面具的音乐家说,"我做到了你要求的——我放了你的同事。"他迫切地想要拿回《唐璜的胜利》丢失的乐章,"现在,把乐谱给我。那是我的遗产。它属于我!"

伊齐基尔摇摇头,"没门儿,老兄。我相当确定,因为你被指控为整个大规模谋杀未遂事件负责,你要求的东西被没收了。"他挑衅地挥舞着偷来的乐谱诱惑魅影,却始终让魅影无法够到,"现在你有两个选择:一是你把乐谱的其他部分交给我,我们确保它会安放在世界上最安全的图书馆里,为后世子孙好好保存;二是我手里的这些乐谱将会永远、永远地从历史中消失。"

"你不敢这样做!"魅影怒不可遏地吼叫。

"你认为我不敢?"伊齐基尔转头看向斯通,"你来告诉他,斯通。我敢还是不敢。"

"噢,他可太敢了,"斯通承认,"关于这点,请相信我。他可没有什么尊重历史的习惯,也不管什么精美的艺术和音乐,无论是什么艺术品。有时候,他那不屑的劲头真挺让我抓狂。"斯通摇摇晃晃地站稳,"如果我是你,我会认真考虑他威胁的话……如果你真在乎保存埃里克杰作的话。"

说实话,斯通也不知道自己告诉魅影的是一派胡言还是确有其事。为了给魅影一个教训,伊齐基尔真的会撕碎一件价值连城的艺术品吗?斯通当然相信他,但仍然……

"我诅咒你们两个下地狱!"魅影愤怒地挥舞拳头。他嘴唇间喷出唾沫,"这本来和你们没有任何干系!"

"的确是,哥们儿,"伊齐基尔说,"那么,你的选择是什么?永远留存,还是现在就变成纸屑丢进垃圾筐里?"

杀气腾腾的猩红色充进魅影的眼睛,但接着,他的肩膀垮了下来。

"我……我投降。"

"好主意。"伊齐基尔伸出手掌,"递过来。"

魅影体操运动员般灵活的身姿从天花板上落下,忧伤地把《唐璜的胜利》其余部分交给了伊齐基尔。虽然,似乎"鬼魅"被打败了,但绝不能冒险,斯通将魅影的双手从后面绑住,用的是他丝绸般的套索。斯通系得很紧,手法也不算温柔。他还没忘记酷刑室,也记得魅影刚刚将无数无辜的生命置于险境。

"现在，我们该怎么处置他？"伊齐基尔问。

"贝尔德在北约和国际刑警处还有熟人，"斯通提醒他，"让他们来解决这个问题……但首先，我们要看看藏在这张面具后面的，是什么样的面容。"

强烈的好奇心驱使斯通去摘掉魅影的面具。他在心底已经做好准备，估计在这张毫无表情的伪装后面，会是一张畸形、损毁的脸庞。也许是像个活僵尸的脸，就像原版小说和电影中的那样？也或许是像改编版音乐剧中被浓硫酸毁坏的脸？

他没料到的是，面具背后的面庞会是……

英俊的！

一张男模特或者明星一样的脸正怒气冲冲地瞪着两个图书馆员。无瑕的肌肤，完好无损，由完美的颧骨和轮廓分明线条装饰的面庞，可以和米开朗基罗的《大卫》一较高下。

"哈？"伊齐基尔愣住，"是我看错了，还是他长得就像男明星版的魅影？"

亚麻色的头发和蓝色眼睛让斯通回想起魅影恐怖闺房里的画像。

"我猜，他可能是长得像他的曾曾曾祖母吧。"

3

俄勒冈州，波特兰

"有弗林的消息吗？"贝尔德问。

詹金斯抬起头，他正在擦拭米洛斯的维纳斯遗失已久的双臂，如果太久没人照看的话，这对手臂就会胡作非为。尽管这对手臂通常都是存放在图书馆的希腊－罗马馆中，但此刻，永生看管人却将它们支撑在他自己的工作台上，就离贝尔德通常摆放整齐的办公桌几码远的地方，此时贝尔德心思不在办公桌上，所以桌面已经呈现令人讨厌的杂乱状态。图书馆波特兰附件馆的第一层办公区被用作图书馆员们执行任务的大本营，也是图书馆联通外界现实的实体界质。与这个房间相邻的各个门廊和走廊连接图书馆的内部，图书馆的实际规模比附件馆研究机构外表的灰色建筑物大无数倍。办公室墙边竖立着一排排书架，打磨光亮的木质书架塞满了大书，其中既有实用书也有神秘难懂的天书，通往中层楼的弧形楼梯侧立面挂着老式的卡片目录。古老的陈列柜和储物柜，镶有边框的地图和卷轴，还有不拘一格的各种不同年代的物件和卷轴，包括一部年代久远的收音机、一把真正的19世纪的长刃猎刀，这些东西将附件馆打造成古朴惬意又永恒经典的氛围。最近几年,贝尔德逐渐喜爱上这种氛围。这里不仅仅是她工作的地方,还是她的庇护所。

"恐怕没有,上校。"詹金斯回答。他是一位高贵的银发绅士,身穿一套保守的西装,看上去只有六十几岁,但仅仅从外表,你大概猜不出他照看附件馆的时间已经久到你难以想象。贝尔德猜想,自从很久以前那个光荣、闪耀的王国衰落之后,图书馆也许是他认为最接近"家"这个词的地方了。"但这也是情理之中,"他接着说,"利莫里亚①选举会议总是要开很长一段时间,如此一来,这段期间,卡森先生就无法和我们联络上。"

弗林·卡森是在职的图书馆员中经验最为丰富的,他被请去做公正的仲裁者,为各种长期不和的鱼人部族达成某种棘手的深海协议做斡旋工作。而实际上,这些"鱼人"也的确长着鳃和鳞,偶尔贝尔德十分困惑,她无法设想那会是什么模样。

"考虑到各个部族间频繁出现的仇恨事端,主要引起纠纷的,还是关于背井离乡的 Mu 和 Ys 两族,"詹金斯详细地解释,"我猜卡森先生估计在马里亚纳海沟忙得不可开交……得忙上许多天吧,至少。"

"知道了,知道了。"贝尔德叹着气说。她和弗林不仅仅是图书馆员和守护者的关系,所以可以理解她为什么对他迟迟不归如此不耐烦了。办公桌上一张镶在相框里的照片让她回想起他好看的娃娃脸。"弗林总是说,当他能回来的时候,就会回来。"

"这一看法很准确,"詹金斯如此说,"你想象不到在水下呼吸的种族有多擅于制造冗长枯燥,比方说,简单地重复他们各种家谱中的人名就好像得听一辈子……"

---

① 利莫里亚是传说中与亚特兰蒂斯同期存在的文明,远古时沉入海底,被认为是高度发达"伊甸园式"的热带天堂般文明。——译者注

贝尔德没有理会詹金斯的沉闷语气，不禁开始有点担心。

"但这次只是一种外交工作，是吗？没有实质性的危险吧？"

詹金斯耸耸肩，"有句话说得好，外交只不过是隐藏的战争。"

贝尔德以为她听出了这句引用的话出自哪里，"冯·克劳塞维茨①的话？"

"《星际迷航》里的，"他纠正道，"不管怎么说，这也不是卡森先生第一次参加枢机会议。我相信他能顺风顺水，打个比方而已，我当然知道他是深入海浪下三万英尺深的地方。"他的声音尽量柔和，好让她放心，"如果说有什么让人难受的，他面临的最大威胁也不过是吃了过量的海苔沙拉和太过激烈的选举会堂。"

"谢谢你，詹金斯。我想我只能在这里等他从水里出来，回到干爽的岸上。"她陷入沉思，没有热情去整理桌上早应归档的文件和信件，"太糟糕了，我们现在没有案子让我忙一会儿。"

"你现在来加入我们的'游戏之夜'也不迟，"卡桑德拉从旁边的会议桌边上朝她喊，她和另外两个图书馆员正在消遣，在打一场激烈的"全民猜谜大挑战"②游戏。长长的橡木桌摆放在办公室的正中央，桌下的地板上嵌了一个大大的指南针图案，"你可以做我搭档。"

"嘿，这不公平啊，"伊齐基尔抗议道，他的脸依旧因为最近魅影烤炉般的酷刑室而显得黝黑，"我们不能组队玩。这是个严

---

①冯·克劳塞维茨，1780—1831年，普鲁士军事理论家和军事历史学家，著有《战争论》。——译者注

②全民猜谜大挑战，一套桌面游戏，最多可以四人同玩。游戏包括一个棋盘、一枚骰子、一套卡片和四枚棋子。棋盘以六种不同颜色的格子标记，每种颜色代表一种类型的问题，例如蓝色代表地理、粉色代表娱乐、黄色代表历史等。棋子是一个带有六个楔形小格的圆形小盘。游戏者通过掷骰子来决定移动的格数，然后回答格子上所对应颜色卡片上的问题，答对者可以得到一块相应颜色的楔形"小蛋糕"放在棋子上。最先集齐六格不同颜色的"小蛋糕"者，即为赢家。——译者注

格的一对一的游戏。"

斯通抛起骰子,挪了挪他放在桌边的塑料棋子,"不是说你好像赢得的'小蛋糕'角数更少,卡西,"他将椅子转了半圈面向贝尔德,然后接着说,"也不是说不欢迎你加入我们的游戏。因为我们在你之前开始游戏了,我们甚至可以让出一角或者两角。"

"谢了,"贝尔德说,"但我想,我不用你们让步也能很快赶上你们。我可能算不上真正的图书馆员,但在一路工作中,我也学到一点,也可能是两点。"

"这点毋庸置疑。"斯通亲切地说。

贝尔德信步走过去,看看他们的游戏。她目光一扫桌上,看到图书馆员们的战绩正好符合他们的个人特长,很有意思。毫不意外的,卡桑德拉几乎把所有数学和科学的问题都解答了,斯通也已经获得了艺术和历史的两角"小蛋糕",而伊齐基尔在娱乐和休闲领域遥遥领先。三位图书馆员都擅长地理,大概是工作中的环球旅行为他们铺垫好了基础,尽管贝尔德怀疑他们解答了大部分关于香格里拉、黄金国埃尔多拉多和百慕大三角区[①]的问题。

"也许,我们可以来个男女大对抗,"卡桑德拉仍然坚持自己团队协作的主意,"好不,拜托,我从来就没依靠自己得到过'运动'那角——"

贝尔德刚想说点什么,把团队均衡地融合在一起,每个成员的优势和劣势互补之类的。她刚想支持卡桑德拉,就看见剪贴簿"砰"的一声从桌子另一头的书架上落到桌上,打断了他们的游戏。好像被一阵神秘的风吹拂,它的纸页轻轻翻过,翻到一张之前是空白而现在上面贴着一则新闻的页面——就在刚刚还没有这

---

①香格里拉、黄金国埃尔多拉多和百慕大三角区都是传说中的神秘之地,在之前《图书馆员》系列电视剧中有发生在这些神秘之地的故事。——译者注

则新闻。

"无所谓了,大家,"贝尔德说,"看上去我们要回去工作了。"

剪贴簿,是一本皮革包边的剪贴本,里面罗列着各种新闻简报,是电子时代以前的报纸档案馆使用的那种,但这本剪贴簿是图书馆偏爱的一种预警系统,它会提醒图书馆员们有需要他们关注的事件发生。大多数时候,这些事件包括没有被安全地归档在图书馆的危险魔法知识、遗物或实体所引发的怪异事件。从很多方面来说,这项工作和贝尔德之前在北约的工作很相像,唯一的区别是,如今,潜在的大规模杀伤性武器往往涉及古老的秘密和巫术。

"哦!"卡桑德拉十分激动,可以看得出她比以往都期待新案子到来。大概是因为与她的同事相比,图书馆员这份工作带给她的生活更多意义和刺激。"你认为它这次会派我们去哪里呢?"

"我希望千万别是另一条称呼好听的下水道,"伊齐基尔说,"如果你问我,我想我们太应该全程免费地去一趟夏威夷或者蒙特卡洛。"

斯通抛给他一记提醒的眼神,"乌鸦嘴,别乱说,老弟。"

游戏之夜已经成为过去,贝尔德和她的队友们都急忙走过来查看剪贴簿。詹金斯也走过来,但在这之前,他小心翼翼地将维纳斯那爱游荡出名的胳膊锁进红木储藏柜里,然后他才加入他们的行列中。贝尔德没有浪费时间,直接去看魔法剪贴簿这次给他们呈现了什么新闻:

"铁器时代的纪念碑被蓄意破坏。

"在梅奥郡,一根风化后的巨石柱纪念碑近日倒塌了,它曾矗立在克鲁湾偏远海岛上有一千多年,如今被不知名的组织推倒，留下一地狼藉。当地相关部门无法确定故意破坏文物者是何人，也无法断定其动机，因此，当地相关部门向公众寻求帮助。这些纪念巨石柱曾经遍布爱尔兰各地，有历史学家认为它们的年代至少可以追溯到公元5世纪。"

"爱尔兰？"卡桑德拉说，声音里充满了兴奋，"我们要去爱尔兰？"

"好吧，我可以忍受这个，"伊齐基尔说，"只要我们不必一直被困在偏远的不毛之地，得离牛粪远点。"

"爱尔兰可有太多吸引人的遗址和历史了，"斯通说，"一直能追溯到新石器时代。凯尔特人、维京人、诺尔曼人……他们在爱尔兰岛的艺术、语言和建筑上都留有自己的印记。"为了能完全吸收整个事件，他重读了一遍新闻，结果他忍不住生气了，"真该死，我讨厌听到这种新闻，无比珍贵的地标性东西被毁坏了，破坏者一点都不考虑它们的历史和文化意义。什么样的失败者会这样糟蹋一件真正的历史文物？"

贝尔德理解他的愤慨，但她猜想，剪贴簿不会提示一种单纯的即使无法让人原谅的故意破坏行为。这件事必定有更深层的原因，有某种神秘的角度值得图书馆员警惕的。

"有人在找不属于他们的东西？"她猜，"或者是释放了什么东西？又或者是有什么古老的旧怨要解决？"

她已经在图书馆工作很久了，久到她能列举出无数条可能亵渎古老纪念石柱的原因，这些原因中几乎没有什么是好的。她又读了一遍新闻，很明显这则新闻摘自《爱尔兰时报》。然后，她向詹金斯咨询。

"有什么想法吗，或者第一时间想到的东西？"她开口问永生的看管人，他大概比现今任何人对历史上大多数鲜为人知的魔法人物和事件都了解，"关于这个特别的地方或者独石柱，有什么我们需要知道的？"

"现在我回想不起来，上校。"他越过她的肩膀瞅了一眼剪贴簿，"正如新闻中说的那样，爱尔兰有丰富的各式各样年代久远的竖石纪念碑、石室冢墓、石阵、古墓、石祭台和其他持久保存的残留物。你可以在沼泽、牧场、小山丘、洞穴和任何其他地方找到，很多遗物仍然身处人迹罕至的地方。新闻中提到的石柱纪念碑可能只是其中之一。"

"哦，好吧。"贝尔德略显失望地说，"我觉得问一下总没错，尽管我想，你没有立刻讲出末日灾难这种话，我应该放松点。这则新闻没有涉及我们已知的某种达到红色警戒级别的危险？"

"相信我，上校，如果这根巨石柱的倒塌解开了七印①，你会是第一个知道的。"他走到一个书架旁边，开始匆匆翻阅相关主题的一本大书，"多看书研究一下说不定能让我多点灵感，当然了，尽管需要耗费大量精力去发掘。"

贝尔德相信他的话。图书馆里的藏书包罗了甚至亚历山大大帝时期的古籍，而且还远不止这些。图书馆持续不断扩展规模，甚至都无法指望詹金斯能立刻回想起收藏在其中的每份古卷、日记或者古朴华美的手稿。

"明白，"她说，"你来研究书，我们其他人出发去犯罪现场调查一下。如果幸运的话，我们也许会找到些线索告诉我们图书馆正在担心的是什么。"

这也不是第一次贝尔德希望图书馆提供的情报更具指向性，而不仅仅是激发他们兴趣的报纸新闻。比方说若有一次军事风格

---

① 七印，源于《圣经·新约·启示录》，七印封存的东西代表神的圣旨，七印解开预示着世界末日的大灾难将至。——译者注

详尽的作战指示，包括地图、备选方案、交战规则和足够多可操作性强的情报，该有多好。但事情总是这个样子。图书馆，自身拥有令人费解的智慧，只是简单地让他们知道有火情需要他们去灭火；而她的团队需要找出究竟是哪里着火了，找出源头，然后在火势没有殃及更多无辜平民之前控制住局面。

好的一方面是，有三位真正的天才和她一起办案。

"好啦，大家听着，"她说，看了一眼腕表"——爱尔兰在七个时区外的地方，而这里已经是深夜了，做好准备，全体就位。我们将在十分钟后出发，也就是 10:40。"

"听上去像是有计划，"斯通一边说，一边和其他图书馆员一起为远行做准备。没人去收拾桌上的游戏残局，"海伯尼亚①，我们来啦。"

及时到达爱尔兰是件相当容易的事。有魔法后门——一扇和世界上任何的门秘密连通的门，只要詹金斯确定了正确的坐标，它可以让人跨越半个地球就像跨过一道门槛那样简单。理论上，他们将会在日落前到达"古老的土地②"，按照当地时间来说。

然后呢？

贝尔德身上的战略家属性让她喜欢提前计划，但作为守护者，多年的经验已经让她明白，一旦涉及魔法的事情，任何计划都会泡汤。任何事都可能发生——也会发生，这种情况下，你怎么判定预料之外的事？

但她仍做了计划。

---

① 海伯尼亚（Hibernia）是"爱尔兰"的拉丁文古称。——译者注
② 古老的土地是移民对爱尔兰故土的一种亲昵称呼，自 19 世纪中叶开始，大批爱尔兰人移民到美洲，这些爱尔兰移民称呼故乡时，往往用"古老的土地"这一词汇。——译者注

"祝你好运，上校。"詹金斯说。

"爱尔兰人的好运[①]？"她说起俏皮话。

詹金斯皱起眉头，"这是一种不太恰当的表达方式，如果你问我的话。我并不想冒犯爱尔兰和它的子民，但爱尔兰历史充满动乱，不乏不合理的侵略、占领、饥荒、瘟疫和领地纷争。恕我直言，我不确定我愿意把这种祝福送给你和你负责的队员。"

贝尔德叹了口气。

"你知道吗，詹金斯，我们真的太需要你这种'充满热情的鼓励'了。"

[①]爱尔兰人的好运是在爱尔兰著名节日圣帕特里克节时，人们常会送上的祝福——"希望今天爱尔兰人的好运能围绕你！"——译者注

4

爱尔兰主岛外，伊尼什克罗岛

一座古墓坐落在阴沉天空下的绿油油辽阔草地中间，它的造型十分简朴——一块巨大横放的花岗岩石板放在两根竖直的巨石顶端。曾经，数千年间，这座墓地可能被大量的石块和泥土埋在下面，但时空变换，沧海桑田，它逐渐又露出自己的原貌，样子看上去很像神秘巨人自己制作的石桌。然而，除了它的特有功用外，这座墓地数千年来从来没有被当作"门"来使用。

直到今天。

一道刺眼的白光从拱顶石下闪过，瞬间填满了两块竖直石头中间的空间，卡桑德拉和其他人跟跄地从门内走到外面潮湿的草地上。和以前一样，从附件馆到这里的跨越中，她又踩空了一步，即使已经成为图书馆员三年了，她迈进魔法门后，还总是把自己甩出去好几步。也许是地球自转导致的？

也或许是因为简单地迈一步就跨越无数里程，这种跨度让人有点头晕目眩。

一分钟之前，他们还在附件馆里，同詹金斯道别，他一边和众人告别，一边用精美的地球仪操作魔法门，地球仪借由魔法连通巨大的双扇磨砂玻璃门。一如往常的白光充满门口,让他们知道应该出发了,然后他们就来到了这里——一个距离爱尔兰西海岸不远处的小海岛,离波特兰远超四千英里。

现在是三月上旬,天气仍然带着凉意,卡桑德拉很高兴在向这片土地进发前自己穿上了暖融融的毛衣和紧身裤。团队中的其他成员也穿得很符合季节特点:夹克外套,毛衣,还有日常普遍穿着的靴子。卡桑德拉抬头看了一眼昏暗的天空,心里犹豫他们是否应该再带把雨伞来?

他们身后的白光一闪而过。斯通转身欣赏起他们刚刚穿越过来的特殊大门。

"把新石器时代的石室冢墓①当作传输端口,"他赞赏地说,"不得不夸奖一下詹金斯。真是高明之策。"

卡桑德拉能看得出斯通为什么尤其钦佩詹金斯,这和他的兴趣有关,但她也觉得作为魔法门的另一个门口而言,庞大的巨石遗址可比从空置的杂物室门或者户外厕所门出来酷太多了,当他们没有其他选择可考虑的时候,他们就得接受任何能到达的端口。她扫视了一圈岩石遍地的田园风光,只看到青草、巨石、农田和几截低矮的石墙勾勒出的风景。紫色的蓟草花给一望无边的青草平添几分俏丽。鸟儿在头顶啼叫。

"我就不明白了,"伊齐基尔困惑地看了一眼巨石桌子,"我看这些超大个儿的建筑石材不像是破损、倒塌的样子,尽管它们经历了几千年的风吹雨打。"

"你说错了,这不是我们要找的那根巨石柱,"卡桑德拉解释说,"这里只是周围最近能达到的'通道门口'。"尽管有乌云遮

---

① 石室冢墓,又称支石墓,是史前时代殡葬遗址形态之一,外观为数块大巨石竖直放置在地面上,石群上方承有一块大型石板为顶,架构留置的空间用作墓室。——译者注

蔽，她还是根据太阳的大致方向设法确定了方向，然后，她朝西北方向指过去，"我们要找的独巨石柱在这个方向。"

贝尔德用手机上的GPS定位系统再次校准了他们的方位，"大约距离这里有七公里。"

"是七点四九公里，"卡桑德拉说，"准确来说。"

"我愿意纠正这个错误，"贝尔德微笑着说，"我们走吧。"她把手表调到当地时间，"白天就要过去了。"

离开通道门，他们开始穿过草地。看上去，他们在大地上孤零零的，只有当地的动植物伴在左右。根据维基百科上的介绍，这个小岛是克鲁湾所拥有的三百多个海岛中的一个，人烟稀少，整座岛上只有几处相距遥远的农场和几个零星的村落。用来挡住羊群和牛群的低矮粗陋石墙，很容易就攀爬过去，即便没有便捷的梯蹬。奔走、锻炼更是帮助卡桑德拉保暖。

"那么，在古墓那里怎么会没有停车场、游客中心和礼品店呢？"伊齐基尔说，"似乎白白浪费了一个吸引游客的绝佳景点。"

"就像詹金斯说的，"斯通说，"爱尔兰随处可见古老的纪念柱、遗址和考古发掘地，比起其他古代遗物，有些古代遗迹更加有名，也更容易到达。很多著名的景点，比方说纽格兰奇墓[①]和布拉尼城堡[②]，游客数量都达到人满为患的级别，但你仍然能从某个远离主干道和高速路的偏远牧场发现被遗忘的环形要塞，或者是维京人定居点的遗址。"他凝望着荒无人烟的四周，"坦白来说，我都怀疑那根独石柱被人为损毁后，得有多久那些闲逛的农

[①] 纽格兰奇墓，爱尔兰首都都柏林以北约四十五千米的博因河湾，是一座拥有五千多年历史的史前坟墓遗址，欧洲最重要的史前巨石文化遗址之一，被收录在《世界遗产名录》。——译者注

[②] 布拉尼城堡，位于爱尔兰布拉尼小镇，是爱尔兰历史最为悠久的城堡之一。——译者注

民和观鸟爱好者才发现呢?"

"希望不算太久,"贝尔德说,"我们得努力赶上对手。"

一段漫长的徒步旅程之后,他们来到了目的地,结果发现,事发地位于一座高高的悬崖上,俯瞰着隔绝小岛和爱尔兰主岛的海湾。卡桑德拉饱览四周景色,留意到海对岸有一座圆锥形的山从爱尔兰的海岸线凸出来。她疲惫的双腿很感激,它们不必爬那么高的地方到达目的地。她怀疑那山顶不会有快速到达的连通门。

"瞧哇,"贝尔德说,召唤正在看风景的卡桑德拉,"我们到达目标地啦。"

没错,有一根花岗岩独石柱,曾经它至少站立在地面上有十二英尺高,如今只静默地躺在地上,压着下面的青草和泥土。土中有个狭长的大坑,证明了那里是独石柱曾经站立的地方,直到有人将它连根挖起。卡桑德拉瞥了一眼泥坑,要比她想象的深很多。

"奇怪了。"她说。

"怎么了?"贝尔德问。

"这个坑,它深得离谱。"她耳边传来几何的声音,各种参数听起来就像是开心果,而明亮的公式在她眼前发出荧光。根据她的计算,考虑到估算的独石柱体积和质量,还有它竖直后的重力,坑的深度只需要达到它整体长度的三分之一,这是以竖直为九十度直角和合理偏差的前提下计算出来的结果,但这一结果和她看到的却不一致。"我刚刚算过了,埋好这样一根巨石柱不需要挖这么深。这坑有我无法解释的六英尺深度。"

斯通蹲在深坑旁边,仔细往坑里看。除了建筑领域的研究学者之外,在被图书馆招聘之前,他还曾于俄克拉荷马州铺设过输油管道，所以，他懂得所有建筑的地基问题。

"你说得对，卡西。你们看看这个，我敢说有人挖开了独石柱下面的土，挖开了地基下面至少两码深的土。"他的目光又扫过那根倒塌的巨石，"我们可以通过测量石柱上的泥土痕迹的长度证明这点，但我敢拿我的十几个学位来打赌，这个坑比测量的结果要深很多，而且是有意为之的。"

"这意味着有什么东西被埋在了大石头下面。"一想到可能是隐藏的宝藏，伊齐基尔两眼放光，"可能是什么珍宝？"

"也可能是有致命危险的东西，"贝尔德冷峻地说，"带有魔法的危险物品。"

"但挖的人找到他们要寻找的东西了吗？"斯通大声地怀疑，"也或许他们找的是错误的地方呢？"

"我怀疑不是，如果真是穷追野鹅——白费力气①的话，剪贴簿不会派我们来这里。"回想起最近追捕过的鹅妈妈，贝尔德皱起眉头来，她立即把这一想法推开，那是另外一次探险旅程了，"我打赌是一件被埋葬的魔法手工艺品或者一本魔法书之类的。"

"让我们看看到底是什么。"卡桑德拉一边说着，一边从口袋里拿出她最喜爱的魔法探测仪。便携式探测仪的大小和手持式计算器类似，有一个精确的数字显示盘；和打蛋器一样的初版探测

---

① 穷追野鹅——白费力气（a wild goose chase），英文原来字面意思为：很难追上一群大雁（wild goose），这里为方便与下文内容呼应，直译为"野鹅"。词源学家认为"a wild goose chase"（徒劳的追求）最早起源于赛马。在 16 世纪，所谓的"赛马场"是指茂密的森林。而赛马比赛是指在茂密的森林中紧追一匹"头马"，头马性情暴烈，奔跑时狂野无规律。在毫无清晰路线的追逐中，很多骑手独陷森林中，找不到归路。这种赛马形式有"一马领头，群马尾随"的特点，与雁群飞翔极为相似，人们便称这种赛马为"a wild goose chase"。随着时间的推移，"a wild goose chase"渐渐演变成"徒劳无功的追求"之意。——译者注

仪相比，这种魔法探测仪的外表看起来没有那么酷、那么蒸汽朋克，但它更方便携带，操作起来也明显简易……尤其是现在没有爱管闲事的旁观者。"理论上，我们可以发现任何与魔法相关的残余剂量。"

她从地面上面扫描深坑，心里感激这一仪器的探测范围足够广泛到她不必从深坑里爬上爬下。从技术层面来说，她没有幽闭恐惧症，但在布达佩斯被困在一个许愿井底后，她不那么着急重现这种经历。当她眯着眼看读数时，她的眼睛瞪得大大的。

"好吧，我没想到会是这样。"她说。

"让我猜猜，"贝尔德说，"读数已经偏离了正常值？"

卡桑德拉摇摇头，"刚好相反。由于暗野魔法重现世间，现在四周都有魔法能量，就像寻常的射线一样，你现在可以在任何地方找到，但不过如此而已。可是现在，我没看到读数有一丁点上升。"她转回身，用探测仪测量了周围的土地，"实际上，我们这里似乎没有一点地脉的能量。"

地脉就像自然电流或者空气急流，在全世界范围内携带着几种魔法能量涌动。在现代，很多地脉已经死去或者休眠，直到毒蛇兄弟会几年前重新启动了它们，导致了一系列亟须图书馆员们解决的魔法危机出现。近年来，很多事端发生在两支或更多支地脉交会的地方，或者在这些地方的附近区域，卡桑德拉几乎已经习惯了。

"这不合常理啊，"斯通说着开始挠头，"古代的纪念碑——方尖碑、石圈、寺庙，还有这种独石纪念柱，总是竖立在神圣的地方，这些地方往往被认为有特殊的神力，通常就意味着它们被建立在一支或两支地脉上。"他怀疑地看了一眼卡桑德拉，"你确定那小玩意儿没出故障？"

她把探测仪递给他，这样他就可以自己检测，"如果我在图书馆的话，我能查看地图从而判断这仪器上的图谱是不是有问题，但——"

"别着急，"伊齐基尔说，"我有个替代版的手机应用 App。"

斯通转身面向他，很是吃惊，"你有个什么？"

"几个星期之前，我把几幅老地图转化成电子版了。"伊齐基尔掏出手机，点开一个很像附件馆里面地球仪的图标，"因为现在毕竟是 21 世纪了啊。"

"很有创意，琼斯。"贝尔德赞同地点点头，"所以，结论呢？"

伊齐基尔仔细地看着手机，"卡西说得对。是有支地脉，但它在我们刚才穿越过来的大门那儿，在几英里之外，而这里是魔法能量的盲区，没有一点魔法痕迹。好像是有人故意挑选了一个远离任何魔法热点的地方埋下那块大石头的。"

斯通皱起眉，"这不太符合常理啊。"

"除非，"贝尔德说，"他们埋了什么需要避开任何魔法的东西，为了确保东西的安全。"

"真是个……令人不安的可能性，"卡桑德拉说，"这就意味着被埋的东西本应永远埋葬在这里的。"

"不过，我们还是有太多空白和问号了。"贝尔德说，用手指细数他们需要解决的问题，"谁埋了东西？谁在找这东西？他们找到了吗？还有就是，这东西究竟是什么？"

"如果真有什么东西的话，"卡桑德拉指出，"这个我们现在还不能确定呢。"她把注意力从深坑转移到推倒的独石柱，"这根大石头能告诉我们什么呢？"

"好问题，"贝尔德说，"斯通？"

他是个建筑方面的专家,呃,古老石头也算,所以卡桑德拉和其他人都退后,留他细细查看巨石柱。他一边围绕着石头转圈,用他训练有素的慧眼仔细调查,一边思考着,嘴里嘟囔着想到的事。

"这里没有其他竖直的石头,无论是过去还是现在,所以,这根巨石大概是单独的纪念柱,而不是石阵或者石圈中的一个。用术语来说,很让人模糊概念,独石柱、独巨石、竖石纪念碑这些词汇之间有含义重叠的地方,但似乎纪念柱总是单独竖立。"他跪下来,仔细查看在石柱没有倒下时是顶端的地方。一个象征胜利的笑容说明他有了重大发现。

"真见鬼,"他脱口而出,"来瞧瞧这个。"

其他人赶紧围上去,想看他找到了什么。"是什么?"卡桑德拉带着强烈的好奇心问道。

"我发现了一部分碑文……用欧甘字母[①]写的!"

他说完,其他人面面相觑,一脸不解地催促他继续解释。

"这是爱尔兰最早的书写体字母。看到边缘这些纹路了吗?"他指着在卡桑德拉看来像是随意刻到石头上的斜线说,"欧甘字母是一系列在一条垂直线上加水平或倾斜的笔画,就像是一棵树上的树枝,又像是五线谱上的音符。有些笔画是直角的,有些是斜线,其中有的笔画可能会长点,也有的短点,也有的长短都有。最初,这种字母是刻进树干或者厚木板上的,但到了公元4世纪,爱尔兰的石头纪念碑上随处可见这种字母了。据我们所知,这是古爱尔兰人——我们现在通常称呼的'爱尔兰原始人',他们对口头相传的语言第一次尝试书写出来的文字。"

[①]欧甘字母,古爱尔兰语,中世纪前期使用的字母系统。——译者注

越谈起这个话题,他的脸和声音越是显得兴致勃勃。卡桑德拉常常觉得斯通是一个天生的老师,说不定会是一位优秀的大学教授,如果命运(和图书馆)没有为他做另外安排的话。他对自身擅长领域的激情明显特别有感染力。

"谁写的?"贝尔德问。

"说起这个,很有意思了,"斯通说着,好像在同最喜欢的学生讲话,"欧甘字母的最初使用者已经消失在历史的浓雾中,这个话题学术界一直在探讨。有的人说它们是德鲁伊特[①]创造的,其他人认为这些字母是基督教传教士试图翻译当地语言时写下的。另一方面,还有传说称,欧甘字母是达努神族[②]他们自己的文字,后来当作神恩赐的礼物交给爱尔兰人。"

"什么神族?"卡桑德拉问。

"你从来没有听说过达努神族?"斯通大为震惊地看着她,"基里安……这可是个优美的古爱尔兰姓氏。我真没想到,你竟然不知道这些。"

"姓氏是爱尔兰的,但我却是个地道的纽约女孩。"她有点不好意思地说。她感到有点尴尬,关于她祖先的事情,俄克拉荷马州来的斯通都比她知道得多。"我的意思是,当然,我是有爱尔兰血统的,我猜想,但那是好几辈之前的事了,我恐怕……"

"没关系,"斯通说,"我并不是有意让你难堪的。"

伊齐基尔帮助她重新把焦点转回到问题上,"那么,达努之类的家伙是什么人?"

[①]德鲁伊特,凯尔特人古代宗教中的祭司、法师、教师、法官和预言者,是公认的古代智慧守护者,有着崇高的修养,并对自然科学和神学有很深的造诣。德鲁伊特是凯尔特人的特殊阶层。——译者注
[②]达努神族是凯尔特神话中的分支,达努神族也就是女神达努的子孙,是统治爱尔兰的最后一支神族。——译者注

"是些男神和女神，他们是爱尔兰非基督教的神祇，后来基督教传到这里，他们就降级为仙境皇族和消失的英雄了，具体事迹要看由谁来讲这些故事。据说，他们撤退到神秘的'彼岸世界'中，远离人世，但有的人仍认为是达努神族在很久之前发明的欧甘字母。"斯通小心地拂去沾在刻字上的一块污迹和泥土，"毋庸置疑，大多数著名的学者都不认为古老神话和传说是事实，但……"

"我们图书馆员现在应该知道不该忽视神话了。"卡桑德拉说，说完了他正要开口的话。她苦笑着说："到迷宫被一头弥诺陶洛斯[①]追着跑一遭就会知道。"

"更别提和埃及的混乱之神打仗了，"伊齐基尔补充道，"还有山精、狼人——"

"不管怎样，"贝尔德说，"你认识欧甘字吗？"

"差不多。"斯通摆出了凑合的手势，"但有个问题。"

贝尔德叹了一口气，"当然会有问题。"

"欧甘字母是沿着石碑表面刻的，用竖直的边缘当作水平尺，而不是刻在石碑表面。你得从左手边石头边缘底部开始读起，然后沿着石柱顶端一圈，最后，如果必要的话，绕一圈到达结尾。问题是，石柱现在这样平铺在地上，而不是竖直立着，如果不把整根石柱立起来，根本看不到大多数铭文。我能辨认出的，只是写在这一面上的部分。"

"写的什么？"贝尔德催促他。

斯通耸耸肩，"大概意思是，'不要打扰'。"

"啊哦，这话听起来可真是'没有'什么噩兆啊。"贝尔德目

[①]弥诺陶洛斯，古希腊神话中人身牛头的怪物。——译者注

光扫过狭长的深坑,"那,我们如何读到剩下的铭文呢?"

卡桑德拉凝视着巨大的石头。根据她的计算,这东西至少有五吨重,"这可是个大难题。"

"也许我们四个人全都上能把它扶起来?"贝尔德不确定地说,"或者我们把它翻过来?"

"我看起来像'不可思议的绿巨人'[①]吗?"伊齐基尔狐疑地盯着沉重的巨石,"再者,图书馆的医疗保险项目包括椎间盘突出和滑脱吗?"

"我们还有医疗保险?"卡桑德拉问。

"集中注意力,伙计们,"贝尔德说,"那原始年代时,人们是怎么运送这些大石头的?"

"暴力和奴役?"伊齐基尔猜想。

"现在这两样,我们都没有。"贝尔德充满希望地朝原始建筑技术最权威的专家看去,"斯通,你认为呢?"

"这是另外一个有争议的问题了。历史学家、建筑师、外行和其他人都在争论这一问题——石阵和金字塔是不是由原始工具和人力建造的。"卡桑德拉能实际感觉到她大脑中的思维在掉转方向,"大概是用支点和配重搭建的什么装置,也或许是滑轮组合系统——"

"或者是杠杆,"卡桑德拉提出,"一根很长很长的杠杆。"

这些听起来都无比复杂和耗时。贝尔德说:"我们没有时间备齐所有装置,更别提工作人员了。别忘了,有人已经先我们一步挖走了什么东西,谁知道他们此刻要做什么。有没有什么更快

[①] 不可思议的绿巨人是电影《无敌浩克》中的主人公,该科幻动作电影讲述了源自漫画的超级英雄——绿巨人的故事。主人公布鲁斯·班纳一愤怒就会变成拥有巨大摧毁力量的"绿巨人"浩克。——译者注

的办法把这根庞大的镇纸石举起来?"

"谁说我们必须得把它举起来啊?"伊齐基尔说,"为什么不简单地到它下面去?"

所有人都转过身盯着他。"到它下面去?"卡桑德拉问。

"对啊,"他说,"当实施盗窃的时候,想把东西拿到手,最简单的办法就是从底下拿。每次当我想要十美分的时候,我会挖地道越过某些穿越不了的障碍……呃,我仍然喜欢偷东西,虽然我现在已经有多到我都不知该怎么办的十美分硬币了。"

"但如果你挖地道钻到石柱底下去查看铭文,这石柱忽然沉下去把你压扁了怎么办?"卡桑德拉的大脑里不由自主地闯进一幕恐怖的画面——伊齐基尔被五吨重的大石柱压成了薄饼。她紧紧抱住双臂,毛衣也没能驱赶走她的寒意,"我还是觉得杠杆的主意稳妥些。"

"我没问题的,"伊齐基尔坚持,"铭文就沿着石头边缘,对吧?所以,我们唯一需要的,就是在石柱的顶端那挖一条浅浅的小沟,留它超长厚重的躯干继续支撑地面。然后,我挤进小坑里,拍几张铭文的照片,如果幸运的话,我们就能找出不应该被打扰的东西是什么了。"他低头看了一眼身上的衣服,"提醒你们哦,如果等我完成'蚯蚓钻泥坑'任务以后,图书馆可得给我买身新衣服。"

卡桑德拉仍然很担心。她转头看向贝尔德和斯通,询问两人的意见。

"也许行得通,"斯通承认,"刻痕字母就在石柱边缘,所以我们可以让独巨石的尾部支撑整个石柱。我们只需要小心点,不要挖得太长,保证不要让它翻倒。"他叹口气,"话说回来,还是配重更酷也更可行。"

"现在不是讨论这个的时候,"贝尔德说,她冷静地打量了一番伊齐基尔,"你真的能搞定吗,琼斯?"

他脸上露出明快的自信笑容,"你提醒了我应该告诉你,我就是这么一度潜伏进阿尔·卡彭[①]金库的。现在想想,那次真是挤得要命,相当惊险!"

斯通走到石柱一端,然后又走到另一端。"还是得花点力气。"他说。

"一会儿就清楚了,老兄。"伊齐基尔朝其他人得意地一笑,"有人带铁锹来吗?"

[①] 阿尔·卡彭,1899—1947 年美国黑帮头目,1925—1931 年掌权芝加哥黑手党,是 20 世纪 20—30 年代最有影响力的黑手党领导人。——译者注

5

附件馆

"这里躺着曾侵扰我们海岸的邪恶毒蛇之尸骨。不要打扰这些罪恶的残骸,以免危及汝之灵魂,"詹金斯逐一读出,"或者说,是诸如此类的话。"

整段铭文现在被誊写在办公室会议桌对面的白板上。詹金斯手握马克笔,站在白板前,多亏伊齐基尔远在爱尔兰遗迹那拍摄的照片,图书馆员和他们的守护者得以全神贯注地听詹金斯的翻译。这段铭文对永生的看管人来说,是一段既严峻危急又简短隐晦的提醒,绝对需要所有人都重视。

"我能读懂大部分字母,"斯通低声说,"意思差不多是这样。"

"就其古文字本身而言,是很了不起的,"詹金斯安慰他,"欧甘字母是一种极其古怪又废弃已久的字母体系,即使今天,能准确地翻译出来它的人比怎样正确使用省字符号和分号的人还要少。虽然我对欧甘字母已经生疏了,但毕竟年岁长些,还记得它流行时的盛况。"

"这是一项团队协作完成的小任务,"贝尔德强调,"那么,我们已经有铭文了,该想想它是什么意思了吧?"

詹金斯钦佩贝尔德总是将注意力集中到工作上的能力。她不仅擅于保护图书馆员们的身体和灵魂完好无恙,也尤其精通把分神的队友拉回到任务上,充分发挥他们的特长,就像保养良好的机器一样正常运转。

呃,至少可以说一半运转良好。

"邪恶毒蛇的尸骨?"伊齐基尔重复。他回到图书馆时满身泥土、灰尘,如今已经冲过澡,换上了新衣服,"谁会想要挖那种东西?"

"也许不是字面意义上的毒蛇,"卡桑德拉提出建议,"我的意思是,爱尔兰就没有任何真正的毒蛇,不是吗?"

"对,在圣帕特里克之后就没有了。"斯通开玩笑。

詹金斯忽然僵住了,好像被蛇咬了一口似的。在他脑海中的隐蔽角落里传来不祥的"嘶嘶"蛇语,图书馆员的无心言谈将他长期沉睡的记忆搅扰,有些封存的记忆被打开、鼓动起来。他转身追问:"你刚刚说什么,斯通先生?"

他提疑问的强烈语气似乎让斯通吓了一跳,"呃,我只是开了个玩笑说到了圣帕特里克,因为,你知道的,据说他将蛇从爱尔兰驱逐出去了。"

"没错!"詹金斯拍了一下脑门,暗暗责备自己没有早点想到这点。其实可以理解,他的记忆和附件馆一样都被塞满了,图书馆员悠长的历史沿革本身也让每年发生的事变得浩瀚繁多,但他已经看到了出现在眼前的线索。"不是蛇,"他沉重地说,"是毒蛇……毒蛇兄弟会的毒蛇。"

当他说出众人皆知的名字时,大家都倒吸了一口凉气,露出震惊的神情。詹金斯料想到了大家一定会是这种反应。毒蛇兄弟会是图书馆员们的死敌，久远到他还没出生之前，与致力于将魔法安全地保存好的图书馆不同的是，毒蛇兄弟会将魔法视为他们控制世界——进而随他们心意改变历史的力量。另外，他们冷酷无情，为了达到目的不择手段，这是无数已故图书馆员总结的悲惨教训。

"又是那些混蛋！"伊齐基尔说，"我以为我们已经不用再对付他们了。"

"要是这样就好了，"詹金斯回答，语气如殡仪员一样冷酷、凝重，"几年前，你和你的同事们成功阻挠他们的计划之后，他们的确是低调了不少，几乎没有动静，但这不是第一次——也不是第五十一次毒蛇兄弟会卷土重来，大概他们现在有了新的领导人。"

当回想起毒蛇兄弟会最近的主谋德拉克之死时，他永恒不死的心仿佛被重重一击。德拉克是他在这个世纪的名字，他任凭自己误入歧途的野心将自己扭曲成一个恶棍，更别提他本身的不死之身是对现实架构的一种威胁，但詹金斯仍然为这个德拉克曾经的身份感到哀伤[①]——也希望当初能有另外的办法阻止他。

"再详细解释一下，"贝尔德说，"是什么让你把铭文中的'毒蛇'认定为毒蛇兄弟会的？"

"图书馆历史中很久以前的一篇章，唉，直到刚刚我才想起来。"詹金斯说。所有的细节慢慢拼到一起，让他的理论更具真实性，但他仍然钦佩贝尔德坚持要看到证据才敢肯定的怀疑精

[①] 德拉克是《图书馆员》系列电视剧中毒蛇兄弟会的头脑，企图将魔法带回人世。在电视剧中，他也是不死之身，与詹金斯（亚瑟王时期的圆桌骑士之一，加拉哈德）一样，也曾是圆桌骑士，就是著名的兰斯洛特·杜·拉克（Lancelot Du Lac）。传说中，兰斯洛特是加拉哈德的亲生父亲。——译者注

神,好在可翻看的证据就在手边。"具体细节,我需要到档案馆找到相关的文件,但我似乎能想起来,早在5世纪时,发生在爱尔兰岛的一件大事,当时的图书馆员——我记得他叫'伊拉斯谟',他将毒蛇兄弟会打败……帮助他的,是某位天主教传教士,历史上的名字是'帕特里克'。"

"帕特里克……圣帕特里克?"卡桑德拉表现得就和之前她见识到圣诞老人确有其人并非童话时的样子,瞪大的眼睛充满了惊奇和喜悦,"你是说整个圣帕特里克将蛇驱逐出爱尔兰岛的故事,实际上是他和图书馆员一起……把毒蛇兄弟会驱逐了?"

"正是我说的意思,基里安小姐。爱尔兰从来没有过真正的蛇;在冰河世纪时,这种冷血动物根本无法从大陆横跨海峡到达那里,时至今日,大海仍将蛇挡在爱尔兰岛之外。"真实的故事可能比他叙述的要略微复杂些,包括史前大洪水以前敌对图腾神灵的盟誓,但詹金斯还是选择避免这些不必要的偏离话题,"但毒蛇兄弟会的确在一千五百年前被驱逐出爱尔兰了,是图书馆员和他的盟友——后世所谓的'圣帕特里克',一同将毒蛇兄弟会击退的。"

"一千五百年前,"斯通留意到这个小细节,"那时正是刻有欧甘字母石头的年代。或者,至少可以说是纪念石柱上刻欧甘字母的年代符合这一时期。"

"这也不是唯一证明我观点的证据。"詹金斯说,好像把另外一块小拼图放到了正确的位置。他从书架上拿下一张世界地图册,展开显示出爱尔兰岛和它周边地区的详细地貌。他从工作区拿起一个放大镜,帮他在爱尔兰左侧的蓝色区域找到一个小点,周围是很多类似不同尺寸的小点,代表着岛屿。他手指按在小点边上,"你们刚刚就是从这个不引人注意的小岛回来的。告诉我,在你们的旅途中，你们也许看到了海对岸有座灰色的高山？"

"没错！"卡桑德拉把手举到半空中，热切的样子就像一个急切地想吸引老师注意力的女学生，"我看见那山了！是主岛上的一座圆锥形高山。"

詹金斯点点头，一点都不感到意外。他的手指移动到地图中标示是高山的地方，地图上位于先前的海岛右侧大约一英寸。

"那是克罗·帕特里克山，后世人们大多用'帕特里克圣山'来称呼它，"詹金斯说，"传说，那里是441年左右帕特里克驱逐蛇——或者毒蛇的地方。"

"哇哦。"斯通说。

"是该说'哇哦'，斯通先生。"詹金斯将地图一直摊开，好让他们仔细查看，"刻有令人担忧碑文的那根被推倒的独石纪念柱，碰巧出现在可以看到克罗·帕特里克山的地方，不太可能只是个巧合，尤其是考虑到剪贴簿提醒我们要密切注意此事件。"

贝尔德快速瞟了一眼地图，然后做出判断。

"好吧，我明白了，"她说，"这么充分的证据足以使我信服，我准备好了开始行动，哪怕只有一丁点毒蛇兄弟会重现的可能，我们都有必要做最坏的设想。"她带着坚决的表情看向詹金斯，让他回想起准备战斗的十字军战士，"关于圣帕特里克那个时候的事情，你还能想起来什么吗？"

"恐怕，我自己想不出什么来。5世纪……太动荡了。"

痛苦的记忆不请自来地闯进他的记忆库：发生分裂的圆桌骑士、阵亡的国王、圣杯、女巫、父亲的滔天罪孽……

"那个时候我也自顾不暇。"他把久远的忧伤重新锁回记忆地窖，"因此，我知道发生的事，也仅限于对档案室里的研究，这一事件更精确的细节，我并不知情。很有必要挖掘原始记录，让我们更加全面地了解441年发生了什么。"

"清楚了,"贝尔德说,"好吧,这里是图书馆,所以就应该研究一番。我猜我们能依靠你帮我们做这份家庭作业喽?"

"你可以放心,我已经在做了,上校。"

"多谢,詹金斯。我们搜集越多的早年信息,就越能推断出我们的敌人是谁。"她的脸上挂起沉思的神情,"你是否还记得在古代事件中毒蛇兄弟会在追寻什么?"

詹金斯从翻找几个世纪的文献资料过程中停下来,陷入沉思,在意念里像浏览百科全书一样快速翻阅回忆。现在,他已经知道到哪儿去翻找,整个故事逐渐浮现在他的脑海……

"如果记忆没错的话,上校,是一口黄金锅。"

"太棒了!"伊齐基尔激动地说,"现在让我们来说说吧。任何时候我都会愿意面对一口黄金锅,而不是什么老骨头。"

"别这样轻率地下结论。"詹金斯冷峻地用他最为告诫的口气说。他用目光扫视一圈桌边的所有"太过脆弱"的凡人,"我相信不必我提醒你们毒蛇兄弟会有多残忍、多狡诈。如果他们再次露面,不计其数的无辜生灵都将面临致命威胁。现在,找出他们的下落和目标是我们的首要也是唯一任务。任何东西都不能转移我们的注意力。"

话说到这,门铃恰好不合时宜地响了。

6

"门铃？"斯通说，"这东西我们可是很少听到的。"

附件馆的建筑大楼，隐藏在横跨威拉米特河的高大悬索桥南端下方，从不对外开放。除了极少数的外来者，包括一心要抢劫图书馆的毒蛇兄弟会，斯通还不能立刻回想起任何不相识的外人来过这里。

究竟会是谁呢？

"毒蛇兄弟会？"被吓一跳的贝尔德小心地说，"回来报复了？"

斯通不认为是这样，"礼貌地按门铃可不是他们的行事作风。他们的手段更奸诈。"

卡桑德拉微微地皱起眉头。最后一次毒蛇兄弟会打入图书馆内部之所以能成功，是他们向她允诺可以治好她的脑瘤，那是几年前的事了，自此以后，她用工作能力弥补了自己的过失。斯通担心他的话无意中触碰到卡桑德拉的敏感神经，即使他并不是有意再次提起过去的背叛。他在心中暗暗记下，为了卡桑德拉，今后说话一定要更谨慎点。为了取得他的信任，她确实费了不少功夫，但她的确做到了——十分肯定的是，他非常信任她。

门铃再次响起，吸引了他们的注意力。

"詹金斯？"贝尔德立即看向看管人。

"在，上校。"詹金斯气鼓鼓的，明显因为被打断了讲话而不高兴。他穿过办公室，来到一处绒布幕帘蒙着的高柜子前。他扯掉绒布，露出一面竖直放置的木框镜子，这面镜子作为超自然仪器发挥着闭路监控系统的作用。詹金斯手臂一挥，激活了镜子，魔法镜面上不再显示他的镜像，而是提供了大楼外面的场景——一个心急如焚的年轻女子正在附件馆前门使劲儿按门铃。

她一头红色齐肩内卷发，稍短，颜色比卡桑德拉的发色还要深一点。几颗雀斑妆点着她白皙的面庞，一件皱巴巴的风衣和褪色的牛仔裤保护她抵抗坏天气。可以肯定一件事：她看上去绝对不像是女童子军。斯通不认识她。

"我们中有谁认识她吗？"他问。

会议桌一圈传来一致的否定回答。斯通看了一眼詹金斯，他们中唯一真正住在附件馆的人，"你的朋友吗？"

"看上去不是，"看管人说，"我认识的大多数人都已经离开苦难人世很久了。当然，你们除外。"

镜子中的女子一直焦虑地使劲按门铃，铃声回荡在众人耳边。她倦怠的双眼在死气沉沉的实用建筑外面寻找是否有人在此的痕迹。绝望与无助写满她的脸。

"她看上去很忧伤，"卡桑德拉关切地说，"也许她遇上麻烦了？"

斯通也同意。这不像是随意乱敲门，这位陌生人真的希望有人能让她进来。她的嘴一张一合，舌头也在动，但从镜子或者厚实的前门都没有传来任何声音。斯通希望自己能像阅读欧甘字母一样读懂唇语。

"能让我们听听声音吗？"他问。

"如果你坚持的话。"詹金斯从镜子跟前走开,扭开一个20世纪30年代古色古香的大教堂风格收音机,它放在一座污迹斑斑的胡桃木收藏柜里,就放在蒂梵尼台灯旁边。女子的声音立刻从收音机里传出来,与镜子里的图像同步。尽管声音轻微地失真,但人们还是能轻而易举地听懂她的话:

"你好?有人吗?能听见我说话吗?"

她声音里的焦虑也通过古老的扬声器传来。斯通和其他人担忧地对视了一下。不管这个陌生人想要什么,听上去都很严重。

"求求你们了!"她站在门外,乞求道,"我需要你们的帮助。我需要……图书馆员!"

这下让他们都吃了一惊,也让她意料之外的造访一点都不奇怪了。图书馆员们的存在很大程度上是机密,只有巫师、精灵、秘境、政府机密部门,好吧,确实还有多年来几个图书馆员帮助过的从困境中解救出来的人知道。图书馆的号码是不公开的,在推特和脸书[1]上也找不到,就连波特兰公共图书馆也没有借阅优先权。

"哇哦,"伊齐基尔说,"所以,不是耶和华见证人[2]来宣传福音喽。"

"她来到这肯定有什么事,我猜。"斯通从会议桌旁站起身,开始朝前门走去,"我们看看发生了什么事。"

"绝对不行!"詹金斯抗议。他挡在斯通和门中间,阻止斯通过去,"我们不接受任何事先没预约的陌生人来这里。"

---

[1] 推特(Twitter)和脸书(Facebook)是美国流行的社交软件。——译者注
[2] 耶和华见证人是19世纪末成立于美国的一个国际宗教团体,以《圣经》中部分教义为典范遵从,宣扬造物主耶和华的王国,该组织并不为传统基督教会认同,不属于基督教的分支。——译者注

"但你听到她的话了，"斯通说，毫不退却，"她需要我们的帮助。"

"你的骑士精神很好，"詹金斯说，"但图书馆成为地球上最安全的地方之一是有原因的。我们储藏了无数危险的书籍、遗物，还有更多不可替代的无价珍宝，就连史密森学会①、国会图书馆②、卢浮宫③、伦敦塔④ 和易贝网⑤ 加起来都比不上。我们不应该随意地让陌生人就像进楼下的星巴克咖啡厅一样溜达进来。"

贝尔德开口："我得承认，他说的有道理。"

"那我们该怎么办？"斯通问，"假装我们不在这里，希望她自己走开？"

詹金斯没有改变主意，仍旧坚持："你会惊奇地发现：这一策略很有效。"

神秘的来访者放弃了按门铃，开始用拳头砸门。一阵阵敲门声在办公室回荡。

"我不认为她会很快放弃。"伊齐基尔说。

"可是，图书馆员本来不就是要帮助人们的吗？"每次砸门声都让卡桑德拉的心揪一下。女子的沮丧很明显牵动她的心。

"图书馆员的职责是保护世界不被魔法侵害，反之亦然，"詹金斯澄清，"需要我提醒你们我们有更大的任务要处理吗？也就

---

① 史密森学会，唯一由美国政府资助的半官方性质的第三部门博物馆机构。该机构由英国科学家詹姆斯·史密森遗赠捐款，在美国首都华盛顿建立。学会设有 14 所博物馆和一所国立动物园。——译者注
② 国会图书馆，美国的国立图书馆，也是世界上最大的图书馆，担负着美国国家图书馆的职能。——译者注
③ 卢浮宫，法国巴黎的博物馆，世界四大博物馆之首，成为世界著名的艺术殿堂，最大的艺术宝库之一。——译者注
④ 伦敦塔，英国伦敦泰晤士河上一座标志性宫殿、要塞。伦敦塔因存放英国王室的御用珠宝而著名。——译者注
⑤ 易贝网（eBay），美国著名的线上拍卖及购物网站。——译者注

是卷土重来的毒蛇兄弟会?"

"但是,我们至少可以先听听她的难处吧?"卡桑德拉问,"寻找毒蛇兄弟会可以推迟一会儿。"

"可以吗?"詹金斯反问。

一声闷雷预示着午后的暴雨即将来临。外面开始下起大雨,而那女子仍不肯离去,还站在门口。忽至的狂风带来倾盆大雨,立即将她全身都浇透了。

"求求你们了!"她的声音从收音机里传来,"我不知道该找谁了。我认为,这事关乎我的生死啊……"

"管它呢,"斯通决定,"我要打开门。有人反对吗?"

"我还是郑重地保留个人意见。"詹金斯一边说,一边走到旁边,"但决定权在你和你的同事们手中。"

尽管詹金斯年纪(超级)大,但他也只是个看管人,不是图书馆员。斯通觉得这是他自己对老看管人的命令,除非其他人会反对。

"那就盯紧她吧,"贝尔德坚持说,"记住,除非有证据证明她不是,否则我们就应该把她看作安全威胁。"

伊齐基尔看上去一点都不担心。"她只是个浑身湿透的小妞。我认为我们能搞定她。"

"你是忘了魔女摩根·勒菲[①]吗?"贝尔德说,"还有拉弥亚[②],还有红心皇后[③]。"

[①]魔女摩根·勒菲,《亚瑟王传奇》中的女巫,亚瑟王私生子莫德雷德的母亲,她利用魔法与圆桌骑士作对,在《图书馆员》系列电视剧中,魔女摩根也是反面角色。——译者注
[②]拉弥亚,希腊神话中一头半人半蛇的女妖,在《图书馆员》系列电视剧中出现过的反面角色。——译者注
[③]红心皇后,《爱丽丝梦游仙境》中冷酷无情的皇后,也是《图书馆员》系列电视剧中出现过的反面角色。——译者注

伊齐基尔深吸一口气,"没关系的,别担心。"

"开吧,"卡桑德拉催促斯通,"别让她继续站在雨中了。"

斯通认为这是一致的同意。他大步从詹金斯身旁走过,使劲拉开前门。浑身湿透的红发女孩惊奇地吸了一口气。瞪圆的绿眼睛盯着他。

"哦,感谢上帝,"她说,"你是……图书馆员吗?"

"也许,"他模棱两可地回答,"有什么事可以帮您?"

7

"我叫布丽奇特·奥尼尔，我真不知道该去哪里寻求帮助了。"

此刻，她坐在会议桌末端的椅子上，身上披着一条毯子，小口啜着詹金斯为她倒的热茶。很显然，詹金斯反对她进来，但这并不影响他的绅士风度。她打量了一下办公室，欣赏起不拘一格的装饰布局，然后开始和斯通以及其他人搭话。

"所以，你们真的是图书馆员吗？"

"没错，"贝尔德说，很明显，秘密已经暴露了，所以斯通认为贝尔德也不想浪费时间兜圈子，"但你能不能告诉我，你是怎么知道图书馆的？"

"我一个朋友的朋友在DOSA——异常事物统计署工作，当我发现自己陷入绝境需要帮助的时候……非常奇异的处境……他们悄悄告诉我来找你们。他们说：波特兰的某些人可能会帮助到你。"

"究竟朋友的朋友具体指哪位？"詹金斯问，语气严肃得就像是检察官询问证人席上的证人。

"噢，这我可不能说，我不能背叛朋友，"布丽奇特说，"这件事绝对是机密，'你从来没从我这听到过这些话'之类的。在我孤立无援的时候他们帮了我,所以,我死也不会让他们沾上任何麻烦。"

詹金斯皱起眉头。"我明白了。"他怀疑地说。

斯通相信她的话。DOSA是政府的顶级机密部门,绝对可能听说过图书馆不少事。就在不久之前,一小队DOSA的工作人员还临时在图书馆出现过,直到最终把局面控制住后才让斯通和其他人重新回到图书馆如常工作。DOSA的工作流程和文件都是顶级再顶级的机密,但毕竟涉及很多人,有些消息最终还是会泄露出去。按照现在的情况来讲,斯通愿意相信一位DOSA匿名特工指引布丽奇特找到附件馆。

"你在保护你的消息来源,"斯通说,"我能理解。"

詹金斯没有继续在这件事上刨根问底,"请继续讲你的事情,奥尼尔小姐。"

"好的。"她双手紧紧握着茶杯,"无论如何,我听说的也只是有些不寻常的图书馆员非常擅于解决……我这样的困境。我这事起初听起来很荒谬,但是……我实在是没有其他办法了,所以我就跳上了飞往波特兰的飞机……然后,我就到这里了。"她的声音有些沙哑,"求你们了,我特地从芝加哥来的。你们得帮帮我。如果你们不帮我……我也不知道该怎么办了。"

很明显,她很绝望,不仅仅是从声音里传递出来,还有她飞越了这么远的距离来寻求帮助也能说明这一问题。斯通不由得猜测,到底是什么样子奇怪、极有可能是超自然的困难将她带到图书馆门外。

"你的困境到底是什么?"贝尔德问。

布丽奇特深吸一口气,抿一口茶,然后言归正传:"你们可能会觉得我疯了……"

"相信我,"斯通说,"我们处理的寻常案件都不足以用'疯狂'来形容。"

"那报丧女妖①呢?"

如果她期望大家表现出震惊和不敢置信的话,那她就错了,但她的话一说出口,就立刻激起斯通的兴趣。他毫不怀疑报丧女妖是真实存在的,但他从来没有亲眼见到过。这次是有潜在危险的全新领域。就他对报丧女妖的了解,她们从不会带来好消息。

更像是死亡的预兆。

"哦,我的天呐!"詹金斯说。他脸上露出同情,斯通知道这可不是好兆头。

先是圣帕特里克,然后又来报丧女妖,斯通留意到。只是巧合,还是所有当前有关爱尔兰的线索最终会汇合到一起?想想看,圣帕特里克节②也马上就到了……

"你们相信我?"听上去布丽奇特又惊奇又松了口气。

"没有理由怀疑你,"斯通说,"为什么不告诉我们故事的全部呢?"

"好的,既然你这么说,我就讲给你们听。"她又喝了一小口茶,然后开始讲起来,"说实话,最开始,她声音很小。半夜的时候,我被窗外奇怪的哭泣声吵醒了。那哭声很让人心烦,而且,还有点诡异,但我最开始并没多想。我以为可能就是风,或者远处汽车的报警装置,又或者是其他什么东西,所以我就翻了

---

①报丧女妖,爱尔兰神话中的女妖。报丧女妖通常以三种形象出现:年轻的女子、神圣庄严的妇人和邋遢的老太婆,穿着灰色的斗篷或者裹尸布。她们恐怖的哭泣声预示人类死亡将来临。传言中,报丧女妖只针对爱尔兰五个家族出现:奥尼尔、奥布莱恩、奥康诺、奥格雷迪尔斯和卡瓦奈 (the O'Neills, the O'Briens, the O'Connors, the O'Gladys, the Kavanaghs)。

②圣帕特里克节是爱尔兰的著名节日,为纪念爱尔兰守护神——圣徒帕特里克而设立的节日,该节日的传统色为绿色,以三叶草和小矮妖(一种绿衣老矮人)为象征。——译者注

个身，想继续睡觉，但时间越长，那哭声越大，也越来越近，就像那声音在逐渐靠近我一样。"她在毯子下的身体打了个冷战，"我住在我酒吧的楼上，二楼，有天晚上，我实在忍不下去了，就走到窗前，然后看到一个女人在后面大楼的小巷子里哭泣。我打电话给911①，心想她可能遇到什么麻烦了，但等警察到了那里之后，她已经不在了……警察问询后发现，我的邻居没有一个人看到她，听到她哭。只有我能听到她哭。"

她停顿了片刻，继续回忆。

"就是那个时候，我开始怀疑自己是不是精神出了问题。但事情变得越来越糟。一晚又一晚，但不是每天晚上都有，她就在那，在我窗下哭泣。你说她是不是同一个女人，像是。她几乎一直穿着灰色衣服，但有些晚上，她看起来面容又和之前的不一样……"

"让我猜猜，"斯通说，"有时候她很年轻，有时候她年纪更大更丰腴一点，有时候看上去又像个干枯的老巫婆。"

布丽奇特点点头："没错。"

"少女，妇人，老巫婆，"斯通说，"女妖的三个变身形象。这是很普遍的形式，尤其在凯尔特艺术和神话中。"

"非常正确，斯通先生，"詹金斯承认，"众所周知，报丧女妖的确有这三个形象。"他看上去很想继续解释，但克制住了自己——暂时地，"请继续，奥尼尔小姐。"

她继续说她的故事："有天晚上，我太绝望了，想要正面和她……她们……她……我自己对峙，于是，我和警察一起冲了出去，但也没用。等我跑到小巷里时，她已经消失了。但那天晚上我一整晚都听得见她的哭声。"

---
① 911是美国的报警电话。——译者注

这就解释了她严重的黑眼圈是怎么一回事,斯通心想。他怀疑她可能长时间都没能睡个好觉了。

"最终,有天晚上哭声越来越大,让人无法忍受。我起床跑到窗户旁边,冲她大喊,叫她闭嘴,不管邻居怎么想我,结果……她就在那。"

"在小巷里?"贝尔德问。

"不,就在我窗户外边。盯着我的卧室,双脚踩在空气中……就像幽灵一样。"

"或者说报丧女妖。"斯通说。

布丽奇特点头,想到这些还在颤抖:"那个时候我知道——或许是终于愿意承认,这一切都不是正常自然界的,我需要借助像图书馆员之类的……普通人之外的帮助。"

她坐回椅子,等待众人的反应。

"所以,你们怎么看?我是不是疯了?"

心力交瘁?是的。斯通心想,疯了?不是。他没感应到布丽奇特身上有半点执着于阴谋论的妄想狂特质。"我不是报丧女妖方面的专家,"他说,"但就我而言,你似乎并不是疯了。"

"我也这么认为,"卡桑德拉说,"你面临疯狂的困境,应对还挺理智的。"

"加我三个,也是,"伊齐基尔说,"遇到这种幽灵版黛比·唐纳①,谁会不忧心得抓狂呢?"

贝尔德也认真对待布丽奇特的话。"说起专家来,"她问詹金斯,"你能告诉我们些报丧女妖的事情吗?"

只好顺其自然,詹金斯开启了他的讲课模式,现在这已经变

---

① 黛比·唐纳,《周六夜现场》节目中出现的人物,因为这个角色摧毁了聚会,总在大家兴头上说一些扫兴的话,因此,"黛比·唐纳"成为"阴沉丧气"的代名词。——译者注

成了他的习惯了。授业解惑是他尤为擅长的。

"报丧女妖,"他开始说,"是爱尔兰岛精灵,她们的恸哭预示着死亡将至。尽管她们在做幽灵般的事,但实际上她们来自仙境,是精灵。'报丧'这个词实际上是来自盖尔语的'班希'(bean-sidhe),粗略翻译的话,是'仙境女子'的意思。按照传统,她们为某些脆弱的爱尔兰家族报丧,这其中,恐怕就有奥尼尔家族。"他向布丽奇特投过去同情的眼色,"我需要强调的是,报丧女妖的哭泣只是即将发生死亡的预兆,也或许仅仅是某种可能会带来厄运事件的提醒,有机会把厄运避免。这其中还有点余地,要看具体情况。"

"看什么具体情况?"布丽奇特紧张地问。

"就是看具体情况,"詹金斯说,"这可不是精确的科学。"

"但报丧女妖她本身不危险,是吗?"贝尔德问,"她们不攻击人,也不杀人?"

"没错,"詹金斯说,"她们只是一种兆头,不是死神。最坏的结果是,报丧女妖的哭声预示克修达·巴瓦[①]和亡灵马车的到来,亡灵马车将载着新死去之人到达彼世。而克修达·巴瓦,传说是由杜拉罕[②]——无头骑士所乘坐,传言中,一旦无头骑士被召唤,从不空手而归。"

布丽奇特脸吓得煞白。她一只手紧紧捂住胸口,几乎弄洒了茶水。"从不?"

"一旦亡灵马车来找你,就不可能有活着的机会。"詹金斯

---

① 克修达·巴瓦,爱尔兰神话中象征死神的无头骑士所乘的专用亡灵黑马。——译者注
② 杜拉罕,又名"无头骑士",是爱尔兰民间传说中预示死亡的人物。他骑着亡灵黑马,手持人的脊骨做成的鞭子。无头骑士不会强行夺取人类灵魂,他每次出巡只有一次开口说话的机会,他开口将将死之人的名字念出,然后带走其灵魂。——译者注

冷静地说。他的声音兼具温柔和直接，就像一位外科医生向家属传达最终诊断一样。"请别介意，我冒昧问您一句，奥尼尔小姐，你有没有什么理由担心自己的生命处于危险中，除了报丧女妖的出现之外？"

她犹豫了一会儿，才回答："一年前，我发作过心脏病，很突然地。结果是，医生发现我有先天性心脏缺陷，我从没留意到，直到……"随着她的手扶上心口，她的声音逐渐减弱，"那次，我做了手术，纠正了缺陷，但有并发症，而且，无法保证以后不发病。"她勉强保持冷静，"所以，你们就能理解为什么报丧女妖的事让我特别烦恼了……不仅仅因为它是吓人的超自然事件。"

"哦，我能理解，"卡桑德拉说，"相信我。"

"我们都理解。"斯通说。

布丽奇特放下手中的茶，满怀期待地看着图书馆员们和他们的守护者："这就是我的故事，听上去又可悲又怪诞。现在呢？你们愿意帮我吗？"

斯通认真考虑她的请求。似乎他能想到有三个关键问题需要解开：是否真的有报丧女妖纠缠布丽奇特？报丧女妖的用意到底何在？还有，他们若帮忙的话能做什么？

"请给我们一点时间讨论你的案子，"他说，不愿未经其他人同意就代替其他人回答，"让我们私下研究一会儿。"

不想放任他们的客人留在无人照看的图书馆任何地方，詹金斯交给布丽奇特一把雨伞，让她在整个团队协商时到屋外等候。斯通觉得这个做法太极端了，但又一次让人感叹：他们真是缺一个安全的接待处。

等布丽奇特离开屋子，詹金斯说："我不是不同情这位年轻女孩的悲惨遭遇,但毒蛇兄弟会必须是我们首先要解决的工作。毒蛇兄弟会还逍遥在外,正在筹划天知道是什么的大灾难,有可能是野心勃勃的世界末日般的大动乱恶行,我们不能分散精力。需要我再次提醒你们吗?我们上次和毒蛇兄弟会交战时,他们几乎拆开了时空的经纬线。"

"但你听到布丽奇特说的了,"卡桑德拉抗议,"她的性命处于危险中。我们得救她!"

"可悲的是,也许她没有救的意义了,"詹金斯说,"如果报丧女妖真的预示了她的死亡,她到底何时离世只是个时间问题……还是死于完全正常的原因。无疑,真是悲剧,但命运从来都不心慈手软。"

"不!"卡桑德拉激烈地反驳,"对不起,詹金斯,多少年来别人也是这么告诉我的,因为我的脑瘤,我自己也沉湎在这种消极情绪里太久了。希望总是有的,即使很渺茫、很微小。我们不能就这么放弃她。我不要就这么轻易放弃她。"

斯通同意她的话,"你也说了,有时候报丧女妖的哭泣只是一种提醒,"他对詹金斯说,"并不是必死无疑的死亡宣判。"

"是没错,"詹金斯承认,"但若是我们将注意力从毒蛇兄弟会身上转移走的话,会有多少其他人的性命因此丢掉呢?"

"我也担心这个,"贝尔德说,"剪贴簿提醒了我们那块独巨石,不论它下面埋着什么,一定有确凿的理由。这正是图书馆希望我们此刻关注的事情。"

"打断一下,"伊齐基尔突然说,"爱尔兰……圣帕特里克……报丧女妖……难道就我一个人觉得这其中有点关联吗?谁敢说这不是一个从不同角度提醒我们注意的同一个案子呢?"

斯通思考起他这一说法的可能性。事实上,他留意到今天他们似乎听到太多爱尔兰传说,但爱尔兰的"毒蛇尸骨"和在芝加哥徘徊的"女幽灵"之间很难看到明显的联系。

"你说的是什么意思?"斯通问,"布丽奇特以未知原因被卷进毒蛇兄弟会的案子中了?"

"我还没有证据,哥们儿,"伊齐基尔说,"但怎么会一下子冒出这么多爱尔兰的东西?我们真的认为这只是巧合吗?"

"有可能,"卡桑德拉说,"这些年,我们遇见太多希腊神话中的不同事物,那些案子都毫无关联。也许我们只是恰巧碰上了爱尔兰的魔法事件激增……从统计学角度来看,是这样。"

"也或许是有什么我们还没发现的关联,"贝尔德说,"谈到敌人的可能行动时,我不太相信巧合。"

"巧合,"詹金斯同意她的话,"经常只是因为犯了谚语中'只见树木,不见森林'的错误,但现在还是留给我们一个问题:朝哪个调查方向努力?是独巨石上面显示的不明目标,还是奥尼尔小姐的困境?"

"我们为什么不两边同时调查呢?"伊齐基尔说,"我的意思是,现在又不是只有一位图书馆员了。如果不能一次把全部案子都开启行动的话,整个团队这么多人的意义何在?"

好问题,斯通想。

8

第二天早上,在他们分头行动之前,詹金斯有话要交代。

他一边把皮革包边的一本从档案馆拿来的手抄本古籍放在他办公桌上,一边招呼卡桑德拉和其他人来到近前。布丽奇特已经被其他人通过优步叫车送回了旅馆,大家向她承诺,等图书馆员们制订好如何帮助她摆脱困境的计划后,他们很快会联络她。卡桑德拉希望在他们准备好帮她之前,报丧女妖能放过布丽奇特。她知道被厄运纠缠的感觉是什么样子,无助得只想死亡快些来临,却无法真正知道狰狞的镰刀收割者[①]何时会造访。

"有什么要告诉我们的,詹金斯?"贝尔德问。

"背景知识,上校。"詹金斯从落满灰尘的大书中抬起头,他对待书的动作特别谨慎,还戴着蓝色的橡胶手套,"幸运的是,我没费太多力气就找到了对应的年鉴,然后读了一遍,现在,我对爱尔兰大约一千六百年前的事情有了更全面的了解。"

"干得好,"贝尔德说,"告诉我们吧。"

"当然,"他说,"真是相当吸引人的案子。"

卡桑德拉专心地听着,詹金斯用他一贯的庄严语气讲述了

[①]镰刀收割者,死神的形象,形为骷髅,身披黑斗篷,手持镰刀。——译者注

441 年的事情：当时的图书馆员是伊拉斯谟，同他的守护者还有后来的圣帕特里克一起，阻止了毒蛇兄弟会从一个小矮妖那里夺走黄金锅，也阻止了毒蛇们把一个毫无还手之力的婴儿献祭。那次冲突发生在克罗·帕特里克山上，显然，结果是毒蛇兄弟会被打败，他们的首领——一个名叫西贝拉夫人的头领被斩首。

"哇哦。他们砍掉了她的脑袋？"伊齐基尔说，"我猜那些古老的守护者绝非花拳绣腿之辈。"

"那个年代就是简单直接。"詹金斯的回答中流露出一丝怀旧。作为曾经的圆桌骑士之一，在他年轻的时候，大概斩首过很多不法之徒。卡桑德拉猜测是这样。

"邪恶毒蛇之尸骨，"斯通说，提到之前故意被破坏的独巨石纪念柱上的铭文，"是这位西贝拉夫人的坟墓？"

"大概是，"詹金斯说，"这根石柱所在的小岛与海岸上的高山只有一条海湾相隔。西贝拉夫人的尸骨可以用船轻易地搬运过去。"

"埋葬在四下不靠的地方，"贝尔德说，"远离任何地脉。"

"但为什么今天现代社会的毒蛇兄弟会想要西贝拉的尸骨呢？"卡桑德拉问。

"这个问题的答案还需要继续探寻，"詹金斯说，"不过，以我对毒蛇兄弟会的了解，大概不会简单地转移到其他地方重新埋葬。我们必须设想到更加黑暗的目的。"

"也许有什么东西和她埋葬在一起了？"斯通猜测。

"先别纠结尸骨的事了，"伊齐基尔说，打断了他们的推断，"那口黄金锅后来怎么样了？"

"哦，那口锅最后消失在了历史中，和那个不知名的小矮妖一起，他逃走时带走了黄金锅和不知姓名的婴儿。"

想到记录中婴儿差点被杀死，卡桑德拉打了个冷战。牺牲一个无辜的婴儿做祭品，即使对于毒蛇兄弟会来说，也太过狠毒了。

"关于那个婴儿，"她问，"我们知不知道她是谁和她后来的遭遇？"

"恐怕不知道，"詹金斯说，"她现在一定早就不在人世了，不像小矮妖，他可能还在地球某个地方游荡，也许他能帮我讲述一点他亲身经历过的事件内情……前提是，我们能确定他的身份和现在的住址。"他轻柔地合起桌上的大书，"我认识一些仙境友人，说不定能在我们的调查中提供帮助，所以，也许短暂的实地探访很有必要。"

卡桑德拉的耳朵活跃起来，"你要去爱尔兰？去见真正的矮妖精灵？"

"不必大老远跑去'绿宝石岛'①，"詹金斯回答，"恰好，就在波特兰有一处兴旺的矮妖聚集区。"

"你在开玩笑吧？"斯通说，"波特兰，俄勒冈州，竟然有矮妖？"

"你不知道吗？"詹金斯看上去有点疑惑，"我以为这是众所周知的常识呢。"

卡桑德拉分辨不清他是否在和斯通说玩笑话。有时候，詹金斯的幽默感比卡拉哈利沙漠②都要干。

"我能和你一起去吗？"她问，"我从来没去过矮妖王国，毕竟，作为爱尔兰裔的美国人还不了解爱尔兰的风土人情，有

---

①绿宝石岛，爱尔兰岛的别称，此外，爱尔兰还被称为"翡翠海岸"和"翡翠绿国"。——译者注
②卡拉哈利沙漠，非洲南部内陆地区的一处沙漠。——译者注

点遗憾。"

他好奇地打量她："去探寻你祖先的根源？"

"类似吧。"她说。

实话来讲，她对自己家族几代前的来源知之甚少，这令她还是有点烦恼。她从未慎重思考过自己的爱尔兰血统，也许她总是更关注自己身患的绝症，故而缺乏远见。但现在，她已经可以展望未来了，也许她终于有时间回过头来追溯自己的爱尔兰渊源了？

"我可不想阻止你这种值得尊敬的探寻，"詹金斯说，"我会很感激有你陪伴。"

"也加我一个，"伊齐基尔说，"我不是爱尔兰人，但我很想去参观本地的小矮妖们……要表达对邻居的友好嘛。"

"然后帮助自己得到他们的金子？"詹金斯嘲讽他的言下之意，"请别介意，我还有点常识呢。把像你这样的骗子加小偷带到小矮人的聚集区里，只会带来麻烦。"他摇摇头，"我还是建议你和斯通先生，以及贝尔德上校去追踪报丧女妖吧，而基里安小姐和我分头去矮妖部族调查。"

伊齐基尔皱起眉头："等一下。为什么到卡桑德拉这里就是绿灯放行？"

"所以，你一点都没考虑矮妖们的金子？"斯通问，"一点都没有？"

"呃，也许有那么一点点，"伊齐基尔承认，"但——"

"那放弃吧，琼斯，"贝尔德毅然决然地说，"是你建议我们兵分两路同时追踪两条线索的，我支持詹金斯的拜访，因为那些人和他相熟。"贝尔德伸出一只手，拒绝任何反对意见，"你要和我、斯通一起，这样我就能看好你……这样对大家都好。"

"谢谢你,上校。"詹金斯说,"如此一来,小矮妖们就不会受到轻慢和偷窃了。"

"尽你所能去调查吧,"贝尔德说,"我想知道我们现在处理的,究竟是什么样的陈年旧事。"

"我和你一样,上校。"

9

一个秘密的地方

优雅的顶层套房中,西贝拉夫人的头颅被尊贵地安放在一个玻璃展示柜中。这颗头颅被擦拭干净,打磨光亮,安放在一个轻薄的铝板手提箱上面,箱子里面放着从爱尔兰发掘出来的尸骨其他部分。一对令人印象深刻的长长弧形毒尖牙使得骷髅的死亡笑容更加恐怖。

马克斯·兰布顿欣赏着这对毒牙。西贝拉夫人是最后一位实际上形神兼备的毒蛇兄弟会头领。他对她充满敬意。

他的舌头滑过自己完美无瑕的洁白牙齿,虽然没有毒牙,也称得上完美。马克斯身上所有部位都堪称完美,他剃得光滑的脑袋,修剪得整齐的山羊胡子,从定做的合身西装到精心护理的指甲,此刻,他凝视着西贝拉的骸骨,停下了手中锉指甲的锉刀。他是一个三十出头的英国男子,身材颀长,保持着贵族风度和仪态,他充分领会到遗骨传达出的历史厚重感。西贝拉夫人也许陨落了,和多年来许多其他毒蛇兄弟会首领一样,但兄弟会一直延续下来。德拉克失败以后,他自豪地接任了兄弟会头把交椅。

我的时代终于来临了,他想。现在,虽然有些竞争对手还在要诡计要谋取这最高位置,但只要赢得重大胜利——彻底打败图书馆,他就能巩固自己的地位,毒蛇兄弟会的未来也一样。

但第一步,他需要找到一口特殊的黄金锅。

"到时候了吗?"他问。

"快到了,"科拉尔·马什回答,"我们准备好开始了。"

马克斯不再继续盯着展示的手提箱,而是查看准备工作。一张巨大的北美地图铺在时髦的铬合金玻璃茶几上。窗户阳台面向东方,等待黎明到来,也许它没有科拉尔那么迫切。

"准确的日出时间是7:08。"她说。她一头粉色染发,十足棉花糖的颜色,太过鲜艳而掩盖了大部分个人特征,至少马克斯这么认为。和马克斯不同,她的穿着太过随意,只草草地套了一件宽松的毛衣和牛仔裤,好像衣服从来没熨烫过。一副金属框眼镜架在她鼻子上。她耳朵上戴着铜耳环,形状被塑造成一圈盘绕的毒蛇,证明她对毒蛇兄弟会的忠诚,就像马克斯无名指上的衔尾蛇银戒指。一块不足六英寸长的透明水晶棱镜,由一根项链穿着挂在她脖子间。

她身材矮小,体态圆润,看上去似乎喝了太多咖啡。随着至关重要的时刻临近,她明显充满了兴奋。她喝了一小口赖以为继的有害能量饮品。尽管此刻还只是早上,马克斯猜想这杯咖啡已经不是她今天的第一杯了。他个人偏爱更强劲的黑咖啡。

当然,一定是要从苏门答腊岛新采摘的咖啡豆。

"只能一大清早干这个,真是难过。"他说,抑制住了一个哈欠。因为要进行各种贵重金属和稀有货币的交易,他睡得很晚。等到他完全控制了兄弟会,他才有机会接近大量财宝,这迫使他眼下不得不依靠额外的收入来源。

"但这是唯一的办法,"她坚称,她美国西部的口音证实她是美国人,"必须是天空中的第一缕曙光,或者是正午的阳光,那个时候太阳处于天空正中心,或者是一天中的最后一缕夕阳光芒,否则,整个预测效果都会减半。这不仅仅是光学问题,黎明、正午和日落具有神秘的意义,与实用占星术象征手法的基本原则联系紧密,对实施预测操作至关重要,因为——"

"好吧,好吧,你说的我都理解。"马克斯打断她的话,希望在她开始冗长地解释起魔法科学的事情前就熄灭这个苗头。科拉尔对她工作的热情有时候很让人崩溃。"你之前已经解释过了。"

很多次,他在心底默默地说。

"对不起。"她怯懦地说。她不安地来回移动着,一直看着地面,"我想,我还在为我们有希望完成这件伟大的事而兴奋。"

"你确实有理由兴奋,你做得非常好,"他说,实事求是地表达出赞扬,"不是每个人都能做到你所完成的——创造出一件全新的魔法物品,为我们所用。"

他是发自内心地夸奖她。大多数有魔力的东西,例如阿拉丁的神灯或者金羊毛这些,都是很久以前的古物。制造出这样一件全新的魔法物品,没有任何历史,确实是一件非常了不起的事。

"多谢!"她像小鸟一样雀跃起来,低着的头也不再看向地面,"当然,如果不是兄弟会几年前重新触发了地脉,然后让暗野魔法重回人间的话,我也办不到。"

"不客气。"他说,尽管那是德拉克的功绩,在他耻辱地败在图书馆员手下之前的事,"而且,这仅仅是个开头而已。等我们完成伟大功业,图书馆就是我们的了,世界上不会有任何魔法隐藏起来。我们将改变世界,科拉尔,还有,说到……"

"对哦!"她把挂着水晶棱镜的项链摘下来,它是她最为自豪的私人物品。她将棱镜小心地拿在手上,避免它光洁的任何一面被弄脏,"我们开始吧。"

外面的天空开始变得明亮,预示着太阳即将升起。马克斯关掉了套房中的灯光,从西装口袋里掏出一根粗头马克笔。科拉尔从橱柜里拿来一个塑料喷雾瓶,喷雾瓶中装着一汪从基拉尼①神圣湖泊中取来的水,她把地图上方的空气都喷湿;根据马克斯所了解的,喷洒的水雾并不重要,只是辅助整个预测过程而已。

只要能奏效,管她用什么呢,他想。

科拉尔已经就位,站在阳台窗户和放地图的桌子中间举着水晶棱镜。尽管之前已经目睹了很多次这一占卜过程,马克斯还是屏住呼吸,直到一缕阳光穿过棱镜,折射出一道色彩缤纷的明亮彩虹横跨在桌面,然后在地图上的某个地方停驻。马克斯手里拿着马克笔,跳上前,标记出彩虹尽头的地方,那里就是能发现小矮妖黄金锅的地方。

是宾夕法尼亚某处,他留意到。

"你找到了吗?"科拉尔问,"有效果吗?"

"和以前一样,有效果,"他向她保证,"你精妙的发明从来不让人失望。"

"太好了!"她放下棱镜,随即美妙的彩虹清晰度渐渐消失,变得透明,最终蜕变成清晨的阳光。她冲到地图旁边,想看看这次棱镜指引给他们什么地方。她迫不及待地想知道答案,"这次我们去哪儿?"

"匹兹堡。"他告诉她。

"真的吗?"她听上去略微有些失望,"我本来以为会是拉斯维加斯或者新奥尔良,或者其他什么地方呢。"

---

①基拉尼,爱尔兰西南部的一个小镇,有爱尔兰第一座国家公园,是世界著名的生态保护区。——译者注

"任务第一，以后再想旅游的事，"他提醒她，"我们现在还有任务在身呢，可不是观光度假。"

"当然。"她看上去有点惭愧，"集中精力关注工作，我知道。"

"你知道就好。"

一架私人飞机随时待命，将他们送往任何想去的地方。马克斯不怀疑在匹兹堡一定会有另外一口黄金锅等待他们；科拉尔精巧的棱镜从来没有给他们带偏过地方。今天晚上，黄昏时分，他们就能到达棱镜展示出的地图上精确城市的位置，然后降落到无比精确的黄金锅所在地。

"但会是我们要找的那口锅吗？"他说出自己的怀疑。

尽管迄今为止他们抢夺来的仙境黄金能弥补现在出任务的费用，但马克斯却是在追寻一口特别的锅——一千五百年前西贝拉夫人拼命想要抢到手但失败了的那口锅。

"这不好说，"科拉尔承认，"但我们现在离黄金锅越来越近了。我知道我们快要成功了！"

实际上，正是科拉尔发现了西贝拉和她追寻黄金锅的全部故事，这一秘密事件的记录存放在毒蛇兄弟会顶级机密的档案室中，是科拉尔将这个应该获取黄金锅的主意告诉给马克斯的。作为一流的历史学家和神秘学者，若不是毒蛇兄弟会先一步将科拉尔招为麾下，大概她会是一名优秀的图书馆员吧。马克斯亲自挖掘到科拉尔这位人才。

"不用怀疑。"他也极其希望他们这次能在匹兹堡找到他们想要的最终目标，但也对持续追寻它下落的过程做足了准备，不管在成功之前他们要追踪多少个小矮妖，他都不放弃。他们是从爱尔兰出发的，然而，考虑到西贝拉时代之后有大批爱尔兰人移民到新大陆，大概他们应该最初就从美国开始排查；就马克斯所知，现在拥有爱尔兰人血统的美国人实际上比爱尔兰本地人还多，所以，这一规律应该在矮妖一族也是一样的吧？一千五百年，这时间久到完全可以让某个小矮妖搬到新的国家生活。"请放心，我们最终一定会找到那口正确的黄金锅。"

"太棒了！"科拉尔热情洋溢地说，双眼在眼镜后面闪烁出激动的光芒。她小心地将珍贵的水晶放回颈间，"那我们最终就会摆脱这个贫困的世界！"

"那是自然。"他如此安慰宝贵的合伙人，只不过她还做着过于理想化的美梦。从天性上来说，马克斯的心思没有这么乐善好施，所以，他不想戳破她的理想泡泡。"就像最初毒蛇兄弟会让人类尝试智慧之果一样，大胆地让他们掌握自己的命运，所以，我们将引领世界达到更伟大的魔法和奇迹新纪元。"

还有更大力量，他在心里修正自己的言辞。

他低头看了一眼西贝拉夫人的尸骨。她的毒牙看上去满怀期待地笑了。

快了，他在心底向西贝拉允诺，很快。

10

附件馆

"我以为我们要去看矮妖呢。"卡桑德拉说。

"我们是要去。"詹金斯一边回答,一边同她走过图书馆复杂诡秘的偏僻小路。图书馆绝对是一个令人晕眩的走廊和分馆迷宫,里面放着太多东西,从珀涅罗珀[①]永远都织不完的织锦到普鲁弗洛克[②]那吓人的桃子,不过,詹金斯能轻松地在漫无边际的图书馆中自在地找到方向。"但我们需要先做好准备。"

图书馆的爱尔兰侧厅——专门保管爱尔兰历史和神话传说中物品的分馆,是组成图书馆的众多子分类之一;图书馆所有子分类收藏馆保存着浩瀚、包罗万象的深奥实物,其中包括大型藏品附件馆和理论动物展厅。即使过去三年,图书馆里还有很多地方卡桑德拉从未涉足过。她不敢确定自己之前是否来过爱尔兰

[①]珀涅罗珀,希腊神话中,奥德修斯的妻子。丈夫远征后,多年间,无数王孙公子欣赏珀涅罗珀的美貌与品行,纷纷前来求婚。珀涅罗珀为摆脱求婚者的纠缠,宣布为公公织完一匹锦布留做寿衣后,就改嫁。于是,她白天织布,夜晚又拆掉,拖延了三年,最终盼回了丈夫。——译者注
[②]普鲁弗洛克,英国作家托马斯·斯特尔那斯·艾略特所写的诗作《普鲁弗洛克》中的主人公。桃子也是诗中事物。——译者注

侧厅。

　　作为基里安的后人，**她愧疚地想**，我愧对自己从不了解的爱尔兰渊源。

　　当她跟随詹金斯走进侧厅时，要好好欣赏自己血统的决心油然而生，催促她认真打量起出奇丰富的收藏品。爱尔兰图书摆满了一排排书架，都是爱尔兰作家、诗人、剧作家的作品，架子上展示的，还有样式繁多的其他古物和手工艺品，包括一本可比得上《凯尔斯书》[①]的手抄本古书，装饰异常古朴华美、精致典雅，还有一尊三面的石头神像、一个生锈的凯尔特十字架[②]、一把小提琴、一具沼泽木乃伊、一柄普通铁铃铛、一幅牛袭击人的油画、一瓶健士力黑啤酒，还有……一个马铃薯？

　　"哇哦！"她尖叫道，努力看遍所有事物，"我不知道爱尔兰的藏品这么……丰富。"

　　"爱尔兰被认为是'圣人和学者的国度'，不是没有道理的。"詹金斯解释说，他指着一排排拥挤的书架，"仅仅从文学贡献的角度来说，它都值得单独开辟出一个馆区。"

　　卡桑德拉目光扫过书架。一本书脊上有盘旋凸起装饰的大书吸引了她的注意，她把那本书从书架上抽出来，大声读出来此书的封面标题：

　　《白蠕虫巢穴》，作者布莱姆·斯托克[③]。

[①]《凯尔斯书》，又称《凯尔经》，在 8 世纪后期至 9 世纪制成的带有泥金装饰画的四部《新约福音书》，是爱尔兰中世纪手抄本中最精美的一部。——译者注
[②]凯尔特十字架，天主教十字架的一种，中央交叉处连接一个圆环的十字符号，最初，凯尔特十字架多为石碑形式。根据传说，是圣帕特里克将十字架与太阳光晕相结合，创造出爱尔兰特有的宗教符号。——译者注
[③]布莱姆·斯托克，1847—1912 年，爱尔兰著名作家，著有《德古拉》等多部作品。——译者注

"他是在都柏林出生、长大的,"詹金斯告诉她,"说实话,这本书是他不那么出名的作品,但书中内容不是大家以为的那种纯粹虚构。"

她快速翻阅开大书,看到书内一幅插图,画着曲折蜿蜒的生物,一半蛇身,一半女人身。古典美女脸庞上,爬行动物那种冷酷的双眼透着狠毒,一根分叉的蛇信子从挂着邪魅笑容的双唇间露出。

"我不确定是否要了解这种事实。"卡桑德拉说。

她打了个冷战,狠命地合上书,把书放回书架。她朝分馆更深处走去,见到了另外一件吸引她的物品——一件看上去很普通的石头,大约一块砖大小,端放在用玻璃罩保护的天鹅绒垫子上,好像它是什么御用珠宝。这块石头在众多藏品中占有如此尊贵地位,激起了卡桑德拉的好奇心。

"这块石头有什么特别的?"她问。

詹金斯停下脚步回答她:"那个啊,基里安小姐,那是真正的布拉尼巧言石[1],而每天有大批游客亲吻、希望自己能获得传说中巧言善辩天赋的那块石头,是赝品。"他做出了个嫌恶的鬼脸,"你能理解,毫无疑问,我们必须把真正的巧言石锁起来好好保存。这个世界最不需要的,就是伶牙俐齿充满魅力的人,他们能劝服人们做任何事。"

这一点我明白,卡桑德拉想。

她赶上他,发现詹金斯正在查看窗台上的一个花盆。阳光从绿色的彩色玻璃窗透进来,一旁的小边桌上放着一把白铁喷水

---

[1] 巧言石,爱尔兰布拉尼城堡上的一块石头。传说中世纪十字军东征后,一位骑士从耶路撒冷带回一块沾有耶稣血的圣石,并将它放置在布拉尼城堡中,就是现在的布拉尼巧言石。相传,亲吻此石后,人会变得能言善辩。——译者注

壶。一簇簇鲜嫩的小草从花盆的泥土中探出来。起初,卡桑德拉以为那簇小草只是三叶草而已,但等她凑上近前仔细看,却发现不是。

"等一下,"她说,"这些全都是……"

"四叶草,"他承认,"我特意为今天这种状况而培育的。"

他用一把很小的剪枝刀剪掉了两枝小草叶,他们两人每人一片。他把四叶草别到了翻领上,当作纽扣花,然后转向卡桑德拉。

"我来帮你,好吗?"

"来吧,"她说,"我的意思是,麻烦了。"

他熟练地将第二根四叶草的茎穿过她的毛衣纽扣眼,让卡桑德拉感觉他们好像要去参加一场正式的舞会似的。(虽然之前因为她的病情,她没能参加高中的毕业舞会,但不代表她不知道舞会。)她的脸浮上一层似有若无的红晕。

"这是正式外交会面,"她打趣道,"还是我们要和小矮妖们打成一片?"

"你把它当作一种通关护照好了,"他解释说,"也可以说是一种谨慎的预防措施。一片真正的四叶草穿戴在身上的话,可以让人看破仙境设下的障眼法和幻象。"

詹金斯准备预防措施的周全想法不由得让卡桑德拉很担心。"需要留意什么东西吗?"她对小矮妖的全部了解只停留在护身符广告和老牌迪士尼的电影里,但她从来没有感觉小矮妖们会特别危险,"矮妖们很和善,还是很凶悍?"

"这得看他们的心情,他们非常善变,"詹金斯说,"矮妖们总的来说,不算有恶意,只是淘气一点,但他们非常任性,爱耍花招,所以你和他们打交道的时候不能疏于防范,否则有你受的。就像一位诗人曾睿智地写的：'微风吹拂的山岗，铺满灯芯草的幽谷，我们不敢去狩猎，担心遇见小矮人。'①"

---

① "微风吹拂的山岗，铺满灯芯草的幽谷，我们不敢去狩猎，担心遇见小矮人"是威廉·阿林厄姆所写的诗《仙境》中的诗句。——译者注

11

波特兰市中心

磨坊尽头公园[①]是官方认可的世界范围内面积最小的城市公园，只有一小丛灌木，大概直径刚到两英尺，就在车水马龙的公共大街正中间。据詹金斯所知，自从七十多年前的1948年圣帕特里克节矮妖们来到这里，这里也是最大的西部爱尔兰矮妖族聚集区。微小的爱尔兰国旗布偶娃娃装饰在微缩公园的周围，似乎暗示波特兰人民还很支持那可笑的传言——或者人们的想法确有根据。

"就是这里吗？"卡桑德拉不以为然地说。

她和詹金斯站在车来车往的马路中间，恰好站在奈托公园大

[①] 磨坊尽头公园，位于美国俄勒冈州的波特兰市，是世界上最小的公园。这个街心公园直径只有大约60厘米，只有一棵树和一些小植物生长。公园始于1948年，公园原址是要设立两支灯柱，但当局放弃设立灯柱后，当时俄勒冈学报中《磨坊尽头》专栏的主编迪克·范根在这里挖了一个小孔，在小孔中栽种植物。迪克·范根在专栏中虚构了这样一个故事：他在办公室窗外看见一个小矮妖正在挖洞。他跑出去抓住了矮妖，这意味着他可以许一个愿望。迪克·范根许愿他可以有一个自己的公园，但他的愿望没有说明公园的大小，结果，矮妖就将这个小洞栽上植物，当成公园送给他。1969年，迪克·范根死于癌症，但当地人对小公园却热情起来。1976年，磨坊尽头公园正式被美国政府批准成为一个城市公园。——译者注

道的西南角,距离河畔不远。浓雾和毛毛雨催促其他行人都赶紧躲进室内,而此时,他们两边来往往有很多辆汽车和卡车。浓雾将他们掩盖得很好,别人看不到,但他们得小心过往车辆驶过水坑时溅出的泥水。阴冷的寒意渗透卡桑德拉的脊背,她有点后悔跟随跑这趟了。

"不要被外表所迷惑,"詹金斯给她这一忠告,"异想天开的好奇是我们达到最终目的地——仙境彼岸世界的唯一入口,那里是相当大的聚集区,居住着几十年前从国外移居到美国西北部太平洋地带的矮妖一族,至少从人类世界来说,大概是那个时候的事。涉及仙境的话,时间一般都会流逝得比较缓慢,所以,我们一定要快去快回。"

听到这个消息,卡桑德拉倒吸一口气,但仍希望他们的旅程不必太赶。多久你才能去拜访一次真正的矮妖族群呢?

"那么,接下来怎么办?"她问

"我们只需要通过大门进去就可以了,"他自信地说,"自然,要在请求进入的礼节性问询之后进去。"

他转头看了一眼四周,确定没有人发现他们,然后从怀里取出一个烧瓶,往公园地面泼洒一片爱尔兰威士忌酒,他一边洒浓度是百分之八十的烈酒,一边念咒语,卡桑德拉认为他说的是流利的盖尔语:"Deontas duinn bealach isteach le do thoi!"

她羡慕詹金斯的舌头能轻而易举地发出特殊的音节。哎呀,他甚至说的时候还带上了适度的爱尔兰口音呢。

还有人比我更适合做爱尔兰后裔吗?

仪式完成后,詹金斯将烧瓶收好,满怀期待地向前一步。

但没有发生任何事。

卡桑德拉也不是很清楚是不是应该发生点什么,但似乎没有看上去像大门的东西出现。灌木丛还是灌木丛，她和詹金斯还困在寒意逼人、阴冷潮湿的雾中。

"也许，他们不在家？"她猜测。

"不太可能，"詹金斯皱起眉头说，"他们表现出来离谱的不友好。"他长长地叹出一口气，"我本不想采用更强硬的方法，但既然他们坚持……"

他抬脚跺起围绕灌木丛的砖台，好像想引起矮妖们的注意。他的声音变得严肃，就像一位警察在宣布逮捕令。

"仔细听好我的话。经图书馆的正式任命、喜乐廷[①]的见证、大巫师梅林的授权，我代表大图书馆，在此要求进入地下无疆王国。"

又一次，什么都没发生。

"我觉得，他们是关门停业了吧。"卡桑德拉失望地说，"也许，我们过段时间再来？"

"根据协议，他们不能阻止我们进入。"詹金斯皱起眉头，"他们一直这样……太难办了。"他转身对卡桑德拉说，"幸运的是，这次出访有你陪在我身边。"

"我？"她说，"为什么这么说？"

"因为你是爱尔兰的女儿，还是一位图书馆员，在这一背景下，你的血统比你想象的重要。"他伸出手，握起她的手，"请跟着我念：以达努、鲁格[②]、塔拉共主们[③]的名义……"

[①] 喜乐廷是文学作品中妖精传统的卫道士身份的组织，拥有崇高的勇气、真理、美、正义等骑士精神。——译者注
[②] 鲁格，全名鲁格·麦克·埃索伦，凯尔特神话中的光与太阳之神，达努神族的代表神之一。——译者注
[③] 塔拉是爱尔兰传说中天上国（High Air）神族所在地，在塔拉山上，有多位共主（High Kings）共同掌管神族和人间。——译者注

卡桑德拉完全相信他,所以没多问一句话就遵照他的吩咐去做:"以达努、鲁格、塔拉共主们的名义……"

"……打开你们的大门。"

"……打开你们的大门。呀!"

卡桑德拉还没复述完,就感到一阵晕眩袭来,头晕不已,她过了一会儿才发觉,自己和詹金斯正在同比例地缩小。公园正中那棵微不足道的矮小柏树,忽然间像红杉木那样高大,同时,公园中心出现一个树洞大的洞,像旋涡一样将他们吞噬掉。他们一下子掉进洞里,通过大门,在蜿蜒的管道中如同在游乐场玩时那样脚朝下向下滑去,她抓着詹金斯的手一下松开了。

"这还差不多。"詹金斯说。

快速跌落的过程只持续了几秒钟,但仍然让卡桑德拉无法呼吸。实话讲,她原本期望会遇到魔法门之类的入口……

滑行的尽头看上去散发着金色光芒。卡桑德拉做好了会撞得很疼的准备,但她臀部着落的地方既柔软又有弹性。

"噢!"

与此相反,詹金斯敏捷地双脚着地,好像之前他就做过很多次一样。他骑士风度地向她递出手。

"做得好,基里安小姐,"他说,缓解了她着陆姿势不雅的尴尬,"看上去,你的爱尔兰血统帮了我们大忙。"

"不客气,"她说,"如果此刻它不在我血管里这么快速地翻涌就好了。"

她站起身,看了看他们周围,似乎是某个巨大的地下洞穴或者地道。柔和的光辉魔法般缀满整个洞穴,为这个滑道尽头的大洞穴提供了光亮和温暖。墙上到处是闪闪发光的黄金和水晶矿脉,而高高的洞顶让整个洞穴空间宽敞。四周是通往各个方向的拱门通道和侧廊，活泼的小提琴声从附近某个地方传来。家具大小的蘑菇到处都是，厚厚的绿色苔藓铺满洞穴地面。一股像新翻开土地的浓郁泥土气息弥漫在空气中。总的来说，矮妖们的居住区感觉比他们上面的湿冷城市街道更温暖舒适……

"我们真的在波特兰地下？"她问詹金斯。

"从某种意义上来说，是的，但我们被幻化进入另外一个世界了。"

"懂了，"她说，"就像存在于普通时空之外的图书馆那样。"

"没错。我们在城市下面，仅仅用一步就迈进了更独特的现实中。"

这就解释了为什么没看到下水道和共用地下通道，她心想，我喜欢这样。

他们的到来不是无人发现。一大群人，穿着不同深浅的绿色古代衣服，瞪大眼盯着卡桑德拉，而卡桑德拉也迷惑、略微失望地看着矮妖人群——如果他们真是矮妖的话，那他们似乎也差不多和她一样高。她本以为矮妖族人应该，嗯，更矮小一点。

"加拉哈德！"

一位矮妖从分隔开的人群中走出来，亲切地欢迎詹金斯。他是个矮小、健壮、敦实的家伙，看上去三十多岁，有着浓密的红色鬓角和红润的面容。他右手拿着一根古旧的陶土烟斗，额头上戴着一根表明他权威的金头箍，将他和其他旁观者区分开来。他身穿汗衫，外套一件马甲，马甲的布料用印染的三叶草图案装饰着。黄铜纽扣和鞋上的带扣好像是新擦过的。他满面笑容的样子让卡桑德拉感到放心自在。

"一千零一个欢迎，好骑士！"

"真的吗？"詹金斯抱怨，"我们最初受到的待遇看上去可不算欢迎。"

那矮妖的笑容变得勉强:"你必须要原谅我们,骑士先生。唉呀,最近发生的事让我们不敢像以前那么热情好客了。"

"发生了什么事?"詹金斯追问。

"别急,这事稍后再说。"这位矮妖承诺,"不过首先,我觉得应该先介绍一下。"他笑着迎向卡桑德拉,"这位可爱的女孩是谁呀?"

一向绅士的詹金斯只好向礼节妥协。

"请允许我介绍一下,这位是卡桑德拉·基里安小姐,是相关领域中颇有声望的图书馆员。"他指着他们眉开眼笑的东道主,"基里安小姐,请来认识一下康纳尔·麦克唐纳,磨坊尽头彼岸世界的最高首领。"

"见到你很高兴,美丽的女士,"麦克唐纳说,换上了充满魅力的轻快语气,"这片我们挚爱的爱尔兰美丽土地也同样欢迎你。你是位十足的爱尔兰玫瑰,千真万确。"

"谢谢你,"卡桑德拉说,心里犹豫是不是应该行个宫廷礼之类的。她的视线和麦克唐纳一齐,他和她差不多一样高,"我得冒昧地承认,你比我预料的要高……我的意思是,对于矮妖精灵来说。"

话一说出口,她就后悔不应该冒失地讲这种话,但麦克唐纳只是哈哈大笑,然后才回答:"你是第一次来仙境世界,我说得没错吧?"

"空间和时间一样,在不同境界和疆域中是有变化的,"詹金斯解释说,"从那个把我们带到这里的滑道入口,也把我们变成了矮妖一样高了,尽管他们到了别的地方,就会变得很矮。"

"这样更容易躲避开贪婪的人类,"麦克唐纳咯咯笑着说,

"当然，我说的不包括你们两位。"

"我们不会打你们金子的主意，"詹金斯向他保证，此话让卡桑德拉很高兴伊齐基尔最终没有跟随他们来这里，"我们也不是为了许愿而来。"

"很高兴听到你这么说，"麦克唐纳说，"那你们到这里是为了什么呢，加拉哈德？"

"我近些年改叫'詹金斯'了，"前骑士回答，"恐怕，我们的拜访也绝非普通的社交来往。基里安小姐和我到这里来是为了图书馆的工作，希望你和你的人民能帮助解决一件紧急案件。"

麦克唐纳的笑容消失，随之代替的，是一副冷静的面孔："我猜也是这样。但也许我们的谈话需要找个更私密点的地方。"

他将头侧向逐渐增多的跑来围观新访客的好奇的矮妖群众。卡桑德拉由此猜测，磨坊尽头聚集区很少有来自人类世界的客人，她看到有些围观者看上去更像是人类，不像精灵。他们中有些人长着尖耳朵，看起来五官小巧玲珑，还有很多女精灵的后背上挥动着薄纱状的透明翅膀，使得她们看起来更像是故事书中的小仙女，而不像传统的爱尔兰矮妖。是否有女矮妖呢？卡桑德拉心里揣测，若有的话……也许她们更应该被叫作小仙子或者小仙妖或者其他什么东西？卡桑德拉发现，一想到仙族分类，她就有点糊涂了。

"当然，"詹金斯同意，"我们也不需要观众。"

麦克唐纳伸手指着一处等待的通道："那请这边走。"

他们跟随他来到另一个小点的山洞，这里似乎被用来当作麦克唐纳的私人书房。洞穴四周的所有墙壁上都安装了书架，上面放满了各种各样的皮革包边大书，还有很多羊皮卷。坚固的石壁炉里火势旺盛，驱散了卡桑德拉身上最后一丝波特兰的潮湿和阴冷。麦克唐纳坐在一把像宝座似的高背木头椅子中，詹金斯和卡桑德拉则选择在古木桌对面的小椅子中舒适地安坐。桌上放着酒壶，麦克唐纳打开瓶塞，要给他的客人们倒酒。

"要来点卜丁酒①吗？只有在这，彼岸世界都柏林这里，你才能品尝到这种最好的卜丁酒。"

"不，谢谢。"詹金斯丢给卡桑德拉一记警告的谨慎眼神，"我不打算喝酒……基里安小姐也一样。"

麦克唐纳放下酒壶："你年纪大了就充满了怀疑啊，骑士先生。"

"毫无疑问，这正是我能活这么久的原因。"詹金斯婉转地回答，"让我再声明一次：我的骑士生涯已经离我远去了。"

"真的远去了？我不太相信。"麦克唐纳说，"你还没有告诉我，你们来到我们这里的原因。"

"你也还没解释，"詹金斯留意到，"我们为什么那么难进入你们的疆域。"

"哦，那个啊，"麦克唐纳悲伤地说，"我想我确实欠二位一个解释。最直接的原因是，我们都有点对边界一事态度紧张，因为故土发生了让人很难过的情况。"

"什么让你们很难过？"卡桑德拉问。

"谋杀，我的好姑娘，还有抢劫，"他沉重地说，"我们收到消息称，因为财宝的缘故，大洋彼岸我们的兄弟被残忍地谋杀了。所以你们能理解为什么我们的入口比以往要难通过。"

"有人杀害了矮妖？"卡桑德拉震惊地说，"为了抢他们的黄金锅？"

---

①卜丁酒，爱尔兰私酿的一种威士忌，一种烈性酒，通常由马铃薯酿制。——译者注

"正是。"麦克唐纳伸出四根短粗的手指,"从科克郡①到多尼戈尔郡②,至少有四位我们的弟兄被发现遇害了,他们的锅被偷走了,凶手不知是什么人。"

卡桑德拉和詹金斯交换了个眼神。她敢断定,很久以前的克罗·帕特里克山事件重启,和矮妖族人被害同时出现,詹金斯也意识到了这两件事必有某种关联。

"这太恐怖了,"詹金斯说,"不过我担心,这一可怕的消息或许和我们来访的目的有关。我们有理由怀疑毒蛇兄弟会卷土重来了,他们近期的活动也许与几个世纪前的事件有关,那次事件中,毒蛇兄弟会拼命想要得到某个不知名矮妖手里的黄金锅,最后,毒蛇们的计划被图书馆员和他的盟友挫败。"

听见詹金斯提到毒蛇兄弟会,麦克唐纳瞪圆了眼睛,很明显,他很熟悉这一组织。他专心地听完詹金斯简要复述了441年的事件和不久前独巨石纪念柱被搅扰的问题。卡桑德拉留意到,他没有提布丽奇特·奥尼尔和她遭遇的报丧女妖困境,也许是为了避免让问题更复杂吧。

大概这是明智之举,她心里暗想。

"所以,你认为如今这些袭击都和千百年前的恶行有关?"等詹金斯说完,麦克唐纳终于开口说,"都是毒蛇兄弟会在暗中加害?"

"我们不能排除这种可能性,"詹金斯说,"这也是我们能从过去事件中总结出来的。还不止这些,事件中涉及的那个矮妖,也许会有很大帮助,不论是对我们的调查而言,还是对你确定是谁攻击进而阻止他袭击你爱尔兰的亲人,也非常有用。"

---

①科克郡,爱尔兰南部的一个郡。——译者注
②多尼戈尔郡,爱尔兰最北部的一个郡。——译者注

就卡桑德拉本人来说，她相当确定毒蛇兄弟会应该为杀害矮妖的命案负责。矮妖们因为黄金被谋杀了，同时有人确实掘开了一千五百年前的类似案件，这在她眼里是明显的关联，即使她还不确定布丽奇特的报丧女妖在一系列事件中占据什么位置……现在还没有头绪。

"你能告诉我们点关于这些被谋杀矮妖的事情吗？"卡桑德拉问，尽力像一位侦探一样思考，"他们有没有什么共同特征？"

"请注意，这些事情都发生在故土，"麦克唐纳说，"所以，我不能说对案子详情和其中被害人特别熟悉，但通过和我大洋彼岸的同僚交谈，我的理解是，这些遇害的矮妖们都是隐士，常年独自居住，喜欢独处，不愿和其他矮妖多往来。我怀疑他们离群索居的习惯和癖好使得他们更容易成为被害目标。"

卡桑德拉理解了他的话："换句话说，他们独来独往，自己生活。"

"的确是这样，"麦克唐纳点点头，"和我们这里完全不同，我们聚集在一起居住，既能顾上安全，又能享受到同伴相陪的快乐。"

卡桑德拉猜测，克罗·帕特里克山上的不知名矮妖说不定也是个独侠客。"我猜你不一定知道那个矮妖是谁吧？就是那个一千五百年前和毒蛇兄弟会有纠葛的那位？"

麦克唐纳摇头："根据你们说的，那是很久以前很遥远的地方发生的事，我从来没有听说过这件事。不管这家伙是谁，他一定谨小慎微，不会把这件事透露给任何人。他的名字也许已消失在记忆中。"

"也许不会，"詹金斯说，"如果你允许的话，我想要研究一下你们的年鉴，尤其是你们的全球人口普查记录，至少是5世纪的数据。图书馆的记录包罗万象,但仍然有很多空缺可以借用你的档案来弥补,这样,就能为我们提供之前事件更全面的图景了。"

麦克唐纳皱起眉:"你要求的东西有些过头了。我们的历史是我们的,从来不分享给外人看。"

"即使意味着这样有可能会抓住凶手?"卡桑德拉问,"还能阻止毒蛇兄弟会去抢劫其他矮妖手里的金子?"

"你说得有些道理,"经过一会儿沉思,麦克唐纳做出让步,"好吧。本着和睦友好与互惠互利的精神,你们可以查询我们的年鉴。但愿我们勤奋的挖掘努力会给我们都带来益处。"

"实现愿望是你们的工作,"詹金斯干巴巴地说,"但,代表图书馆,我们感谢你的配合。"

"你也应该。"麦克唐纳说,他做完决定后,语气变得轻快起来,"还有,我想你要开始漫长、枯燥的工作了,专心研读这些数不尽的干巴文件和枯燥文字吧。当然,这位年轻的女士应该会更喜欢我们的友好招待,去好好欣赏地下世界的音乐与欢乐?"

卡桑德拉不确定怎样回应好。麦克唐纳的建议里确实有点自诩了解她的过度优越感——她是一位图书馆员,可不是什么轻浮的交际花——她知道自己应该被激怒了才是,然而……若是把参观彼岸世界的时间都固定在书桌旁,仔细研读落满灰尘的大部头书,又是多么遗憾的事。她完全可以回图书馆做这样的事。

"詹金斯?"

"去吧,"他大度地说,"玩得开心点。"

"你确定?"卡桑德拉问,不想把工作都丢给他一个人而自己去游览。

"除非你能流畅地阅读盖尔语和布里索尼语①,大概,我更适合这份任务。你已经为这次出行做了很大贡献,我也不希望破坏了你游览的机会……不过,我也许有句话要先和你说一下。"

他把她带到一旁,声音压低到只有她能听得见。

"总之,尽情满足你的好奇心,但记得遵守拜访仙境的基本原则:不要接受任何礼物、食物或者饮品,除非你能确定这些东西没有附加条件。很多凡人在精灵的热情款待下沦为他们的囚徒,所以,一定要时刻保持头脑清醒。"

卡桑德拉感激他的关心。她低头检查了一下,确认她的护身符四叶草还在身上。

"不用担心,"她说,"这不是我第一次到其他维度空间游览。我会多加小心的。"

"我知道你会的。"詹金斯说,"这也是为什么你不在我的视线范围内,我也放心……不像其他某位图书馆员。"

他从卡桑德拉身边走开,转回身问麦克唐纳:"现在告诉我,人口普查的报告……"

在詹金斯着手工作以后,卡桑德拉开始出发探索地下洞穴世界。她把眼睛睁得大大的,漫无目地观赏起似乎没有尽头的山洞,路过的矮妖们无礼地盯着她看,和大多数她作为图书馆员见到的阴森洞穴和地下墓道相比,她再次被眼前地下住宅温暖、舒适的环境所震撼。磨坊尽头更像是霍比特人洞屋的无限延展版,绝非木乃伊的墓室。

音乐和笑声在曲折的走廊里回荡,吸引她一直往前走,直到来到一个迄今她见到的最大山洞——一间巨大的舞厅里,此刻

---

①布里索尼语,凯尔特人所讲语言的一个分支,使用范围大致在古英格兰、苏格兰和爱尔兰地区。——译者注

正值欢闹的庆祝时分。几十个小矮妖在舞厅里,伴随着欢快的小提琴曲正在跳着吉格舞[①],这曲子卡桑德拉刚来到地下世界就听到了。戴着红帽子的小提琴师稳稳地站在高高的大蘑菇上演奏音乐,其他矮妖们尽情地跳跃、踢踏,他们脚步轻盈,好似常常不受地球引力控制一样。长着翅膀的精灵在头顶的半空中盘旋。卡桑德拉欢快地拍手,脚尖也随着音乐声轻轻踮地。她不清楚也不在乎这是什么场合。她知道的,今天不过是磨坊尽头的一个寻常夜晚。

就这么决定了,她想,等着案子结束,我绝对要报名参加个爱尔兰舞蹈班。

音乐不知怎么越来越大声,也越来越诱人。她正准备加入欢乐的庆典中,忽然发现一个特别的舞者,这个人也许比其他人要高一点点,使得她能平视这位舞者。卷曲的红发,垂顺地搭在肩上,装扮着一张熟悉的点缀着雀斑的脸,卡桑德拉忽然认了出来。

"布丽奇特?"

[①]吉格舞,爱尔兰和英国地区流行的乡村舞蹈,舞曲欢快活泼,动作多以脚、腿的踢踏为主,是爱尔兰和英国民间的传统舞蹈。——译者注

12

芝加哥

"黄金之锅"是芝加哥市中心一家传统的爱尔兰酒吧。泛着光泽的红木吧台后边，无数烈性酒瓶子整齐地码放在一面狭长的磨砂镜子前。半透明绿色玻璃罩的吊灯下，黄铜水龙头闪闪发亮。各种庆祝世界杯胜利的新闻剪贴块被安上相框，装饰着木板墙，墙上还有些小众明星的签名照。门后面迎接客人的小黑板上，用粉笔潦草地写着当天开胃饮品清单，空空的长条凳、椅子和卡座在等待客人到来。现在是清晨，所以酒吧还没开门营业，但贝尔德对酒吧的环境很喜欢。这给她的感觉是，这里是真正的邻家酒吧，如果不是正在调查、追踪报丧女妖的话，她绝对不会介意多来光顾几次。

"是个好地方。"她说。

"谢谢夸奖。"布丽奇特说，"这个酒吧，我们家族传承了好几代，据说自从我的曾曾祖父从古老的国家来到这里后就开立了。根据家族传说，它的由来得益于一些幸运的金币，我祖先接受了一位友好的矮妖的赠予，用这些金币作为启动资金，在那个年代打造了这家酒吧。"

魔法门将图书馆员们和他们的新"客户"送到了酒馆的后门。贝尔德当时还有点犹豫,不想在一位平民眼前展示魔法门的存在,但整个魔法图书馆的事情她都已经知道了,所以就没有必要在布丽奇特面前避开使用魔法门,然后再浪费好几个小时乘飞机从波特兰来到芝加哥。对布丽奇特个人来讲,她迈出一步就走过了魔法捷径,足够让她吃惊得目瞪口呆,这也可以理解。

"一个矮妖?"贝尔德重复。

"金子?"伊齐基尔几乎同时说出自己的惊讶。

斯通看了贝尔德一眼,很明显,她也有同感。毒蛇兄弟会在一千五百年前就是追求一个矮妖的黄金。这绝不可能只是巧合。

"没错,"布丽奇特说,"事实上,最后一枚真正的金币就在那儿展示呢。"

她叫其他人都留意一枚嵌入酒吧顶部一块厚玻璃板下面的金币。一块匾额解释了酒吧名称的来源:

"从矮妖黄金锅里得来的真正金币。"

"说实话,"布丽奇特说,"我一直都觉得整个金币的故事都是无稽之谈,但后来,我的医疗账单堆积成山,威胁着我,这个酒吧也即将破产。有天早上,酒吧就出现了很多金币,很突然地出现。"

"而你不知道这些金币从哪儿来的?"贝尔德问。

"一点都没头绪。"布丽奇特用抹布擦去玻璃上的灰尘,"但我可以告诉你的是:当时我真的会失去酒吧,如果那些金子没有自己冒出来的话,所以,谁知道呢?也许真有个矮妖在照看我吧……还有报丧女妖预告我的死亡。"

"关于这个,"贝尔德问,"时间顺序是怎样的?哪个先出现的?金子,还是报丧女妖?"

布丽奇特思考了一会儿,"既然你提到这个,我想起来了,报丧女妖的事情就发生在我把金币兑换成现金支付医疗账单后不久。你认为这其中有什么关联吗?"

"她是循着那些钱来的,"贝尔德根据以往的经验说,"也许花掉了金币招惹来报丧女妖,就像我过去常常通过洗钱来追溯到黑市的武器交易和恐怖分子一样。"

"对啊!"伊齐基尔说,"或者说当你最终试图花掉做有标记的钞票时,你就招惹来大麻烦。不是说这种事发生在我身上过哦,提醒你。"

"哦,是吗?"斯通半信半疑地说。

一种奇怪的念头出现在贝尔德脑海中,"那矮妖们最初是怎么得到黄金的?"

她期待斯通回答,但布丽奇特却先开了口。

"没人真正知道。有太多自相矛盾的故事和传闻了。有的人说金子是从维京人埋在地下的财宝中偷出来的。还有人说他们自己通过做鞋匠挣来的,矮妖们为其他精灵制作和修理鞋子,精灵们需要穿着鞋子跳舞,或者他们通过做小提琴师挣得的,他们给仙境国王和女神们的宴饮狂欢演奏小提琴。还有人说金币来自早已被遗忘的金矿和宝库,那些金矿和宝库可以追溯到传说中的混沌时代,那时古老的天神和女神们共同统治着爱尔兰。"

伊齐基尔怀疑地盯着她:"你似乎对这类东西很了解。"

"我有一间叫'黄金之锅'的酒吧,"她指出,"还被一个报丧女妖纠缠。所以,是的,我对爱尔兰的民间传说特别熟悉。"

"好吧,"他败下阵来,"可以理解。"

贝尔德思考金币和布丽奇特的故事。矮妖们和他们的黄金锅看来是真实的事情,所以她没有理由怀疑,虽然暂时报丧女妖和毒蛇兄弟会这两个事物的联系还不甚清晰。她向她的团队寻求帮助。

"好啦,图书馆员们,把你们的大脑都运转起来,我们这里能找到什么线索?"

斯通透过保护玻璃仔细查看金币。

"不太确定该怎么看待,"他补充道,"传统学者认为一直到诺尔曼人出现的十二世纪,爱尔兰人才开始制造他们自己的货币,可是圣帕特里克驱逐毒蛇兄弟会事件之后,我就不确定了。不管这金币是什么时候带到爱尔兰的,应该都在希腊人、罗马人、不列颠人或者维京人入侵爱尔兰之前,具体时间还有待探寻。这种贵金属货币不只具有本身的货币价值,不过,这枚金币上的图案显然是凯尔特风格。"

金币上的头像是一个长满胡子的神或者国王的浮雕肖像,人物头顶的王冠显示出相互扣住的螺旋形,是传统凯尔特人的艺术表现手法。两条辫子从人物的浓密胡须垂下,他抬起的双手中举着一个渺小的凡人身影。神秘的动物呈跳跃姿势围在金币四周。贝尔德仔细研究着硬币上的头像,就像在看一幅犯罪嫌疑人的照片。

"知道他会是谁吗?"

"大概是一位达努神族的领袖。"斯通说,"我最多只能猜到这了,我需要查阅相关资料才能确定。"

贝尔德回想起达努神族是爱尔兰的异教天神。"也许詹金斯能帮我们解决这一疑难,"她建议,"喔,他也许在圆桌骑士时代里看过很多这种金币呢。大概黑暗时代,会用它们付午餐钱。"

"不会的,"斯通说,"这是稀有珍品……如果它是真正的矮妖黄金的话。"

"只有一种办法能解开谜底。"伊齐基尔解开皮带上的手持式魔法探测仪,"好消息是,我可是有备而来。"

伊齐基尔小心地缓缓移动到斯通身边,用探测仪扫描金币。贝尔德在他身后盯着仪器上的电子显示区,指针向上摆动,指向绿色区域。探测仪就像盖革计数器一样"嘀嘀"地大声作响。

"我们猜对了,"伊齐基尔说,"这枚金币确实散发出某种魔法能量。"

贝尔德点头:"这意味着它真的来自矮妖的黄金锅。"

但这又和报丧女妖有什么关系呢?

13

地下世界

"布丽奇特?"

卡桑德拉使劲从拥挤的洞穴中走过,穿过正在跳舞的拥挤矮妖人群,终于来到一位红发姑娘面前,这位红发姑娘此刻正随着小提琴音乐欢乐地跳吉格舞。熟悉的绿色眼眸好奇地看向卡桑德拉,没有一丁点认识的痕迹。

"我认识你吗?"

卡桑德拉仔细打量这位舞者。走得越近,两人的相似度越让人震惊。这个姑娘的头发比卡桑德拉记忆中的那位更长更卷,她的口音也是爱尔兰口音,而不是美国口音,她穿着的衣服也更古典,但无疑,她的面孔,正是卡桑德拉第一次从附件馆魔法镜子里看到的。

"布丽奇特·奥尼尔?来自芝加哥?"

"我叫'布里吉特'。"女孩回答,没有遗漏下她脚下的舞步,"芝加哥是什么地方?"

不是同一人,卡桑德拉意识到。她叫布里吉特,不是布丽奇特,但她长得又酷似布丽奇特。当卡桑德拉在思考这或许是另一个需要解开的谜题——是更大拼图中另外一小块时，她忽然发现自己正前后跳着，一只脚抬起，接着另一只脚也是，她在努力地跟上吉格舞步伐。

"我的名字是卡桑德拉……我觉得，我们得谈谈。"

布里吉特看起来很有兴趣："请告诉我，谈什么？"

"另外一个女孩，布丽奇特，长得和你一模一样。"

布里吉特如瓷器一样白洁的脸庞露出吃惊的表情："这听上去可是值得倾听的故事。"她停下舞步，抓住卡桑德拉的手，"跟我来。"

她领着卡桑德拉来到舞厅边上一个安静的凹室中，布里吉特随意地坐在一朵高脚凳大小的大蘑菇上。卡桑德拉别扭地坐到另外一朵超大个头的蘑菇上，感觉就像坐在抬高的豆袋椅①上。蘑菇承受她的重量后轻微地摇晃起来，卡桑德拉努力不去分神。

"这里好了，"她说，"当然，不是说你跳得不好，而是我有太多问题想问你……"

"他们说的是真的吗？"布里吉特问，"你们从上面，人类世界来的？"

"没错，就是在那个世界，我认识了布丽奇特，可能是你的双胞胎姐妹。"

布里吉特入迷地盯着卡桑德拉："这怎么可能呢？"

"这正是我想知道的。"因为挨得近，她仔细打量布里吉特，感觉自己不会弄错。她没有尖尖的耳朵和薄纱似的翅膀。这个布里吉特长得很像人类真实世界中被报丧女妖纠缠的布丽奇特；但詹金斯在不久前还警告过她：外表有时候具有欺骗性。"你不

---

① 豆袋椅，一种椅背和椅身有填充物的布袋式软沙发。——译者注

是矮妖,是吗?"

"我不是,但当我还是个襁褓中的婴儿时,仙境国给了我一个家,我是听他们这样说的,"她咯咯笑着说,"我不记得以前发生过的事。"

"是多久以前?"卡桑德拉问。

"这个只有老天知道了,"布里吉特似乎无所谓地说,"久到我长大,我猜想。"

卡桑德拉想起詹金斯说的关于这里时间流逝速度不同的话,所以,还真没办法说清这里的时间是人类时间的多久。这种无法精确度量的感觉让卡桑德拉的数学家天性非常烦恼。真应该有某种仙境时间和人类世界时间的转换公式才对。

"但你是怎么到这里和矮妖们一起生活的?"

"他们说,我是个孤儿,"布里吉特回答,"孤零零地被遗弃了,直到仙境人们带我来到地下世界这里,给了我一个家。"她发出一声伤感的叹息,"请不要误解,我永远感激他们的善良,但有时候,我也会设想我来自的那个世界。请多给我讲讲人类世界的事情吧,求你了,我得承认,我超级想知道。"

卡桑德拉不知道从何讲起,更别提如何找到布里吉特和布丽奇特之间的关联。她们只是长得符合家族基因的远亲,还是有其他关系?她记得詹金斯之前说过"巧合并不是偶然"的话。卡桑德拉强烈地感觉到她无意中撞见了拼图中的另外一块。

现在,她只需要找到其中的规律去拼在一起。

14

宾夕法尼亚州，匹兹堡

小店位于地面以下，十分应景。从城市步行道上沿着一段水泥台阶下去，就来到小店的前门，这里一眼看上去便特色鲜明，门上挂着优雅的老式招牌——是一只靴子形状，上面写着：

修鞋匠
修理靴子和鞋

马克斯留意到，靴子的脚趾处是小矮妖常穿的那种向上翘起鞋尖的样式。是店主人隐含的玩笑，还是无意中承认自己的身份？无论是哪种情况，他都自信这次棱镜引领他到了正确的地方。毕竟，按照传统，矮妖们是天生的修鞋匠。

"跟我进去。"他指示他的保镖。

欧文斯点点头。他穿着一件紧身黑色T恤，紧绷着他硕大的胸肌，健壮的胸肌得益于举重锻炼时补充的类固醇。他头发剪得极短的脑袋后面，金色的头发剃出了一条蟒蛇图形。他的粗脖子让他看上去像个刽子手。这个人少言寡语，缺乏个性，庞大的健美运动员身躯把"能少言绝不多废话"发挥到了极致;马克斯不确定他听到过这个人连续说超过五个字。当然了,这无关紧要,欧文斯到这里是提供武力支持,不需要会聊天。

他们从台阶走下去,进到店里,发现这里是一个堆满东西的狭窄空间,弥漫着胶水、鞋油和皮革的味道。鞋匠精心做好的样品摆放在小店柜台旁边的桌子上:大部分是鞋和靴子,也有几个钱包、手提包和腰带,都是精心保养好的或者修复过的。手写的牛皮纸片标签塞满了柜台后面的架子,等待那些把磨损的鞋子拿来修补的客人将它们取走。架子上挂着各种型号的木头鞋撑。镶有相框的文件证实这家店的主人——谢默思·金凯德依法取得了足矫形器、假肢和病脚鞋制作的执照。

从店内工作室后面什么地方传来轻轻的敲打声,马克斯看到鞋匠正在给一双旧鞋钉鞋掌。

很经典,他想,但也有点落伍了。

门后面的铃铛响起,宣告他们进入店内。敲打声停住,鞋匠从店后面出来。金凯德看上去和普通人一般;他年纪很大,从后退的灰白发际线来看,他也许在退休年纪左右。他系着围裙,戴着护面罩,一只手里还拎着锤子。他的个头没有矮到应该叫矮人,但确实也不算高。马克斯不禁怀疑鞋匠是不是穿了厚底鞋。

"有什么需要帮助的,先生?"金凯德从柜台后面问。一抹爱尔兰口音显示出:他的确是以前什么时候和其他同胞从爱尔兰故土移民到这里的。"我们马上就打烊了,但我总是能挤出时间接待最后一位客人。"

"你真是为别人着想。"

马克斯一边漫无目的地闲逛,一边小心地仔细查看屋内陈设。快速地审视了一圈,他确定现在没有其他客人在场,也不怀疑后面有其他工作人员。鞋匠大多都是独自居住的,一人经营,这让事情变得更简单了。马克斯停下脚步,欣赏一双高质量的马靴,它被修补得崭新如初。皮革很柔韧,针脚细密完美,修补得非常精妙,很难想象之前的旧靴子实际会是什么样子——这双靴子也许已经穿了三年或者三十年。马克斯认可眼前的技艺,如果说毒蛇兄弟会教给他最深的体会,应该是:即使最古老最被人忽视的东西都可以恢复它以往的光辉和力量,至少在某些知道应该怎么做的专业人士手中,是这样。

"技艺精湛。"他赞赏道。

"谢谢你的夸奖。"金凯德将锤子放到柜台上,"我干这行好多年了。"

"哦,这点我毫不怀疑。"

马克斯流露出一丝危险的语气,加上欧文斯这个高大威猛的壮汉在旁边,让鞋匠警惕起来。金凯德的眼睛谨慎地眯起来,斜眼瞥到离身体不远的锤子。马克斯看到鞋匠的斜眼一瞥,然后金凯德也看到了马克斯发现了自己的小动作,让马克斯感到十分有意思。他享受着这种心照不宣的紧张氛围,而另一边,鞋匠越来越不安。

金凯德使劲吞了口空气,"像我刚才说的,我们要打烊了……"

"很好,"马克斯开口,"那我们就不会被打扰到。"

他朝欧文斯点点头,欧文斯便随意地把入口处"正营业／已休息"的标识牌扣了过来,以防止他们被打扰。金凯德的眼睛警觉地瞪大几分。现在,很明显他处于危险中。修鞋匠伸手去够锤子,但马克斯的动作更快。他戴着手套的手如同正在袭击猎物的毒蛇一样迅捷,一把抓住金凯德的手腕。

"你得认清事实,你被抓住了,小矮人。"

金凯德假装无知:"我不知道你说的是什么意思。如果你想要钱——"

"拜托,请不要掩饰,别浪费我的时间。"马克斯一边盯着鞋匠,一边简短粗暴地命令欧文斯,"把他绑起来。"

保镖嘴里咕哝一声,表示同意,从后裤兜拿出一对专门定做的纯银手铐。他穿过小店,朝柜台后面走去,靠近金凯德。金凯德看到银手铐立刻变得惊慌失措。

"不!你们不能这样!我不允许!"

他试图挣脱手臂,但马克斯的手如同铁爪一样死死箍住了他的手腕——即使这个人突然间变成一只巨大的黑熊。黑熊用后脚直立站起,凶猛地朝马克斯咆哮。凶残的兽嘴亮出一口锋利的尖牙。呼吸的热气和口水喷了马克斯一脸,他猛然发现自己正抓着黑熊长满硬毛的黑色前爪。巨大的爪子拍到柜台上,拍碎了木头。

或者说,至少看上去这样。

这一幻象很让人震撼,甚至欧文斯都后退了几步,离咆哮的"熊"远了点,但马克斯没有被吓唬住。他经受住了这猛兽的骇人画面、声音和恶臭,仍然把眼睛紧紧盯住他的犯人,没有松开抓住的手腕一分一毫。鞋匠惊人的变形更加证实了金凯德不是普通人。

"恐怖的障眼法,"马克斯说起俏皮话,"还是我应该说是'恐怖熊'?"

黑熊暴怒地朝傲慢无礼的他吼叫,忽然,黑熊又变形了,眨眼间,变成一条庞大的条纹蛇。像眼镜蛇一样抬高脑袋,这条恶魔般的毒蛇"嘶嘶"地朝马克斯露出毒牙,分叉的蛇信子从大嘴中闪现。熊的胳膊变成盘绕的有鳞片的细长身躯,在马克斯的紧握下疯狂扭动，想要拼命挣脱。

"你这样是为了吓唬我吗？"马克斯大声笑起来。随着他加大力气握紧毒蛇，他手上戴的衔尾蛇戒指发出明亮光泽，"你真是不知道现在和谁打交道呢，是吗？"

欧文斯还站在远处，毫无疑问，困惑得不知道该怎么用手铐铐住一条蛇，迷惑、受惊削弱了他磐石般坚毅的表情。马克斯决定让这种滑稽可笑的局面尽快结束。

"别耍花招了。"他狠命地像扭过一个人的手腕一样掰倒蛇身，使得这条冷血爬行动物愤怒地吐蛇信子、喷毒液。马克斯失去了耐心，另外一只手一把抓起锤子，然后举到被抓住的蛇头上："我讨厌把我的手弄脏，但如果情况必需，直接动手还是更有效。"

这种场合，他回想到，正是他要科拉尔留下不参加这种短途行动的原因。

像她那样令人敬畏的头脑，缺乏消化这种场面的胃口。

"我倒数三个数，"他说，"三，二，一……"

"好吧，好吧，"大蛇立刻变回了金凯德，"我投降！"

"明智的选择。"马克斯仍然牢牢握住他的手腕。马克斯脸上和衣服上被幻象黑熊喷的口水也消失了，正如马斯克期盼的那样。"一个鞋匠的手若毁了，可怎么办才好？"

不再被巨熊或者大蛇震慑，欧文斯执行了马克斯的命令。他强硬地把银手铐铐在鞋匠的另一只手腕上。听到手铐"咔嗒"一声锁好，马克斯露出了笑容。

银手铐立刻发挥作用。小矮妖的真实模样最终露了出来。他的耳朵逐渐变窄，形成尖耳朵。他身材缩小，以至于因为被手铐固定在台面，身体都悬空了。他的衣服包括围裙都变成了深浅不一的绿色。鞋匠干瘪面容的沧桑感也消失了，他现在看上去不过四十岁左右。

这才像话，马克斯想。

"你该死！"金凯德怒斥。甚至他的口音和方言都有变化，变得更加有爱尔兰口音了，"放开我！"

马克斯不顾小矮人的辱骂。他向欧文斯示意，后者将不停扭动的小矮妖举到柜台上。金凯德现在被银手铐铐着，马克斯无须再按着矮妖的手腕，这样，欧文斯就可以把两只手拧到矮妖身后铐在一起。保镖本身肥大的手掌死死按着金凯德的肩膀，把囚徒固定住。面对如此粗暴的处理，金凯德疼得龇牙咧嘴，恶狠狠地瞪着马克斯。

"让我猜猜，"他说，"你们是要许愿？"

很有诱惑力，马克斯想，但太过冒险了。他可不是学者科拉尔，但他也知道魔法愿望，被仙子、魔鬼、灯神或者猴爪木乃伊[①]实现的，几乎最终会产生事与愿违的效果，无论你说愿望的时候有多小心。马克斯认为自己是比大多数人聪明，但他也足够明智，认识到了狂妄自我的巨大威胁。他没有要超越自己的打算。

"留着你的愿望吧，"他说，"你的黄金锅在哪？"

皱着眉头的矮妖仍然很生气："我就知道，你和其他人类一样贪婪。"

"人们都说矮小的守财奴坐在一堆金子上。"马克斯一边摆弄手里的锤子，一边用冰冷的声音说，"你知道规矩吧，小矮人。

[①]猴爪木乃伊，源自雅各布斯所写的《猴爪》，是英国惊险小说典范。这篇短篇小说主要讲述退伍的英国士兵从古印度高僧处获得一只有魔力的猴爪，这只猴爪可以实现三个愿望。许下愿望后，世界发生一连串改变，远超许愿人的想象。——译者注

别让这件事变得更令人难过。"

事实证明，金凯德足够精明，知道自己处于劣势。"如你所愿，"他愤怒地说，"让我从这儿下来，我指给你们看。"

马克斯向欧文斯点点头，欧文斯便将小矮妖从柜台拎到地面。在银手铐束缚下，小矮妖没有任何力量，但欧文斯仍然紧紧跟在金凯德后面，以防狡猾的小矮人会打开手铐。马克斯希望修鞋匠没愚蠢到那种地步。

"别耍花招，"他提醒矮妖，"我们可不吃你那套。"

"不用担心这个，"金凯德回答，"我想赶紧了结此事，再也不想看见你们了。失去我的一点点金子就能让你们滚蛋，我何乐而不为！"

"很公平的交易，"马克斯说，"我们继续。"

金凯德领着二人来到后屋，这里安放有一台缝纫机，一台电动研磨机，一张整洁的工作台，一大堆用于更换的鞋跟、纽扣、拉链和鞋掌。玻璃窗橱柜中放着各式各样的刷子和抹刀。在一个角落里，有个木桶，里面随意地堆满了皮革废料，马克斯猜这些都是从被认为无法修复的鞋子、皮带和钱包上挽救的一点废料。他四处看了一圈，没看到长得像黄金锅的东西，但这并没有让他沮丧。他也不指望矮妖们将宝物放在人类能看到的地方。

"如你所愿，你这个魔鬼。"

半空中发出淡淡的微光，就像是幻象逐渐出现或者渐渐淡出，盛满废料的水桶被一口巨大的黑色铁锅取代，里面的金币和珠宝满得快溢出锅边。看到这么神奇的景象，大多数人都会被贪婪和兴奋冲昏头，惊呆得无法动弹。

"真见鬼！"马克斯失望地嘟囔。

没错，这是一口真正的黄金锅，堆满足够多的贵重金属可以负担起他的运营资金。科拉尔的魔法棱镜又一次引导他们直接找到魔法财宝,超越任何普通人梦想的财宝。

但不是他要找的那口黄金锅。

我们只能继续寻找了,他意识到,不耐烦地叹息,只是迟早的问题。

在此之前,物尽其用,不浪费。马克斯走上前去拿那口锅,双手不费力地抬起锅。一般来讲,一锅的黄金非常重,重到普通人很难拿得动,但小矮妖的魔法锅是另外一回事了。有魔法帮助,黄金锅轻得即使最矮小的小矮人都能拿得动。

魔法在这个时候,真是衬手,马克斯想。

他虽然失望,但仍果断地带着金子往外走去。一辆加长的豪华轿车等在门外,会载他到飞机场,那里,他的私人飞机还在待命。他的脑袋已经开始设想还没发生的事,猜测起下一次棱镜会将他们带到哪里。

"你带走了我的金子,我诅咒你下地狱!"金凯德朝他的背影吐唾沫,"愿它永远不会给你带来幸福!"

"幸福?"马克斯说,"我想要的,可比幸福更伟大。"

只有一件事还没有了结。他把锤子放到工作凳上,留给欧文斯。

"你知道该怎么做。"他指示。

保镖咕哝一声表示同意。

金凯德的脸瞬间变得煞白:"可是……可是我已经给了你们我的金子!"

"千真万确。"马克斯说,但当他还在追寻黄金锅的过程中,他可不愿留下任何证人泄露消息。在他达到最终的目标之前,他更愿意保持低调。如今在他努力争分夺秒找宝物的敏感阶段,他最不需要的，就是吸引喜乐廷、幻境枢密院……或者图书馆员这种第三方组织的过度关注。

"别耽误太长时间，"他告诉欧文斯，"我们还要去别的地方。"

他拨开那双挡在前路的精美靴子。

15

另一世界

"詹金斯！有个人你必须见见。"

把布里吉特拽在身后，卡桑德拉闯进了聚集区的档案馆找詹金斯。一位身穿绿衣的哨兵站在门口，大概是防止詹金斯带走任何稀有的大部头书吧，但哨兵让她们两位女士冲了进去。到了屋里，她惊讶地发现詹金斯坐在……电脑前？

墙边排列着一排排书架，书架上装满了古怪模样的大书和古卷，这里宁静、灯火明亮的氛围很像图书馆的主阅览室，但詹金斯本人竟坐在一台非常现代的电脑终端配套的键盘前操作。见到此景，卡桑德拉眨了眨眼睛，一时间惊呆住了。

"电脑……磨坊尽头里有电脑？"

"现在都已经是 2018 年了。"麦克唐纳开口。矮妖族首领坐在附近的舒适靠背椅子里，"吧嗒吧嗒"地用烟斗抽着烟，"你以为我们跟不上时代的脚步？"

"而我，在新信息技术面前，从来都不是个守旧落伍的原始人，"詹金斯一边往一个方便携带的 U 盘里拷贝文件，一边回答,"甚至,早年很长一段时间里,我还能熟练地使用打孔卡[①]和磁带呢。"

"我……我没有其他意思,"卡桑德拉说,"只是似乎电脑从来不符合你的行事风格。"

"每份工作都要随机应变地选择适当的工具,基里安小姐,我不想手写记录几个世纪的统计档案。"詹金斯终于把脑袋从电脑前移开,后知后觉地发现了布里吉特。当他"认出"她时,不由得瞪大了眼睛,从某种意义上来说是这样,"而这位是……?"

"布里吉特,"卡桑德拉解释,"另外一个'布丽奇特'。"她简明扼要地讲述了她如何撞见了布里吉特,还有她所了解的这位女孩少得可怜的过往故事,"不是只有我觉得奇怪,是吧?她看起来就像另外一个'布丽奇特'?"

"太像了,"他也认同,"你的直觉绝对没错。"

"我就知道!"她说,"那怎么解释她们的相像呢?"

"我想到了几种可能性。"詹金斯试探性地看了一眼布里吉特,"请告诉我,你对'换生灵[②]'这个观念了解多少?——"

还没等他详细解释,一位情绪激动的小矮妖冲进档案室。"阁下!"他称呼麦克唐纳,"请原谅我打断你们,但我带来了可怕的消息!"

麦克唐纳立刻站起身:"快讲。"

送消息的矮妖谨慎地看了一眼詹金斯和卡桑德拉,在麦克唐纳耳边轻声讲述。矮小的首领顿时震惊地僵在原地,他红润的脸庞变得灰白。

"不会吧?"他倒吸一口凉气,"这比我担心的还要严重!"

[①]打孔卡,18世纪发明的半机械存储计算设备。——译者注
[②]换生灵,神话传说中被仙女偷换走孩童后,留下的"冒名顶替"的孩童。——译者注

卡桑德拉预感到有不好的事情发生："怎么了？发生了什么？"

"又一起命案？"詹金斯猜测，"又一口黄金锅被抢走了？"

麦克唐纳面色严峻地点点头："是这样，而且，不是大洋彼岸那么远。有消息传来，说这种残暴行为竟然发生在……匹兹堡！"

"匹兹堡？"听到这消息卡桑德拉也震惊了，"就在美国境内？"

"没错，距离太近，太让人难过了。"麦克唐纳立即对这噩耗做出反馈，迅速向他的下属传达命令，"封锁所有大门！加一倍守卫兵力，增强所有障眼法和防御设施！在危机解除之前，不能让任何人进出！"

不能进出？

"等一下！"卡桑德拉说，"你不是指我们，对吧？"

"我很抱歉，美丽的女士，但现在涉及我王国的安全问题，我不能冒险。磨坊尽头地下王国必须闭门锁国一段时间，恐怕你和你高贵的同伴只能作为我们的客人，多停留些时日了。"

詹金斯从椅子中站起来反驳麦克唐纳："你的意思，我们成了你的囚徒？"

"无比尊贵的客人，"麦克唐纳坚持之前的说法，"除非你坚持要违背我的命令，那样的话，你可就太不明智了。"

外面山洞里的哨兵开始向他们的门口走去，矮妖首领也握紧了手里坚实的橡木棍。送信来的矮妖站在麦克唐纳身边，也不妥协，咄咄逼人地盯着卡桑德拉和詹金斯。一切不言自明：前来拜访的人类明显数量少、力量单薄，而且，还没算上地下世界整个聚集区的矮妖们。卡桑德拉有点后悔，他们看上去可不矮小得可以一脚踢开——而贝尔德又没在身边，只有她能狠狠揍矮妖们一顿。

"但是，阁下，"布里吉特抗议道，"他们也只是希望回到属于他们的世界。"

"你安静点，弃儿，"麦克唐纳告诫她，"我已经决定了。"他走到卡桑德拉和詹金斯面前，伸出手掌，"你们的护身符，请交出来。"

詹金斯冷漠地瞥了一眼麦克唐纳和他的手下，好像在估量动武的胜算，然后不情愿地从翻领上摘掉四叶草，交给麦克唐纳，他也摘掉了卡桑德拉的小草叶。

"他这是没收了我们的护照？"她问。

"差不多，"詹金斯说，"也带走了我们的特殊能力，不再能看穿隐藏有出口的幻术。"

"正是如此。"为了妥善保管，麦克唐纳将四叶草收到他马甲的衣兜里，"直到危险过去之前，你们两个或者其他任何人都别想找到进出磨坊尽头世界的入口。"他朝两人露出安抚的微笑，"但请不要感觉有任何不便。我们会为你们提供舒适的食宿，你们可以放心，我们会让你们住得舒心的。"

卡桑德拉可没有这种感觉。

"需要多久？"她要求一个确切答案。

听到这个问题，首领脸上露出痛苦的微笑："不会比必需时间更久的。"

"按照凡人的时间来讲，会是很长一段时间，"詹金斯说，悄悄地把刚刚下载保存了矮妖族记录的U盘放回口袋，"恐怕，我们要错过几十年甚至几百年。"

卡桑德拉重复了他的话："你刚才说，几百年？"

"再一次,我深表抱歉,"麦克唐纳说,"是有点可惜,但我们什么都做不了。"

这个得等着瞧,卡桑德拉在心里思量。

参观仙境世界是一回事,但跳一个世纪或者更长时间的吉格舞可不在她的人生愿望清单上。图书馆还等着她,还有她的后半生也等着她呢。

"我真替你感到遗憾,"布里吉特说,"你真不应该到这里来啊。"

"若我说,我还是主动请缨才来的,你会信吗?"

16

芝加哥

"黄金之锅"酒吧生意火爆。很多客人在享受酒吧的活力和氛围,他们中很多人明显是常客,欢快的小提琴音乐是由一位满头银发的爱尔兰老头提供的,他显然也是酒吧的固定表演者。贝尔德一边慢慢喝着啤酒,一边监视酒吧里的一切动静。她是在执行任务,可以说,她正在同时照看新招的同事和他们的客户。

"很受欢迎的地方。"她对布丽奇特说。布丽奇特在吧台后面忙碌,斯通也过来给她帮忙,调酒是他出人意料的天赋之一。此时,贝尔德和伊齐基尔在监视室内。他们还没有看到报丧女妖,现在天色尚早。

"等周四你再看!"布丽奇特从一个啤酒桶龙头下面接了一品脱[1]啤酒——动作缓慢,让啤酒浮上一层细密的白泡沫——然后将酒递给等待的客人,"圣帕特里克节是我们这里一年中最盛大的节日,更别提也是我们最赚钱的一天。"

贝尔德相信她的话:"所以我猜,直到报丧女妖的事情解决

---

[1] 品脱,啤酒容量单位,美制1品脱约等于473毫升。——译者注

之前都关门保持低调，是不可能的喽？"

"如果我还想继续干这个的话，就不行，"布丽奇特说，用手擦掉脸上的汗珠，"圣帕特里克节是芝加哥很重要的节日，那天会有游行，会开派对，有时候他们还会把河水染绿来衬托节日气氛。我不容许我的酒吧错过这样的盛典。"她俯身靠近贝尔德，压低声音避免别人听到，"另外，反正我也躲不开报丧女妖的纠缠。"

"是个好问题。"贝尔德承认。据她所知，现在还不存在什么"报丧女妖受害人保护计划"。

"从我个人来讲，我很期待周四在这里监控。"伊齐基尔说。出奇巧合的是，他就坐在酒吧正中，魔法金币展示的地方，"圣帕特里克节是我最喜爱的节日之一。"

"真搞笑，"斯通从酒吧的另外一端发表意见，"你看起来和爱尔兰一点都不挨边。"

"你没听说过吗？"伊齐基尔咧嘴笑起来，"圣帕特里克节当天，所有人都是爱尔兰人。那天满大街都是穿着绿色衣服醉醺醺的人们，毫不关心他们的私人物品……这节比圣诞节都好。"

贝尔德丢过去一记白眼。一日为贼，终身为贼……

"想都别想，"她提醒他，"记住，我们到这儿是来完成图书馆的任务。"

"不过必须得承认，"斯通说，"如果没有在圣帕特里克节当天去爱尔兰酒吧里喝上一杯，或许是有点辜负节日的遗憾。"

我也这么认为，贝尔德想，尽管她希望他们不用继续在酒吧多坚守两天。理论上，他们很快就会知晓报丧女妖今晚是否现身，还要多加留意布丽奇特，保护她免于报丧女妖预示的致命危险——可能是毒蛇兄弟会，也可能是她受伤的心脏，也可能是两者结合。糟糕的是,报丧女妖不能明确说明我们需要留意的是何种危险。

贝尔德不耐烦地在高脚凳上换了个姿势。虽然她很喜欢,也很同情布丽奇特,可是,她还是觉得在这里耗着不是图书馆员利用时间的最佳方式。谁知道当他们被困在这里时,静候在一间惬意的酒吧,等着一个爱哭的女妖精时,毒蛇兄弟会此时在密谋什么诡计呢。

只能希望詹金斯和卡桑德拉在他们的调查中多取得一点进展……

小提琴师表演结束后,掌声在酒吧内各个地方响起。

"非常感谢你们。"他一边脱帽向所有人致敬,一边小心地把小提琴放下,站在凳子上鞠了一躬,"如果大家不介意,我想要休息一会儿。你们也许不会料到,但拉小提琴太让人口渴了,确实如此。"

他把乐器留在身后,信步走到吧台这里。布丽奇特递给他一杯早就倒好的琥珀色威士忌:"给你,老家伙。尊美醇[①],不加冰,正是你喜欢的。"

"噢,谢谢你,布丽奇特,我亲爱的姑娘。你真是个天使,毫不怀疑。"

小提琴师的长相特别符合他的身份,好像他刚刚从有关多姿多彩的爱尔兰乡村生活的经典好莱坞电影里走出来的一样。他是个瘦高的家伙,有着一双明亮的眼睛,友好和善的表情,浓密的眉毛和稀疏零落的胡子都已染上白霜。他头上戴着一顶破旧的爱尔兰毡帽,皱巴巴的粗花呢外套的肘上还打着补丁。他手掌和

[①]尊美醇,爱尔兰威士忌品牌,是全球销量最好的爱尔兰威士忌。——译者注

食指满是老茧,因为拉琴太久而摩擦得发红。

他举起酒杯,向所有在场的人致敬:"斯浪彻尔[①]!"

"也祝福你。"贝尔德举起她的酒杯,"顺便提一句,我非常喜欢你的音乐。"

"听到你这么说,我真高兴。"小提琴师坐在贝尔德旁边的高脚凳上,"你是谁啊?"

布丽奇特走过来,充当介绍人:"这是伊芙·贝尔德,她和她朋友们从俄勒冈州来这里游玩。"她指了一下斯通和伊齐基尔,"伊芙,这是格雷迪,一个像魔鬼一样有魅力的老家伙,也是芝加哥最棒的爱尔兰小提琴师之一。"

"哦,你这么说完全是因为我得在即将到来的节日里继续演奏,"格雷迪说,停下来喝了几口威士忌,"提醒你哦,不是说我反对这样的安排。"

"那么,我可以指望你周四晚上过来喽?"布丽奇特问。

"否则我会去哪儿啊?"格雷迪回答,"这家优雅的酒馆是我离开故土之外的另外一个精神家园。"他哀伤得叹了口气,"如果圣帕特里克节我不能回到古老的土地,这里是我的最佳去处了,的确如此。"

贝尔德听得出他话语中的思乡情怀:"你很想念爱尔兰,是吗?"

"每天都想,"格雷迪说,"但……怎么说呢,只能说这辈子都不应该回去,不论我这颗可怜的老心脏有多渴望再次回到爱尔兰那翡翠一般碧绿的海岸。"

"真遗憾。"贝尔德猜想,这位老人自我流放到异国的做法,

---

①斯浪彻尔(Slainte),爱尔兰祝酒用语,表达"干杯!"和"祝你幸福健康!"之意。——译者注

可能与他多年前的"大麻烦"有关,但现在她还不想施加压力让他述说全部细节,"不过,这是爱尔兰的损失,是芝加哥的荣幸。"

"很不错的看法,"格雷迪说,他的情绪和手中的酒杯一样抬升起来,"那你和你的朋友们是怎么认识我们布丽奇特的?"

"我们是图书管理员,"斯通加入对话中,"正在做一项体验爱尔兰裔美国人生活的研究项目。"他用湿抹布擦拭起吧台,"很明显,在体验研究的乐趣。"

"很有趣,"格雷迪说,"没错,这是个很值得研究的领域。爱尔兰因为它的学者和图书馆而广受赞誉,千真万确。"他小心地看了一眼贝尔德,"不过,我看你不太像个图书馆员。"

"呃,他们是图书馆员,"她承认,"我更像是……保安。"

"真的?"格雷迪挑起眉头,"现在谁知道图书馆员还需要保安了?"他喝光了他的威士忌,示意布丽奇特再添酒,"布丽奇特,我亲爱的姑娘……"

"这就来。"她拿起尊美醇酒瓶开始给格雷迪斟酒,倒至一半时,她忽然僵住了。她的脸变得惨白,震惊地死死盯着酒吧里前面什么东西,"不,现在不要,不要在这里……"

"稳住,我的小姑娘。"格雷迪温柔地抬起她的手,酒从酒杯里溢出来,洒到吧台上,"你不会想浪费这些的。"

贝尔德则更担心布丽奇特因为什么反应过度。她立刻进入全面戒备状态,她的图书馆员们也一样。斯通和伊齐基尔都放下手里正在做的事情,露出严肃的工作神情。

"怎么了?"贝尔德问,声音柔和,但也充满催促之意。

"那个女人,角落里那个,"布丽奇特说,她的声音都颤抖起来,她的眼睛依然盯着那里,"我发誓,几秒钟之前那里还没有人。"

贝尔德转过身，顺着布丽奇特凝视的方向看去。到底是什么让布丽奇特如此害怕？她努力从其他来回转悠的顾客身影中间看过去，很快，她认出了有问题的女人——一个穿着灰色披肩的落寞身影，孤零零地坐在酒吧远处角落的桌子旁。那女人低着头，好像在盯着她眼前的空杯子，所以贝尔德看不到她的脸。仔细再看，贝尔德发现女人的身体在厚厚的羊毛披肩下正轻微颤抖，好像在啜泣。

一个正哭泣的灰衣女子？

贝尔德的脑袋拼凑出其中关联："是……她？"

报丧女妖？

"也许，我不确定，"布丽奇特低声说，"她看起来总是不太一样……"

好吧，贝尔德回想起来，少女、妇人、老太婆，有三种形象。

能看得出，布丽奇特吓得瑟瑟发抖。斯通小心地接过她手中摇晃的威士忌酒瓶，而红发的调酒师已经害怕得开始呜咽。

"她……她之前从来没进来过……"

贝尔德从高脚凳上跳下来，去进一步调查。说实话，这时候她松了口气，感觉到终于要开始干正事了。他们来芝加哥就是要处理报丧女妖的麻烦，所以她迫切地想尽快开始。她只希望这次不是虚惊一场。

"别管她，小姐，"格雷迪用手拦住贝尔德的胳膊，阻止她过去。"不会有好事情的。"

"抱歉，"贝尔德说，完全不清楚他从什么地方冒出来的，也不知道他在想什么，"那可不是我的作风。"

她推掉了他紧抓的手，看了一眼她的队友："斯通，你贴身保护布丽奇特。保证她安然无恙。"

"我会守卫好魔法金币的，"伊齐基尔主动说，"怎么了？"他迎着贝尔德不解的表情说，"得有人看着它嘛！"

贝尔德抛给他一个白眼，随后又觉得他说的似乎有点道理。毒蛇兄弟会自从很久以前就在追寻小矮妖们的金子，而图书馆员们也推断金币和报丧女妖之间存在某种关联。

"你也盯紧门口，好吧。"她下命令。如果那灰衣人就是报丧女妖的话，贝尔德不想在得到什么调查结果之前就放她跑掉，"保持警惕，伙计们。"

她开始朝人群拥挤的酒吧里头走去。因为有很多毫无危险意识的平民在酒吧乱逛，她觉得也许还是不让整个团队都集结过来围住那神秘女子为好；贝尔德不想制造事端，能避免就避免。她静悄悄地接近灰衣女子，轻松顺利地就走到近前。她越是走近那桌，越是确定她所听到的，在酒吧的嘈杂之外，罩着灰衣兜帽披肩的女子在低声哭泣。贝尔德心里猜，难道只是有人今天过得不顺借酒消愁哭出来解压，还是更不祥的预兆呢？哭泣声引来附近其他顾客的关切或者厌恶的眼神，有的顾客看到贝尔德走向那女人，好像松了一口气。不用说，他们更愿意让别人来处理哭泣女子。

"打扰一下，"贝尔德说，"你介意我坐在这里吗？"

贝尔德没等对方回答，就坐在灰衣女子对面，对面的女子把脸埋向桌面，似乎很绝望地双手拧绞在一起。那双手看上去光滑、无瑕又年轻。

那这次，是少女，贝尔德在心里总结。

少女似乎注意到贝尔德的到来，但她不认同贝尔德直接坐下的做法。她没有继续呜咽，反而发出一声低沉的恸哭，引得贝尔德都为之动容，即使这哭声也让她脊背发凉。她心里又一次希望酒吧里没这么多平民才好。

"有什么不顺心的事吗？"贝尔德轻柔地询问，"你想聊聊吗，还是想一个人静静地待会儿？"

她伸出手，友好地将手搭在女子胳膊上，结果，贝尔德震惊地发现：胳膊摸上去是冰凉的。没有任何人类的体温，只有冬季深夜或者是坟墓中的那股寒冷。

但贝尔德的触碰引发了她的反应。女子立即抬起头，披肩上的兜帽脱落，露出一张满是泪痕、死尸般灰白的少女脸庞，脸庞上有缺氧的青色嘴唇，头上有凌乱的棕色头发，空洞的白眼球看不到任何瞳孔和虹膜。

哦哦，贝尔德心想，小孤儿安妮[①]的眼睛从来不是好兆头。

少女的嘴张开，她的下巴掉落到没有正常人能办到的地方，嘴里露出一个巨大的深洞，地狱般尖厉的高分贝哀号从她口中传出来，立刻盖过了所有声音，声音之尖锐，音量之大，让这声嚎叫简直称得上震耳欲聋。

简而言之，报丧女妖尖叫起来。

贝尔德本能地用双手捂住耳朵。酒吧里到处都是酒杯破碎的声音，啤酒和威士忌洒得到处都是。吊灯上的灯泡都被震碎了，火星四射，溅落到受惊的顾客身上。贝尔德担心地看了一眼布丽奇特，她看到斯通正在扮演保镖的角色，他将布丽奇特拉到吧台下面，用身体挡住酒吧后面像鞭炮一样"砰砰"破碎的威士忌酒瓶。吧台后面的镜子从中间裂开，伊齐基尔和格雷迪，还有其他

[①]小孤儿安妮，是20世纪20年代畅销的同名漫画，漫画中，孤女安妮因为画风简洁而没画瞳孔。——译者注

人弯腰躲到凳子和桌子底下。和酒吧其他人一样,伊齐基尔用手捂住耳朵,难受得龇牙咧嘴。闪烁的电灯形成了闪光灯效果,恐慌的顾客都慌忙夺门而逃,他们在混乱和喧闹中冒失地撞翻了家具和其他行人。贝尔德认为人们也在尖叫、呼喊和咒骂,但在报丧女妖的刺耳嚎叫中,她听不到其他声音。

做得对,她暗暗催促逃跑的人们,赶紧离开这里,立即。

另一方面,报丧女妖,可哪儿都不能去,贝尔德在心里如此自言自语。即使冒着被尖叫震聋的危险,贝尔德移开耳边的双手,朝报丧女妖扑过去,她想让女妖闭嘴,也想抓住女妖,最好是两者都办到。她双手抓着女子的毛披肩,手指死死扣进冰冷的衣服。她不停摇晃女妖,想让她开口说出点什么。

"够了!"贝尔德使出全身力气喊道,但仍然听不见自己的声音,"别哭了,快说话!你这是要做什么?!!"

头顶的电灯冒出火星,发出"噼啪"的爆裂声。贝尔德使劲拽她的披肩,紧紧抓在手里。她惊异地眨眨眼,忽然发现自己只抓住了一件空空的披肩,刚刚一秒钟之前,这件披肩下还有个女人的。她困惑不解地看了一眼四周,但那个哭泣的女子也好,少女也好,报丧女妖也好,都不见踪影了,她竟从她眼前消失了。

但她的哭泣声还在,萦绕在贝尔德耳边好一会儿,最终和披肩一同渐渐消失,披肩消融成一团冰冷潮湿的雾,然后,完全消散了。

"见鬼!"贝尔德抱怨。

她确信又能听到自己的声音了,但这没什么好庆贺的。她把手指放到面前吹了吹,让手指暖和起来。报丧女妖造访后,她留下了点创伤。酒吧则被毁得不轻:桌子和椅子都被掀翻在地,到处都是破碎的酒杯和洒出的酒。布丽奇特要是想明天正常开业的话,可是有一大堆需要干的活计,不过此时还不确定她还想不想继续经营酒吧了。受惊的人群奔逃后,酒吧的顾客都走光了,但似乎没有人真正在蜂拥外逃中严重受伤,至少目前看来,贝尔德觉得是这样。

"所有人都还好吧?"她大声说。

陆续传来低声的肯定回答,来自留下来的几个人——布丽奇特、斯通、伊齐基尔,还有格雷迪,很明显,当其他人逃之夭夭时,他被困在了这里。贝尔德记得她之前怀疑过几十年前他曾遇到过什么大麻烦,于是她猜测他可能大概见过比一位或者两位报丧女妖更糟糕的事情;他应该是经历过大风大浪的人。

"我的耳朵疼死了,"伊齐基尔说,"不过别担心,我救了金币!"

可以确定,盛放金币的玻璃板也被震碎了,但金币安然无恙地躺在小偷摊开的手掌上。贝尔德真的感到欣慰,没人在混乱中卷走这枚魔法金币。直到伊齐基尔提醒,她才想到这一可能性。

"干得好,琼斯!"她说,"不过记住,你不能一直拿着它。"

"你真是个扫兴鬼!"他得意扬扬地笑着。

斯通和布丽奇特倚靠在吧台上,这是他们刚刚躲藏的地方。斯通的手还搭在布丽奇特肩上,布丽奇特仍然心有余悸地颤抖。她不受控制地颤抖,面色看上去和报丧女妖一样惨白。贝尔德希望她的脆弱心脏能承受得住。

"你们都看见她了吧?"布丽奇特说,"听到她的哭声了吧?这次不是只有我听到?"

"哦,我们全都听到了。"贝尔德的耳朵现在还嗡嗡响,"现在正式宣布:我们十分肯定要解决手上这个报丧女妖的问题。"

而且现在情况似乎升级了,她在心中默默地说。

"就这样了，"布丽奇特呜咽着说，"我注定命不久矣。我想，我还有点天真地希望你们能证明我是错的，所有不幸都是我脑中想象的，可终究，现在我们都知道了，是真的……我就要死了。"

"不，不要这样说。"格雷迪试图安慰她，"你千万别灰心，我的好姑娘。"

"但你不知道那是谁吗？"她问，"不知道那是什么吗？"

"是班希，"他阴沉地说，听上去没有对报丧女妖的出现吃惊，好像他总是能承受住这些一样，"但你不确定她真正要找的人是不是你。也许，死神是要来向另外的人索命。"

"谁？"她泪眼婆娑地问，"还能是谁呢？"

格雷迪哀伤地摇摇头："这我没法说。"

因为布丽奇特很明显是报丧女妖的目标，贝尔德想。她很感激格雷迪试图安慰布丽奇特，但他也只能给出一个虚无的错误希望——不是说贝尔德此刻能找到更好的安慰她的办法。不过，她不后悔让图书馆员插手布丽奇特的案子。这绝对是阴森恐怖的超自然事件，图书馆一定要保护人们避免这种危险事件，布丽奇特是无辜的受害者，需要他们的帮助。贝尔德现在不想放弃她，尽管这意味着暂时要将毒蛇兄弟会的事情往后拖一拖。

说到这个，贝尔德心想，我想知道卡桑德拉和詹金斯现在调查得怎么样了——为什么我们还没收到他们的消息呢？

17

一个秘密的地方

匹兹堡的地图被卷起来，收好，随之代替的是美国的全境地图，再一次铺开放到桌上。第一缕黎明曙光射进科拉尔的魔法棱镜中，折射出一条彩虹，横跨在桌上，然后像占卜杖一样探落在地图上某个具体地方，是这个国家的中部地区某处。

"我们找到了。"马克斯说。

他飞快地标记好这个地点，希望这是最后一次举行这种占卜仪式。事实证明，匹兹堡是另一个让人失望的地点，尽管还有安慰奖——一锅鞋匠的黄金。马克斯厌倦了歧途。黄金锅在等待他……就在某个地方。

"你找到了吗？"科拉尔急切地问，"这次去哪儿？"

马克斯仔细查看标记的地图："伊利诺伊州，准确点说，是芝加哥。"

"噢！"科拉尔放下棱镜，彩虹逐渐消失成普通白光，"我从来没去过芝加哥呢。"

"收拾好你的东西。"马克斯回应。尽管当他去不情愿的小矮妖手上要黄金锅时，他总是把科拉尔留下，但他还是更喜欢无论到哪儿都把她也带在身边。毕竟，在寻找黄金锅的过程中，他需要她。

他已经给飞机驾驶员发信息，通知他们下一目的地。根据他的计算，他们几小时后就能到达芝加哥——到时候正值正午，还可以召唤一次彩虹确定具体位置。他抬眼看到日期，饶有兴致地留意到还有一天就到圣帕特里克节了。

某种预兆吗？

这个时间节点对他来说颇有讽刺意味。几个世纪前，最初就是某个帕特里克阻止了毒蛇兄弟会获得黄金锅。极其有趣的是，他们终将在圣徒自己的节日再次找到它。

"这次可能是，"科拉尔信心满满地说，"我全身的骨头都能感觉到。"

马克斯瞥了一眼西贝拉的头骨，那头骨安静地放在一个铝质遗骨匣上，遗骨匣中放着她身体其余的尸骸。

如果骨头真能说话就好了……

18

地下世界

"真不敢相信我们被困在这儿。"卡桑德拉第无数次表达不满。她在档案室屋里不安地来回踱步,"麦克唐纳怎么想的?以为在我们溜走的时候毒蛇兄弟会恰好潜入进来吗?"

距磨坊尽头国度进入全面封锁状态已经过去了好几个小时,她和詹金斯被单独留在档案室里,这样詹金斯至少暂时可以继续他的研究,而麦克唐纳已经离开,亲自去查看整个聚集区的安全防卫措施,这是受之前的匹兹堡恶性事件的影响。布里吉特也悄悄溜走了,毫无疑问,整个局面太尴尬了。

"还有,我们知道怎样出入磨坊尽头,也是他担心的。"詹金斯说。他的膝盖上展开放着一本沉重的大部头书,等麦克唐纳一腾出,他就坐进了那把舒服的大椅子,"在当前情况下,麦克唐纳无疑更希望这种消息绝对保密,以免毒蛇兄弟会用某种方式利用我们进入地下世界。"

詹金斯从椅子中站起身。卡桑德拉惊讶地发现在这种被囚禁的状态下,他竟然如此冷静,但她转念一想,可能永生教会了他要对时间有耐心吧。想要让詹金斯失去平静可没那么容易。

"不是有人说过,"他继续说,"这种强制的软禁总是出现在不恰当的时候。"他合起腿上的书,"我觉得我已经掌握了我们需要在这里知道的答案。我们越快回到图书馆,我就能越快根据图书馆的档案进行慎重地相互参照。"

卡桑德拉怀疑贝尔德和其他人是否已经想起了他们二人:"有没有可能我们的朋友会来救我们?"

"也许,最终会吧,"詹金斯说,"当然了,卡森先生也许有什么办法和主意,但那要等他从海底世界回来以后了,我们其他同伴估计不会知道我们被监禁了。在我们说话的同时,他们也许正全神贯注地对付充满恶意的报丧女妖。或者甚至,可以想象得到,那是毒蛇兄弟会最新的化身代表。"

"对哦,"卡桑德拉忧郁地说,"我们都知道,他们还指望我们会去救他们的急。"

她的肚子"咕噜咕噜"叫起来,提醒她自从离开附件馆,都没再吃过东西了。一些诱人的菜肴——由他们"充满愧疚的主人"提供,纹丝未动地摆放在旁边的一张桌上。一大碗爱尔兰炖菜,旁边还有好几盘面包和奶酪在呼唤她,尽管詹金斯之前警告过她。

"所以,反正,"她说,"关于整件食物和饮品的事……"

詹金斯望了一眼令人垂涎的爱尔兰菜肴:"通常来说,在地下世界接受食物和饮品可不是个好主意,如果你不想失去任何活下去的欲望和能力的话。但考虑到我们已经被囚禁在这里了,我们可以不用再管这条禁忌了。"他自己的肚子也大声作响,"告诉你,我在莱昂内斯[①]时,几乎在超过一年的幽禁时间中都滴米未

[①]莱昂内斯,亚瑟王传奇中圆桌骑士特里斯坦的故乡。——译者注

进……"

卡桑德拉刚想要说,她大概是撑不过那么长的时间,忽然发现布里吉特悄悄溜回了山洞。

"布里吉特?"她惊呼,"我刚刚还在想你发生了什么——"

"嘘!"布里吉特将一根手指竖在嘴唇前。她看了书房一圈,确定只有他们,然后继续用压低的声音说,"如果我告诉你们怎么离开磨坊尽头,你们会带我一起去你们的世界吗?我一直都渴望看看我是从什么样的世界来的……还有,我很想见见你们说的可能是我的双胞胎姐妹——另外一个'布丽奇特'。"

卡桑德拉又一次感到惊讶:布里吉特同她真实世界中的双胞胎姐妹长得实在是太像了!她忽然想起,后来被新谋杀案和暴行之后的过激反应转移了注意力,她当时和詹金斯刚要弄明白这其中的究竟,詹金斯之前说过"换生灵"之类的话?

"我们很乐意告诉你,我们的世界是什么样子,"詹金斯说,迅速抓住布里吉特给他们的逃出机会,"但前提是,我们得找到一条能出去的通道。"

"当然有,"她说,"我之前特别留心地观察,用心地打听,然后,我打探到有一条回到上面世界的秘密逃跑通道。事实上,我经常有独自走上那条通道的冲动,但我总是缺乏勇气,因为他们总是说那条路上充满了狡猾的陷阱和诱饵。"她碧绿的眼眸闪烁着兴奋,"但有你们的帮助,也许我们可以离开这个地方。"

"这是我今天听到的最好的消息。"卡桑德拉说,"詹金斯,你认为呢?"

"不要以为这会很容易,"詹金斯提醒道,"尽管有我们新朋友的一时帮助。但无论如何,我们不能愚蠢地放走这个机会。"他站起身,朝门口示意,"请带路,布里吉特小姐。"

"来吧！"她说，听上去既紧张又开心，"不过，要轻轻走，仙境居民们此刻都在睡觉。"

他们悄悄溜进走廊，发现哨兵倚靠在墙上，呼噜打得震天响。他腿上还放着一个酒壶，手指间的短木棍已经掉落到地上。

"工作期间喝酒？"卡桑德拉说，"真不像话。"

"不要太苛责他，"布里吉特说，"也许只是一点点强力安眠药，和我如此体贴周到地给他带来的酒，一起发挥的作用。"她耸耸肩，"不会给他的身体带来伤害的，尽管等他醒来会有一点宿醉的晕眩，但那个时候我们早就离开这里了，如果命运女神眷顾我们的话。"

卡桑德拉很是钦佩："巧妙！"

"生活在仙境小矮妖身边，总是能学会一两招小把戏，"布里吉特说，脸上挂着得意的笑容，"但我们别耽搁了。时间不能浪费。"

"好主意。"詹金斯弯腰拾起被下药矮妖的橡木棍，用手握紧，"我们快走吧。"

布里吉特领着二人穿过一连串地下通道和侧廊，这些地方更安静，灯光也比之前的更昏暗。这种宁静令卡桑德拉回想起某些医院通往墓地的班车，那是她在做图书馆员之前度过小半生的地方。她赶紧将不开心的记忆推开，她的命运已经今非昔比了。

"人们都到哪里去了？"她问。

"经过一晚上的折腾，都沉沉睡着了，"布里吉特解释，"或者是担心自己的生命和金子受到危险，把自己锁在了家中。"

卡桑德拉不会怪矮妖们做出后面这种行为，尤其是涉及毒蛇兄弟会时。他们足够恐怖到让人人自危，藏在紧锁的门后。

"如果幸运的话，"布里吉特说，"我们一路可能会很顺利。"

卡桑德拉不喜欢依赖幸运。他们拿走了我们的四叶草，真糟糕。

布里吉特坚持只走偏僻的后廊，直到他们必须从之前卡桑德拉参观过的舞厅直穿过去。庆典早已结束，然而，还有好多疲惫的庆祝者趴在超大个头的蘑菇、长满苔藓的巨石上，或者半躺在蘑菇半依偎在石头上，他们都沉沉睡去。小提琴师也在打盹儿，所以唯一的音乐来自一个矮妖睡梦中唱走调的《丹尼少年》[①]。詹金斯皱起眉头，理由不言而喻。

"看起来是一场盛大的聚会，"当他们踮起脚尖，小心地走过这些沉睡的聚会者身旁时，卡桑德拉窃窃私语，"是凯尔特的新年前夜什么的吗？"

"不是啊，"布里吉特问，"为什么这么问？"

"没什么。"卡桑德拉说，她推断矮妖们可能是单纯地喜欢享受聚会。她忽然想到，圣帕特里克节快到了，至少从人类世界的时间来说。她不确定他们错过磨坊尽头的盛大庆典是种遗憾还是令人欣慰。前提是，我们得先找到出去的路。

他们想方设法成功穿过舞厅，没有吵醒任何人。卡桑德拉放松了点，结果就看见两个身穿绿衣的卫兵朝他们走来。和之前的矮妖士兵不同的是，他们肩上穿着用别针固定的短款毛披肩，脸上是粗暴的蛮横表情。她僵在原地，一时间想要从他们来时的路折返回去，但已经太晚了。卫兵们已经发现了他们。

"哦哦！"她感觉不妙地低声自语。

詹金斯开始握紧他从矮妖哨兵手里借来的橡木棍，但布里吉特悄悄地摇摇头。"让我来说。"她低语道，然后就把自己夹在

[①]《丹尼少年》(*Danny Boy*) 是一首著名的爱尔兰民谣。——译者注

詹金斯和卡桑德拉两人中间,用她的胳膊环住他们的腰。她大声"咯咯"笑起来,脚下步伐也变得醉醺醺的软绵模样,她摇摇晃晃地走向正在靠近的两人。

"你们好啊,我的帅哥们!"

"布里吉特?"其中一个卫兵说,似乎撞见这三个不太可能在一起的人令他很疑惑,"你这么晚出来干什么?现在可太晚了,而且你还和这样的同伴在一起。"

"你干吗这么说,弗格斯·奥图尔!"她开心地大声喧哗,含混不清地说,"现在还早呢,千万可别跟我说什么'天色已晚'的话!"

另外一个卫兵怀疑地看了一眼卡桑德拉和詹金斯:"那你和这两个人在一起做什么?"

"反正不关你的事啦,我的帅哥!"她看回去,"咯咯"傻笑着。她把詹金斯和卡桑德拉两人拉到她身边,"麦克唐纳亲自下命令说,我们要让客人宾至如归,所以,我这么做你一定会理解的!"

卡桑德拉尴尬地涨红了脸,詹金斯坚定地盯着天花板,努力想维持住他的体面。

"我知道了,"奥图尔说,"你这是奉命招待客人喽?"卫兵们交换了个"了解"的眼神,然后站到两边,让他们过去,"非常好。你们走吧。我们中的某些人有更严肃的工作需要去做,比方说,保护我们的仙境不被坏人破坏。"

"别以为我们不感激你们的工作。"布里吉特含混不清地说,领着另外两个普通人类从得意的卫兵身边经过,"眼睛可要尖锐点,我的伙计们!"她踉跄不稳地在詹金斯和卡桑德拉中间晃悠,直到看不见卫兵了,她才松开她"犯罪伙伴"的胳膊。一阵欢快的"咯咯"笑声,透露出她对自己的小聪明很自豪。

"我的声望也就这么多了,都用上了,"她说,"但这是最终能看到上面世界的很小代价了。"

詹金斯叹口气:"真的需要刚才那番表演吗?"

"难道你更喜欢和这些臭男人交手动粗?"

"可能,"詹金斯说,"大概会。"

卡桑德拉赶紧转移话题:"逃出去的路还有多远?"

"还有一小段路,很快就到了。"布里吉特承诺。

她说得没错,很快他们就来到一个死胡同的地方——地面上裂开一条狭长的深渊,很奇怪的是,这里有一位看上去尤为健壮凶狠的矮妖守卫,完全不是卡桑德拉之前见过的矮妖模样。乱蓬蓬的红胡子上头,蛮横的双眼杀气腾腾地瞪着前方。他腰间挂着一个雕刻好的猎号。他握着一根沉重的木棒,站起来和詹金斯一般高。扁鞍鼻和被打开花的耳朵都说明他平日里好打斗。

"够远了,"吓人的矮妖没好气地说,"掉头,沿路回去。"

卡桑德拉立刻感觉到,这个家伙不太会上布里吉特"咯咯"傻笑的派对女郎圈套。他的存在也恰恰说明了一个问题:为什么哨兵要守护在一条深不见底的峡谷前?除非表象具有欺骗性。

"就是这吗?"卡桑德拉问布里吉特,"我们要找的地方?"

"就是这。"女孩点头,"反正他们是这么说的。"

"那就好,还不算晚。"詹金斯走上前,"下次我再想来拜访小精灵一族的时候,提醒我一定要三思而后行。"

"不能再往前走一步!"哨兵举起手里的木棍,用恐吓的态度大声说,"我警告你们!"

詹金斯完全没被吓唬住。他掂起手里的橡木棍,紧紧抓住短木棍的一头,好像握住剑的剑柄一样。他挥舞了两下,试了一下棍子是否衬手。

"没有埃克斯卡利伯好，"他说，"但也能用。"

哨兵倒吸一口气。但他仍然挥舞自己的武器，另一只手去够腰间的号角，想要吹号发出警报。

"别过来！你不知道你在挑战谁。"

"我想，这些应该是我的台词。"詹金斯说。

他以惊人的速度和力量向前猛扑。还未等哨兵看到他袭击过来，橡木棍的一端就已经猛烈地敲打到矮妖手腕上。号角从矮妖手指间掉落，立即被打飞进深渊中，他的目光在自己忽然空空如也的手和詹金斯之间来回转悠，惊呆了，而詹金斯似乎连一滴汗都没出。

"我建议你让我们过去，"看管人说，"虽然我觉得在办公桌后面坐一整天后，我可以锻炼一下。"

"无赖！你个凡人蠢猪！"

"凡人？"詹金斯说，"不完全准确。"

卫兵挥舞起木棍，冲向詹金斯，但他根本不是前圆桌骑士的对手。詹金斯敏捷地侧身躲过袭击，弯腰避开卫兵的木棍，随即，他身子一转，将手中的橡木棍不偏不倚地正好击中矮妖的后脑勺。沉闷的"当"一声后，粗壮的小矮人倒在地上，脸朝下直直地栽倒在卡桑德拉脚旁。卡桑德拉急忙用脚踩住矮妖握着木棍的手，以防他站起来继续和詹金斯打斗，但他其实已经被打昏了。她还是把木棍也踢到了深渊里。

"哎呀好疼！"布里吉特尖叫着说，"你的先生是位了不起的俊杰，货真价实的！"

"你以为我不知道？"卡桑德拉眉开眼笑地望向詹金斯，"你知道吗，麦克唐纳评价你的话，一点都没错。"

"噢?"他说,"他说的哪句话,基里安小姐?"

"你仍然是一位骑士。"

"胡说。我只是一个看管人,着急回到我工作的地方。"他转过身,看向他们面前的狭长深渊,"尽管这个地方让我想起,当年我追寻圣杯时,也曾遇到过这样一个无底洞。"

卡桑德拉和布里吉特都来到他身边,站到深渊边缘。卡桑德拉朝下望去,根本看不到任何东西,只有长长的深不见底的黑暗。看到这样的景象,要鼓足十分的勇气才不会被吓退。

"就是这里吗?"她不确定地问,"出去的路?"

"否则为什么会有个哨兵守在这里?"詹金斯说,回应了她的猜想,"掉下去就回到地表世界?这也就是矮妖们才能想得出的花招。"他盯着深渊,"我必须得承认,尽管知道这是幻觉,也尤为逼真了。"

"太逼真了。"卡桑德拉手指摆弄着纽扣眼,之前保护符——四叶草就别在那里,"如果我们能看穿这些魔法伎俩就好了。"

"无比同意你的观点,"詹金斯说,"不过,我们既然都走到这儿了,所以现在,我可不想转身回去。"

"一不做,二不休,"布里吉特说,"反正他们是这么说的。"

卡桑德拉回头看了一眼他们来时的路。被打倒的卫兵瘫在地上,但最终他还是会醒过来。

"麦克唐纳可不会为此高兴。"她说。

"这就给我们另外一个尽快离开这的理由了。"詹金斯走到深渊边上,"通常,我会说'女士优先',但如今情形下,也许你们最好允许我先跳。"

"不,"卡桑德拉坚决地说,"要走,我们就一起走。"

"但——"詹金斯刚要开口拒绝。

"没有但是,"她用一种不容许质疑的态度说,"也许你是永生的,但我不是,你不可以把我留在这里,谁知道是多长时间。"她看了一眼布里吉特,"别介意,不是说你。"

"我不介意。"女孩说。

"就这么决定了,"卡桑德拉说,"让我倒数……三,二,一……Erin go Bragh①!"

他们三人一起跳进深渊!重力作用下,她发现自己身下什么都没有,只有空气,卡桑德拉有足够时间后悔:也许她应该让詹金斯先跳下来。最终,明亮的金色阳光代替了黑暗,她着陆到一片看上去似乎没有尽头的三叶草田野上,头顶上是明亮的蓝色天空。一阵温暖柔和的清风感觉像是从夏日拂来。

又是幻境?

卡桑德拉费了一会儿时间感激命运没让她"啪嗒"一声摔到深谷底部,然后,她抬头看看四周。詹金斯和布里吉特也都平安地落到原野上。广阔的三叶草田野向四处延伸,目之所及,尽是三叶草的绿色。很明显,他们不在地下世界,但仍然……

"这就是波特兰的样子吗?"布里吉特问。

不合季节的气候让卡桑德拉很烦恼。根据真实世界时间来换算的话,他们在地下世界到底多久了?

"这里不是爱尔兰,对吗?"她问。

"我认为不是。"詹金斯回答,脸上露出阴沉的表情。他弯腰从无穷无尽的三叶草田野中摘下一根三叶草,"更像是隐藏仙境世界真正入口的另一个幻境,就是之前我们向导提到的沿路陷阱和圈套。"

---

①爱尔兰使用的盖尔语,英译短语意思为"爱尔兰万岁!"——译者注

卡桑德拉转了一圈,又转了一圈,没有发现任何像路的地方:"那我们要怎么走出去?"

詹金斯指着满地的三叶草:"唯一能看破障眼法的办法,就是找到另一株四叶草……这得花一会儿时间,因为一万株三叶草里面只有一株是四片叶子的。"

"哎呀糟糕!"布里吉特想到这个工程浩大的任务,不由得倒吸一口气,"从三叶草海洋中找到一株四叶草……一定得找到老了!"

"呃,不用找到老,"詹金斯说,"但至少时间足够麦克唐纳和他的手下过来抓我们。"

布里吉特瘫坐在地上,开始一株接一株地数起来。

"等一下!"卡桑德拉说,"我们没时间这么数。一定有什么更好的办法。"

布里吉特困惑地看向她:"有什么办法?"

"等着瞧。"詹金斯朝卡桑德拉点头,"等着看好了。"

卡桑德拉深吸一口气,不让看似无垠的三叶草数量吓倒自己。她调动自己的魔法大脑开始运转,各种感官开始联合、相融。三叶草柔和的"沙沙"声变成了三叶草数量和公式的交响曲,像微积分一样闪烁,像几何一样散发味道。

"万物都可用数学解释,"她嘟囔着,主要是对自己说,"若四叶草的存在概率是万分之一,"——她用了一会儿时间去听到颜色,看到田野上的声音——"田野上每九平方英寸的空间里大概有两百株三叶草,这样,我们就能计算出,平均来说,有一株四叶草存在于……"——她眼前浮现出闪闪发光的计算公式——"大概每十三平方英尺的空间里。"

这是可以控制的寻找范围,比在整个田野上寻找要好,但她只是刚刚热身而已。她的大脑叠加出一个幻觉方格,大概有标准办公桌那么大,然后将这一方格定位到三叶草田野上的十三平方英尺范围内。接着,她将方格的尺寸划分成更多更小的方格。一般来说,三叶草的图案大致可以称得上三角形,但四叶草的图案就类似正方形了,她唯一需要做的,就是在视线内在逐个方格中清除三角形,然后,她联觉中的眼睛用粉色勾勒出草叶形状……

"找到了!"

一片绿色的正方形在方格内闪耀,它像竖琴一样发出声音,闻起来有棉花软糖的味道。卡桑德拉露出胜利的笑容,从一大片三叶草中摘下一根完美的四叶草。随着她大脑的特异感知渐渐消退恢复平静,想象中的幻觉方格也消失了。她忽然意识到:自己用幻觉中数学的优雅算式差不多打败了幻象。就好像两种对立因素会相互抵消。

"这么轻松容易?"布里吉特惊奇地抬头看,她还保持着蹲在地上寻找幸运草的姿势,"你是女巫吗?"

"不,更像是数学魔法师,"卡桑德拉解释,从某种程度上来说是这样。她仍然决定要先保持低调,"等我们试过四叶草好用,你再惊叹也来得及。"

她闭上眼睛,将四叶草别在毛衣上。

一切都消失吧,她心想。

她睁开眼睛,看到了全新的场景。无边无际的三叶草没了,就像海市蜃楼般消失了,她发现自己站在一个地下洞穴中,面对着一条向上的台阶,台阶的那一头通往……自由?

"哦,我的天啊,"她大声说,"我看见了!出去的路!"

"在哪儿?"布里吉特问,迷惘地四处看。她和詹金斯还只能看到幻境中的三叶草田野,"我相信你,真的,但我的眼睛还是看不到。"

"相信我。"卡桑德拉说。不论是不是魔法大脑,她都不想浪费时间为她的同伴再找两株四叶草,"你为我们领了这么远的路,现在让我来为我们领余下的路吧。"

詹金斯握住她的手,另外一只手拽起布里吉特,形成了以卡桑德拉为头领的队形:"当然可以,基里安小姐。"

"好极了。"她开始走上台阶。从上面吹拂过来的风,夹带湿润的泥土气味,好像是森林的气息。"现在,闭上你们的眼睛,跟我走。"

她迫不及待想要回到图书馆,去问问团队其他成员有什么收获。

19

芝加哥

尽管前一晚发生了骚乱——他们最后归咎于"一个食用毒品后的发狂歌剧演员",酒吧还是吸引了相当多的午餐后逛吧客。伊齐基尔和贝尔德坐在一桌,他正在喝一罐不是爱尔兰品牌的咖啡,不时打个哈欠。他们几乎用了一整晚和上午大部分时间帮助布丽奇特清理报丧女妖蓄意破坏后的酒吧,几个人还设法增加了一些圣帕特里克节的装饰,用来迎接一天之后的节日。一口装满假金子的大塑料锅放在壁炉旁边,就放在温柔地演奏小提琴的格雷迪旁边。斯通仍在吧台后面帮助布丽奇特,布丽奇特因为昨晚的幽灵出没还心有余悸,这次报丧女妖离她太近,让她难以招架。

"还是没有卡桑德拉和詹金斯的消息。"贝尔德担忧地盯着手机,"我不喜欢这样。和小矮妖们说几句话要耽搁这么久吗?"

"这取决于你是否想要偷走他们的护身符。"伊齐基尔开玩笑说,"说正经的,会是什么事让他们无法分身呢?难道他们不知道我们被滞留在这里,直到詹金斯回到附件馆为我们开魔法门,我们才回得去?"

"呃,我们不算完全被'滞留'在这里,"贝尔德说,"你知道的,世界上还有汽车和飞机这种东西。"

伊齐基尔耸耸肩:"我能说什么呢?魔法门惯坏了我。谁会想要在交通工具上耗费好几个小时,当你只需要——"

贝尔德的手机响了,打断了他的话。她让他在自己查看消息的时候先闭嘴。贝尔德嘴角露出一抹宽慰的呼气:"正是时候。"

伊齐基尔俯身探过来:"是——"

"卡桑德拉的消息,"贝尔德说,"她和詹金斯回来了……还有些新消息。"

* * *

"黄金之锅",马克斯被酒吧的名字吸引,饶有趣味地看着招牌。他相信科拉尔的魔法棱镜这次没有被欺骗。"恰如我愿,你不觉得吗?"

他们走进酒吧时,欧文斯低声"哼"了一声。

马克斯看了一眼周围的环境,气恼地留意到现在有很多顾客,会妨碍他们立即行动。他打算现在熟悉一下酒吧布局,也许稍后等关门的时候再回来,把一定藏在附近的真正黄金锅拿到手,在普通的酒馆标志后面,庆祝节日的装饰用三叶草纸串悬挂在各个地方。他心里不禁怀疑:已故无人哀悼的帕特里克,会如何看待人们以他的名义用花里胡哨的俗气装饰来张灯结彩呢?

可惜的是,他没有代替西贝拉夫人死在祭坛前。

欧文斯轻轻推了一下马克斯,让马克斯留意壁炉旁边展示的一口无疑是假的黄金锅。马克斯一时间猜测,有可能他们的目标就藏在普通的外表下,就像爱伦·坡的《失窃之信》,但很快,他又觉得自己想太多了。有可能只是节日装饰,仅此而已。真正的黄金锅不会如此展示出来。

它太过珍贵,不可玩笑。

他们进入酒吧,点了两杯酒,想要融入酒吧氛围,一条更具希望的线索自动出现了。马克斯坐下后,欣赏起一枚看起来是货真价实的金币,金币上确定无疑是某位异教天神的形象,然后他读起证明金币来源的匾额,上面的内容证实它的确来自一位真正矮妖的锅。

"真是大胆的说法。"他对看酒吧的女招待说。她满脸疲惫,有一头红发,一边给顾客倒酒一边努力保持着友好的微笑。马克斯用他的疑问作为礼貌性打招呼的开头:"这里面有多少真实性?"

"是有个故事,"她轻率地回答,不用猜都能知道她被人问这个问题无数遍,"从我家族的祖先开始世世代代传承下来。你愿意相信,它就是真的,尽管我觉得你喝一两杯以后就会觉得它是真的了。"

"你说,你家族?"马克斯突然发觉这个女招待更有意思了,"所以,'黄金之锅'属于你?"

"的确是这样,"她说,"我叫布丽奇特·奥尼尔,随时为您效劳,这间酒吧是我们家族世代传承的遗产,已经有六代了。"

"很有意思。"他认为很难想象她会是伪装后的小矮妖,但也许她有个隐姓埋名的合伙人呢。马克斯发觉,自己越发对这次出行持乐观态度了。很可能,他猜想,棱镜只是指引他找到一枚真正的仙境金币,但若能找到幸运币,就离找到锅不远了,也许就是那口黄金锅。"那你卓越的祖先是如何赢得小矮人朋友的友情和实物捐赠的?"

"没人真正知道是什么渊源,"她回复,"若真有,也没有人告诉过我这部分故事。我必须承认,有时候我自己也怀疑它的真实性。"

"我拿来新冰块了。"随着另一位服务员从后屋走过来,低沉的声音打断了二人的谈话,那人提着一大桶沉重的碎冰,倒进吧台后面的水槽中。马克斯眼睛扫过那人,接着停顿了片刻,又抬头看过去。这位服务员是个粗犷的美国人,看上去莫名的熟悉,但马克斯没有立刻认出他是谁——直到布丽奇特称呼新来者的名字。

"谢谢你,斯通。我们还真没多少冰了。"

斯通?马克斯努力保持平静的面色,难道是雅各布·斯通?

他猛然间回想起他从哪里见过另一位服务员的脸了。马克斯之前从未亲自与图书馆员交手过,但作为毒蛇兄弟会的高职位人员,他自然也非常熟悉图书馆目前的特工。他的脸从吧台转过去,暗中观察一圈酒吧——很快,他看到了伊齐基尔·琼斯和伊芙·贝尔德上校坐在附近的桌旁,两人都忙着看手里的手机。他心中暗自责备自己之前没有留意到他们几人。

两个图书馆员和他们的守护者,马克斯在心里暗暗数着。很明显,现在缺弗林·卡森和卡桑德拉·基里安,这让他不禁疑惑这两位缺席的图书馆员此刻正在做什么。卡森是出了名的一向单独行事,但基里安据说是位很好的团队合作者。马克斯又看了一眼布丽奇特,想要确认,没错,她只是另一位红发女孩,不是卡桑德拉。

这种意料之外的复杂情况让马克斯不敢轻举妄动。图书馆员们似乎没有发现他的身份,所以,他只想趁敌人不注意,小心地溜走。另一方面,图书馆员在这里意味着什么?他们知道某些他并不知情的黄金锅线索?毒蛇兄弟会的宿敌出现在这里,让这个地方更有可能是真正黄金锅的藏匿之处了。也许，他终于要找到那口锅了？

他在心中暗暗权衡利弊。他绝不会在最后关键时刻放弃自己的目标，尤其是当他已经找到黄金屋就更不会空手而归，但现在既然涉及图书馆员了，他需要更加谨慎地做好盘算。也许，现在更明智的选择是撤退，稍后重新部署计划，然后在关门以后带着手头上更多的人来为好。欧文斯确实很健壮，但不可否认的是，他和马克斯此刻在人数上占劣势，马克斯知道：最好不要小看图书馆员们。德拉克曾经犯过这样的错误，之前爱德华·怀尔德也犯了这一错误；马克斯一向认为自己能从历史中汲取教训和智慧。

"走吧，"他命令欧文斯，"我们撤。"

他在吧台上留下一点纸币用来支付他们的账单，忽然一个笨拙的顾客不小心打翻了他们身后的一只酒杯，酒杯摔到地上，所有人都转过身看往酒杯摔碎的地方，包括欧文斯的大块头脑袋，所以，他的后脑勺——留着毒蛇发型的后脑勺映在吧台后面裂开的镜子上。马克斯看到此景，皱起眉头，忽然很质疑这种证明身份的炫耀性标志是否明智。有没有可能斯通没注意到？

不可能。

卧底图书馆员一瞥见欧文斯的后脑勺，立刻绷直了身体。他警惕地迅速瞥了一眼马克斯，他正在遮盖自己暴露身份的衔尾蛇戒指，可惜晚了一秒。

哦，完了，马克斯想，秘密撤退是不可能了。

* * *

"戒指不错。"斯通说，直面陌生人。他忽然想到，他第一次撞见毒蛇兄弟会的人也是在酒吧,那时候他和一个文着毒蛇文身的女人聊天,那女人竟然是毒蛇兄弟会的顶级杀手。有意思的是,历史有时候自己会重复。

"你能注意到也不错。"陌生人用一口优雅浮华的伦敦腔回答。他露出戒指,很明显,他意识到已经没必要再遮掩了。他调皮的口吻暗示出:他知道斯通认出他了。"回想起来,它有点太引人注目了,但有时候保持传统也有些道理,你不觉得吗?"

斯通认为这个英国人就是行动首脑,而他满脸怒气的粗脖子同伴应该是打手。当他快速地分析局势时,他自己的肌肉也紧张得绷紧。他扫了一眼贝尔德和伊齐基尔,他们还没有发现吧台这边正在酝酿一场风暴。怎么才能提醒他们两个毒蛇兄弟会的人在这,而不危及酒吧其他毫无防备的顾客呢?见鬼,他要怎么提醒布丽奇特他们的新顾客是超级大坏蛋?

"有些传统最好废弃,埋葬掉。"斯通说,他尖锐的语气足够提醒布丽奇特发现当前有什么不对劲,还有那个超大个头的平头男。她朝斯通传递过去担忧的眼色,斯通的眼睛仍死死盯着毒蛇们:"如果你知道我是什么意思的话,……先生?"

"请叫我马克斯。"那人说,没有说出他的姓氏,"我认为我们两个都知道你的意思,图书馆员。"平头男从凳子上站起来,威吓地站到马克斯身后,作为屏障挡住他的老板不被其他人看到,英国人悄悄地从他外套下面拔出手枪,对准斯通,斯通惊奇地发现自己竟然面对的是如此平淡无奇的威胁。毒镖、霹雳、地狱之火和飞刀是他以前经常要面对的武器。

"就一把枪,要这样吗?"

"不要轻举妄动,斯通先生,"优雅男说,十分坦白,"这么多好人在周围,我们都不想引起骚乱。没必要增加附带伤害。"

他压低声音，叫住布丽奇特，而布丽奇特一看到手枪，整个人都傻呆在原地，"请别走，奥尼尔小姐。我非常感兴趣听你讲述你家族的神奇历史。"

平头男活动手指节，发出"咔嗒"声，以营造氛围。

斯通在心里大为恼火，他的拳头在身侧攥紧："你到底想要干什么？"

"说实话，我刚刚正打算趁人不注意偷偷溜走，好为之后的突袭做准备，但似乎这一机会提前实现了。"他指着玻璃下的金币，"我要带走这枚非常有意思的纪念品，如果你不介意的话。还有，拜托，请不要让我把话说两遍。"

布丽奇特用力地咽下一口粗气。她的手抚上心口，让斯通非常担心她的心脏能否承受得住最近的连续冲击。无论是否手术过，她已经发作过一次心脏病了——那还是所有新压力出现之前的事。斯通不确定她脆弱的心脏能够承受得了多少负担。

"好吧。"斯通不打算拿布丽奇特的健康或者安全保住那枚金币。他站在吧台后面，滑开了罩在金币上边的玻璃片，允许马克斯把金币放进口袋，"别以为你下一次还能奸计得逞。"

"见到你也很高兴，"马克斯讽刺地说，"现在，我们要带着金币离开了……还有这位可爱的酒吧老板。"

布丽奇特喘着粗气。"就是这个，"她自言自语，"我的死期……就像报丧女妖预言的。"

"离她远点，"斯通怒吼，"你要她来做什么？"

"只是和她讨论一下有关真正黄金锅的故事，当然，首先要去一个人不那么多的地方。"

可以看得出来，斯通想。毒蛇们在追寻黄金锅，就像5世纪时候那样。这次，圣帕特里克无法插手将他们驱逐出境。

但斯通还有一位守护者和另一位图书馆员在他这边。没管顶在胸膛上的手枪，他越过马克斯和他的打手看到贝尔德和伊齐基尔正从酒吧另一端站起身，他们谨慎的表情说明他们后知后觉地发现了吧台那边发生了什么状况。他们开始朝斯通走来，斯通的一个举动立刻让他们加快速度。他飞快地将一瓶酒倒入两个空杯子，然后用酒吧服务员最高的嗓音叫喊。

"三叶草丛两条蛇！谁点的两杯'三叶草丛毒蛇'？"

迷惑的顾客纷纷摇头，无疑不明白这是种什么奇异的调配酒，但贝尔德和伊齐基尔立刻明白了其中含义：客人中间有两位毒蛇兄弟会成员。

"够了，"马克斯不耐烦，冷酷地说，"欧文斯，给我断后。奥尼尔小姐，请走过来，从后面到这——"

"打扰一下，先生，介意帮我拿一会儿小提琴吗？"格雷迪挤到吧台这边，不知怎么地从欧文斯身边溜进来。小提琴师似乎没有注意到正在进行中的绑架情况，"我快渴死了，真的。"

"离我远点，你这老傻帽，"马克斯唐突无礼地说，"赶紧滚开。"

"哎呀，别这样嘛。"他一把将小提琴推给马克斯，"我只是求你帮我个小忙而已。"

"我告诉你了，离我远点，否则——"

马克斯忽然停了下来，他发现自己紧握着小提琴的琴颈而不是握着枪，那把枪不知怎么现在握在格雷迪手中。面对如此意想不到的交换，他不敢置信地眨了眨眼睛。

"该死的，怎么……？"

斯通同样惊呆了。他不知道是如何发生的，但马克斯现在举着小提琴，而格雷迪拿着枪，这一切就发生在一眨眼间。

手法真是敏捷,斯通想。

在斯通还没想明白之前,马克斯愤怒地朝格雷迪摔过小提琴,将手枪从老人手中砸掉。被击落的武器飞越吧台,布丽奇特急忙弯腰躲闪开。手枪掉落在吧台后面什么地方——大概掉进了装冰块的水槽里?

斯通发现了动手的机会。不再被枪口指着,他跳过吧台,直接迎战毒蛇们。他不用费力去抢手枪,反正徒手搏斗是他最擅长的,他从酒吧打架到武术馆练习,都让他增长了搏斗见识。同时,斯通看到贝尔德冲向欧文斯,他那暴露身份的发型很明显地表明他站哪个队的。彪形大汉嘴里咕哝着,伸手拽起一瓶麦芽醋,砸到桌子上,瓶身被桌子边缘击碎,形成一把有锋利尖刺的武器——此举让整个酒吧都陷入恐慌混乱中。

这是 24 小时之内第二次,顾客们突然从座位上起身逃走,朝门口蜂拥。当斯通对战马克斯时,奔逃的人群推搡着斯通,事态升级,马克斯看上去更恼火,而不是担忧。斯通认为贝尔德自己就能搞定壮汉保镖,所以,毒蛇兄弟会的头目就留给他来对付了。

对我而言还不错,斯通想。"我给你个机会现在就投降,但说实话,我更想先给你个教训。"

他右勾拳朝马克斯留着山羊胡子的下巴招呼过去,打算一拳将马克斯打翻,但马克斯十分专业地用前臂抵挡住了他的袭击,此举显示出马克斯良好的本能反应和经过不少专门训练,随即,马克斯用手掌招架斯通的攻击,斯通在这一掌劈过来的前一秒躲开。斯通很钦佩他的快速应对招式,立刻用一记回旋踢想要从下盘将他扫倒,但马克斯在斯通踢过来的瞬间迅速跳起,敏捷地落到吧台上,立即顺势朝斯通踢过去一个空酒杯,斯通连忙转身躲闪,避开飞射过来的"导弹"。

"看上去,我占据有利位置。"马克斯沾沾自喜,甚至没有喘一口粗气。

"你说谁?"斯通也一跃跳上吧台。他亮出迎战的姿势,这一姿势不是别人教给他的,正是猴王亲自传授的。被撞倒的酒瓶"稀里哗啦"地摔到地上。"接招吧,小蛇孩。"

"恭敬不如从命。"

两人在吧台上打斗起来,一连串快速转换的击打、猛刺、拉拽、踢袭、虚晃、阻挡、避闪和老式的拳击动作证明他们两人的武术功底旗鼓相当。斯通立刻明白:马克斯有着厉害的格斗技巧;若他想要粉碎毒蛇的行动,就要发挥出自己的最佳状态。

好吧,他想,如果这样行得通的话。

"武艺不错。"马克斯说,他用一系列拳击和右后旋踢的组合招式试探斯通的防御能力,"我猜,你在香格里拉研修过武术?"

"师从最好的格斗大师。"斯通躲开马克斯的攻击,用侧面手肘回击,马克斯向后一个空翻躲开。这个男人的格斗方式让斯通想起拉弥亚——一个顶级的毒蛇兄弟会杀手,在她最终得到因果报应之前,他曾与她多次交手过。他怀疑她和马克斯是从同一师傅那学艺。"你呢?"

"在四国岛①的午夜柔道馆学过两年。"马克斯向后落地站稳,随即一阵飞快的手刀朝斯通的脑袋和喉咙劈过来,"外加在曼彻斯特②的私人搏击俱乐部里学了一些卑鄙的格斗手段,作为补充课程。"

"我猜那你可学得非常快。"斯通突然越过马克斯的头顶,空

---

①四国岛,日本的一个岛屿名称。——译者注
②曼彻斯特,英格兰西北部一座城市。——译者注

翻落到他正扬扬得意的对手后面的吧台上,从后面的一记飞踢击中毒蛇的腿部,但马克斯及时转过身抓住了斯通的腿,和他一起翻落到地上,而地上此刻布满碎玻璃和酒水。斯通实实地撞到地面后,露出痛苦的表情,紧随他之后从吧台上滚落的马克斯也同样疼得直咬牙。斯通立刻翻滚到一旁,差点被贝尔德的对手——被推倒的大块头暴徒压到身底,那人从半空中朝他直直飞过来。

* * *

不久之前。

三叶草丛两条蛇?贝尔德想,当真?

当涉及毒蛇兄弟会的时候,不是说她不感激他的机智提醒,毕竟图书馆员们已经和他们打过多年交道,她不会遗忘他们有多危险。她也许早应该料到他们最终会露出他们的黏滑原形,但他们究竟来布丽奇特的酒吧做什么?

她明白,这件事需要过后再考虑。现在,她有个肌肉发达的对手要对付,况且对方脾气很烂,还拿着一个打碎的玻璃瓶。凶猛好斗的壮汉个子更高大,体重也比贝尔德重不少,但这并不能吓倒她。与前一晚的报丧女妖相比,和雇佣打手交战太适合贝尔德的胃口了。

她知道怎么对付暴徒。但怎么对付报丧女妖,就不在行了。

"最近你们毒蛇的个头长得挺快。"她说,想把打手的注意力集中到她这里,这样其他顾客就可以避开危险。伊齐基尔迅速爬到桌子底下,然后爬往斯通和布丽奇特的方向。贝尔德瞟了一眼暴徒手中那锋利尖刺的碎玻璃瓶,为暴徒的突然袭击做准备,"但很明显,长得是更丑了。"

壮汉低沉地咆哮一声回应她的挑衅。

"我猜,我们就先不用开玩笑了,"贝尔德耸耸肩,"我也这么想的。"

她操起一把木椅的靠背,朝打手挥过去,就像挥一根木棒。对方的反应比她预料得要快,他一个侧身,用右后肩膀承受住了廉价松木椅的攻击力,贝尔德感觉砸到了一块厚实的坚硬肌肉。这一击只引来他闷哼一声,但没能将他打倒。他怒吼着抓起椅子的半截底部,使劲一拽,将椅子从贝尔德手中挣开,然后随手把椅子扔到酒吧另一边。椅子被摔到假黄金锅里,打翻的塑料金币撒得到处都是。

"有点能耐。"他得意地说。

"感觉如何啊?"贝尔德说,"打上了就说明了一切。"

他向前猛冲,破碎的玻璃瓶在半空中朝她挥过来,但贝尔德已有所准备。依赖于过往的训练,她朝他飞奔过去,完全在武器攻击的范围内。他的粗脖子为她提供了绝佳的袭击目标,所以她一记手刀劈进他锁骨上方脆弱的神经丛部位,造成了教科书般的手臂麻木演示,令强硬如水泥般的对手顿时松垮下来。虽然没有倒下,但暴徒好像被电击枪射中一样浑身抽搐了一阵。他的眼睛在眼窝里翻过去,踉踉跄跄地站不稳,但没有真正倒下。

天啊,她想,看来没那么容易打败他。

她抓住了对方迷糊的时机。没有一丝拖泥带水,她用一条胳膊勒住了壮汉的后脖颈,用另一只手箍住他握着武器的手,然后,她按住对方手臂让碎玻璃瓶远离自己的身体,同时,使劲拉下他的头,抬起膝盖,用尽力气狠命朝他脸上撞去。这一撞使得打手更加摇晃,她立刻转到一边,他的胳膊被扭疼,终于松开了酒瓶,酒瓶摔到地上碎了一地。

该死,贝尔德想,我们刚刚打扫过这里!

贝尔德松开打手的手腕，他跌跌撞撞地连连后退几步，用手抓着鼻子。他蛮横的脸因为愤怒而涨红，显示出他仍不知道什么时候该放弃。他朝她扑过来，就像一头生气的野猪或者弥诺陶洛斯，这两种东西她都经历过。唯一需要在脑中补充的，是他鼻孔中冒出的两缕热气。

贝尔德微笑起来。

我喜欢他们太过疯狂而不加思考的时候，她想，让他们很容易被打垮。

她利用某些基本柔术招式，弥补她体重上的不足，将他过肩摔甩了出去，他飞越过大半个酒吧——差点砸到斯通身上，斯通看来也正和另外一条毒蛇缠斗中，似乎相当麻烦。打手摔到吧台的地方只离斯通的脑袋几英寸远。

"啊哦！"她脱口而出，"抱歉啦。"

* * *

当格雷迪和布丽奇特蹲在吧台下面躲避忽然在酒吧爆发的打斗时，格雷迪拽着布丽奇特的胳膊。她的心脏在胸腔狂乱地猛击。

"过来，我的小姑娘，"小提琴师催促她，"我们需要保护你远离这些危险，你的新朋友能应付这群恶棍。"

布丽奇特有点犹豫："但我们不能就这样抛弃他们！"

"别为他们担心了！那些贪婪的萨克逊人[1]想要抓的人，是你！"

"可是为什么？"布丽奇特不明白发生了什么事情。眼前这

---

[1] 萨克逊人，爱尔兰语中对英格兰人的称呼。——译者注

些事难道和报丧女妖有关？

除非，她提醒自己，这就是女妖精预言的致命厄运。

* * *

"没关系！"在贝尔德几乎和平头男胶着打斗之际，斯通说，"不过，你再扔这个家伙的时候看着点儿！"

同时，马克斯朝他过来准备致命一击。没等到英国男利用斯通在地面的不利姿势，斯通迅速爬起来，但地砖湿滑，更不要提周围满地的碎玻璃，站起来比他原本期望的更难。就在斯通正试图站起身时，马克斯抓起一只金属高脚凳想要掷向倒地的图书馆员。斯通用胳膊架在身前，但他也怀疑这样能不能抵挡沉重物体的撞击。他已经准备好狠狠挨一下。

"做个好梦，图书馆员。"马克斯高高举起高脚凳，"似乎，你还需要到香格里拉再多学点武术……"

"或者他只需要一点点后援！"

伊齐基尔从桌子底下冲出来，截住了马克斯挥向斯通的武器。他们都摔到吧台上，然后扭打在一起，高脚凳摔到了地上，而不是砸到斯通身上，斯通后退了一步，及时躲开了掉落的高脚凳。

"小心，琼斯！"斯通终于站起身，他很感激有人能救他，但却尤其担心他的朋友。伊齐基尔是个小偷，不是个打架高手，他根本不是马克斯这种人的对手，"他要使大招了！"

斯通的提醒根本没什么用，马克斯已经毫不费力地抓住伊齐基尔，一个转身就将这个勇敢有余而战斗力不足的图书馆员牢牢控制在手中，马克斯从后面按住了伊齐基尔。不过几秒钟时间，伊齐基尔就从拯救者沦为了人质和肉体盾牌，马克斯把他的胳膊扭到后面，然后将一根手指按住他的太阳穴，这一动作让斯通浑身的热血都瞬间凝固了。

糟糕，他想，这可不妙。

马克斯越过伊齐基尔的肩膀朝斯通得意一笑："啊，我知道你认出了这一聪明的小动作。"

"尤卡坦[①]的死亡触摸，"斯通沮丧地说，"这是每个光明正大格斗体系里都禁止的一招。"

"光明正大是很主观的想法，"马克斯无所谓地耸肩，"不管怎样，你能理解，这场尽管振奋精神却没有实际意义的大混战该结束了。我想是时候从不停的混战中抽身离开了，免得你们图书馆员其他同伙到这里让局面更复杂。如果你不插手我撤退的话，我会很感谢你的……看在琼斯先生的份儿上。"

贝尔德犹豫起来："斯通？"

"他将了我们一军，"斯通承认，"至少现在是。"

马克斯点点头："听你这位备受敬重同事的吧。他知道他在说什么。"他招呼起来已经恢复了大半的保镖，粗野大汉似乎还想和贝尔德再打一回合。他瘀青的脸难看极了，被打扁的鼻子也缓缓淌出鲜血。"欧文斯，开门去！"马克斯喊道。

瘀青男怒气冲冲地瞪了一眼贝尔德，但还是按照上级的要求去做了。马克斯从打开的门后退着走出去，手里拽着他的人质。斯通沮丧地看着，无能为力地让毒蛇们带着他的朋友逃走，被绑架的伊齐基尔明显看上去对事情会如此发展非常不满。

[①]尤卡坦，历史上古玛雅文明的发源地之一。在尤卡坦还发现了陨石坑，被科学家推测是恐龙时代袭击地球的小行星遗迹，正是这颗小行星撞击地球，招致了恐龙的灭绝。因此，推测中的小行星撞击过程被科学家称为那个时代地球的"死亡触摸"。因此，尤卡坦触摸成为了致命威胁的代名词。——译者注

"等一下!"伊齐基尔抗议说,"这个什么'尤卡坦的死亡触摸'到底是什么东西?"

"相信我,"斯通说,"你不会想知道的。"

"你这么说也没让我感觉有多好!"伊齐基尔说。

"发动车子。"马克斯命令欧文斯,欧文斯先于他老板走出了酒吧。马克斯停下来,炫耀一番他的得意,"不要感觉太糟糕,图书馆员,还有守护者。你们不可能总赢。"

一声枪响,抢了马克斯的风头。

所有人都转头看向吧台,布丽奇特站在那里,两只颤抖的手握着马克斯掉落的手枪。当她举枪对准马克斯时,她的脸特别惨白,但神情却很决绝。

"放开伊齐基尔!"她命令,"如果你伤害他,你除了地狱,哪儿都去不了!"

马克斯见到枪,退缩了一下,但继续保持着镇定,他的人质也一样:"我不认为你现在处于可以下命令的位置——"

布丽奇特又开了一枪。尖锐的枪声吓到了马克斯,让他放松了片刻,伊齐基尔有时间趁机反抗。伊齐基尔转过头,对准马克斯致命的手指就咬了一口,同时,他用脚使劲踹马克斯的脚踝,让这位毒蛇头领立刻尖叫起来。

"你他妈的!"

谨慎即大勇,马克斯愤怒地将伊齐基尔推开,力道之大,将伊齐基尔一下推翻在地。英国男举着受伤的手,夺门而去。

斯通犹豫着,不知该去追马克斯,还是查看伊齐基尔。

"我没事!"伊齐基尔说,把头从地面抬起,"去追那条蛇!"

有这句话,斯通就好办了。他起身去追马克斯,但刚刚跑了几步就听到他身后布丽奇特艰难的喘息声。他转身一看,发现她已经"砰"的一声跌坐在吧台前,看上去站不起来了。她一边把枪扔到吧台上,一边大口喘气。她的脸已经失血,惨白得像报丧女妖一样,她的脑袋在脖子上晃来荡去,好像马上就要晕倒。

她的心脏出问题了?

"怎么了?"贝尔德关切地问,明显和斯通一样担心她的安危。一时间,追捕马克斯成了第二选择,首先要确保布丽奇特没事。贝尔德拿出她的手机:"我应该打电话给911报警吗?"

"不需要。"布丽奇特虚弱地说。她气喘吁吁,几乎无法从口中清晰地说出话来,"吃点药就行。"

她哆嗦着胡乱拿出一小瓶处方药,倒在手掌中一大堆,然后捡起一颗递进嘴里。在她身后,格雷迪突然出现,给她倒了一杯水,帮助她咽下药片。

"谢谢。"她说。

斯通一边盯着布丽奇特,一边帮助伊齐基尔站起来。那药片似乎立刻发挥了神力,几分钟后,她的气色恢复了,也能正常呼吸了。贝尔德和格雷迪共同努力,帮助她坐进椅子,这样在她心脏病发作恢复时,腿也可以歇歇。

"哦,天啊,"布丽奇特说,"刚才发生了什么?那些人是什么人?"

"对手,"贝尔德言简意赅地说,"他们叫'毒蛇兄弟会'……他们是不折不扣的坏蛋。"

说得已经够柔和了,斯通想。他对着打开的门皱眉,料定了马克斯和他的奴才现在早已经跑掉了,"而且,他们还带走了你的金币。"

"是吗?"伊齐基尔摊开手掌,亮出偷来的硬币,"那这是什么?"

"等一下,"斯通说,"你掏了他的口袋?"

"那当然,"伊齐基尔说,"你不会是认为我不小心被他抓住的吧?我可是伊齐基尔·琼斯。被抓可不符合我的原则。"

斯通猜,他的朋友绝对不知道自己的脑袋差点就被搅成糨糊:"做法有点冒失了,哥们儿。当然,我只是说说而已,没有批评的意思。"

"我们可是图书馆员呐,"伊齐基尔提醒他,"我们什么时候避免冒险了?"

有道理,斯通心想。

"但他们来这里干什么呢?"布丽奇特问,"为什么他们要那枚金币……还有我?"

"恰好你问到这儿,"贝尔德说,"就在刚刚疯狂的骚乱之前,我收到詹金斯和卡桑德拉的消息了,他们结束了那边的调查回来了……他们也许有我们想知道的答案。"

20

附件馆

"看起来就像是在照镜子！"

当所有图书馆员重新回到附件馆集合后，布里吉特见到了布丽奇特，图书馆员们出于安全起见，将她们两个也带了回来。卡桑德拉再次为两个女孩离奇的相似而震惊，现在她们两人面对面站着就更明显了。她们只有发型、衣服和口音略有不同，布丽奇特是现代美国式英语，而布里吉特更像是直接从古老的爱尔兰穿越而来的。

从磨坊尽头逃出来的路引领卡桑德拉、詹金斯和布里吉特来到一处森林公园中的荒废石屋，那是距离波特兰市中心西行十分钟车程的地方。从那里，他们搭了一辆"来福车[①]"回到附件馆。一路上，布里吉特眼睛瞪得大大的，注视着现代世界。卡桑德拉想到，波特兰对布里吉特而言，就像她面对磨坊尽头地下仙境那样奇异。地下世界可没有什么星巴克和交通堵塞。

"但我不明白，"布丽奇特说，明显比她的另外一个分身更

[①] 来福车，美国除优步之外第二大打车应用软件。——译者注

心烦意乱。她不是在玩大冒险游戏；她是确实被一个报丧女妖恐吓，还差点被绑架，"这位女士是谁？她怎么会长得和我一样？"

卡桑德拉让詹金斯来解释他的理论，之前他已经在回附件馆的路上和她、布里吉特分享过他的推断。她不想抢他的台词。

"我已经对这一神秘事件推测出一条可能的解释，"看管人开口说，此时卡桑德拉和她的队友们在办公室转来转去，研究起卡片目录和书架，想要寻找关于矮妖、报丧女妖和毒蛇兄弟会的相关文件，"告诉我，奥尼尔小姐，你熟悉'换生灵'这一概念吗？"

"略知一二，"布丽奇特说，"据说，当仙女偷走一个人类婴儿之后，会放一个仙境婴儿到原地，这个代替的婴儿就是'换生灵'。"

"很准确。"詹金斯从书架上抽出一本书，打开有古老木刻画的一页，上面有位矮个子小仙正在用一只手偷走一个人类婴儿。图中，另外一只手诡异地将一个仙境婴儿——长着尖耳朵和令人怀疑的尖牙，放入摇篮中。"换生灵的故事出现在很多国家的民间故事中，当然也包括爱尔兰。"

"等一下，"伊齐基尔说，"我以为换生灵是变形人呢。"

"你说的那种情况只存在于漫画书和科幻小说里，"詹金斯说，"而神话和历史中典型的换生灵，是在婴幼儿时期交换人类孩童的仙族人，尽管不可否认的是，仙子们常常会用魔法使得代替物看上去更像原来的孩子，这样才能顺利偷换。"

布丽奇特不敢置信地盯着他："你说的是什么意思？我们在出生的时候被偷换过……她才是真正的布丽奇特？我只是一个换生灵，被施魔法变得长相和她一样？"

"不完全是这样，"詹金斯安慰她，"从年代次序上来说不符合你的这种猜测。因为，地下世界时间如何流逝和我们的世界不同，据我推断，布里吉特似乎已经和矮妖们生活了几个世纪了，而你却出生在二十几年前？"

"没错，"布丽奇特说，"我出生于1996年。"

"那是布里吉特出生时间的很久之后，"詹金斯强调，"也不像你家族和矮妖之间久远的渊源，那也是你出生很久以前的事。另外，奥尼尔小姐，你没有任何精灵伪装下的痕迹。"

"你确定吗？"斯通问，"没有冒犯你的意思。"

"在图书馆工作这么久，我很确定，"詹金斯说，"而且，也许基里安小姐可以证实我的看法。"

卡桑德拉还别着她从幻境世界找到的魔法四叶草。她早就认定布里吉特完完全全是人类，正如布里吉特所说的那样。现在，卡桑德拉仔细地盯着布丽奇特，寻找任何魔法诡计的痕迹。

"我没有看到明显的障眼法术，"过了一分钟后，她向大家汇报，"如果说眯起眼睛看的话，也许她耳朵和眼睛上有小小的尖，但太渺小了，所以这种小尖也许只是我的想象。"

布丽奇特紧张地用手指捋了一下耳朵："那这意味着什么？"

"我现在的推断，"詹金斯说，"我强调一下，我的推测还需验证。我猜你是一位换生灵的直系后裔，也就是过去某个时候真正代替布里吉特那人的后人。"

"自从5世纪？"斯通大声说出疑惑，"在圣帕特里克时代？"

卡桑德拉忽然发现了所有线索的关联："就是故事中的那个婴儿！那个矮妖偷走的婴儿。"她兴奋地看着布里吉特，"你说过在你还是婴儿的时候，矮妖带走了你！"

"他们是这样说的，"布丽奇特说，"但我仔细想了一下，还是不明白。什么古老的故事呀？"

"我稍后详细讲给你听,"卡桑德拉承诺,"你认为呢,詹金斯?布里吉特有没有可能是多年前那个从毒蛇兄弟会手里被救下的小女婴?"

"有很大可能,"詹金斯说,"但只是可能。我们还不能未经证实就直接跳到结论。那个不知名的女婴的身份还有待确定。"

"等一下,"布丽奇特说,"我还在努力理解你们的话。如果我不是换生灵,为什么我们长得如此相像?"

"我猜是因为施在最初那位换生灵——你遥远的祖先,也就是小女婴布里吉特的替身身上的魔法作祟。这一魔咒造就了你家族传了类似的样貌,随着另一位假布里吉特长大、结婚、生子,她完全过着普通人类的生活,大概从不知她自己的真正起源。"詹金斯合上手中关于换生灵的书,"总而言之,奥尼尔小姐,你本人不是换生灵,你们家族的某一位祖先也许是。"

斯通点点头:"这也就解释了为什么会有一位矮妖照看你们家族,还赠给你们金币。说不定他是一位来自仙境那边的亲属,一心照看好自己的人类后代呢?"

"那报丧女妖呢?"布丽奇特问。

"现在还不清楚她有什么关联。"斯通承认。

此外,布丽奇特明显处于危险中,卡桑德拉在心底默默补充,原因还不止一个。

"我们现在说说毒蛇兄弟会,好吗?"贝尔德说,也许是在担忧即将发生在布丽奇特身上的厄运,"一个发生在有可能是一千五百年前的婴儿互换场景是很有趣,但说实话,我更关心此刻毒蛇兄弟会在密谋什么祸事,尤其在酒吧发生的事之后。"

重新聚到一起的图书馆员相互交换了各自——到芝加哥和到磨坊尽头地下世界调查过程中的信息。卡桑德拉惊奇地发现:当她和詹金斯拜访矮妖聚集区时，真实世界竟然过去不止一天。她又一次希望能有种人类世界和仙境国度进出的时间膨胀效应转换的精确计算公式。也许等她解决现在的危机后可以研究一下这个问题？

"嗯，至少我们有一件事可以确定，"斯通说，"毒蛇兄弟会的确又在追寻黄金锅了，就像古代一样。根据詹金斯和卡桑德拉从地下世界找到的线索来看，酒吧发生的事应该是毒蛇们的最新行动，他们在大张旗鼓地追踪矮妖和他们的黄金锅。"

"残暴的恶棍！"布里吉特说，"竟然为了小精灵们的财宝捕猎他们！"

"我不认为只是为了金子。"詹金斯从办公桌后面走开，手里拿着从布丽奇特酒吧取来的金币，"毒蛇兄弟会更关心如何积累权势和力量——尤其是魔法力量——多于财富。我怀疑眼前的这些线索背后，有更深远的阴谋。"

"肯定是，"伊齐基尔同意，"如果你想要的是金子的话，为什么要满世界猎捕矮妖呢？像其他人一样直接抢劫诺克斯堡[①]不就得了。"

布丽奇特惊奇地眨眼："你说什么？"

"别理会他，"卡桑德拉对她说，"我们平时就这样。"

贝尔德将他们的注意力重新聚焦到手头工作上："我们知不知道这个叫马克斯的家伙是谁？"她看向詹金斯，他比他们任何人都更了解图书馆的宿敌，"詹金斯？"

"我不太清楚，上校，"他反馈，"恐怕毒蛇兄弟会看守他们的领导人候选名单甚至比有些政客隐藏自己的纳税申报单还要严

[①] 诺克斯堡，美国肯塔基州一个军事基地名，因存放大部分美国储备黄金而戒备森严。——译者注

密。"他深深地叹出一口气,"悲哀的是,总有太多残忍无情和野心勃勃的人踏进毒蛇兄弟会的高阶领导席位。邪恶势力憎恶权力真空。"

卡桑德拉希望她亲眼看看这个号称"马克斯"的人,要是他的脸存在于她异常清晰的大脑中该有好:"酒吧的安全监控里面有没有他的片段?"

布丽奇特摇摇头:"唯一的监控摄像头在前一晚被报丧女妖的尖叫震碎了。它是我们还没来得及更换的东西之一。"

"那被偷的金子呢?"贝尔德问,"记得吗,跟踪钱的线索?如果毒蛇兄弟会正积累大量的矮妖族金子,无论如何我们都能根据金子向上搜寻到他们。也许我们需要找找看有没有什么大批量、非常规的账户存入很多钱,或者是任何魔法金币洗钱的迹象。"

"小菜一碟。"伊齐基尔打开他的手提电脑,把手指节掰得"咔咔"作响,然后开始工作,"给我一小会儿时间潜入暗网,联系一下我以前的黑道老友。不可能会有人挪动这么多金子还没在网上聊起过交易的。"

布丽奇特转身面对卡桑德拉,然后对她耳语:"我只是想证实一下,他是个罪犯,对吗?"

"他是个图书馆员,"卡桑德拉安慰她说,"这才是最重要的。"她目光扫过自己的电脑,很想加入调查中,但这是伊齐基尔发挥天赋的时候。如果说有人能追踪失踪的金子,那人必是伊齐基尔·琼斯。"让他自由发挥吧。"

与此同时,布里吉特仍然被她的"双胞胎姐妹"深深吸引:"所以,我们到底是什么关系?孪生子?姐妹?"

"听上去,"布丽奇特说,"我更像是一个几百代之后的复制品——一个在启动打印时就有缺陷的复制品。"

卡桑德拉怀疑布丽奇特脆弱的心脏遗传自普通人类的祖先，而不是久远家谱中的仙族血统。卡桑德拉的科学家属性令她怀疑，是否布丽奇特与布里吉特惊人相似的幕后魔法已经深入她的DNA中了呢？它会躲过基因检测吗？

"你不是有缺陷，"卡桑德拉告诉布丽奇特，"你只是身体有疾病，仅此而已。"

"还有个报丧女妖纠缠我，还有什么邪恶的兄弟会要找我麻烦。"布丽奇特重重地坐进会议桌旁边的椅子中，"很抱歉，我是个这么扫兴的人，不是说见到你我不兴奋，布里吉特，但……我面对得压力太多太沉重了。就好像整个世界都压在我身上一样，也压到我劣质的心脏上。"

"哎呀，你不必道歉的，"布里吉特说，"我听说了，你最近的遭遇特别艰难。现在，你不在状态也不会有人指责你的。"她坐到"双胞胎"旁边，轻轻拍了拍布丽奇特的手，"等危险过去后，我们有的是时间慢慢熟悉。"她仔细打量起布丽奇特的发型和着装，"也许你可以帮助我尽快适应你们美丽的新世界。"

布丽奇特勉强挤出一个笑容："我很乐意。"

他们留伊齐基尔埋头工作，时间一点一点过去。詹金斯坐在他的办公桌旁边做研究，而贝尔德试图联系弗林，但还是失败了，弗林也许还在大洋底部某个地方安抚产生宿仇的鱼人氏族。斯通一边复习他的古老欧甘字母，一边大口咀嚼三明治。卡桑德拉本想领着他们的客人简易地游览一遍图书馆，但忽然意识到詹金斯永远不会允许这样做。她和两个女孩聊起天来，向她们两人分别介绍了彼此从哪里来的。

"那么，真有确实存在的矮妖聚集区——偏偏就在波特兰，地下？"布丽奇特惊奇地说，"谁会知道？"

"我亲眼见到那个地方呢,"卡桑德拉说,"但提醒你哦,进去容易出来难,不过那里还是值得一去的好地方。"

"哇哦,"布丽奇特说,"我承认,我特别想去看看,至少在我还没……"她的声音越来越小,留下后面的几个字没有说完。

"啊呀,那里确实不错,"布里吉特说,"但我真的迫不及待地想去看看你的芝加哥了……然后在你提到的酒吧里为你的健康祝福。我相信那一定也是个伟大的地方。"

卡桑德拉也很想去"黄金之锅"酒吧体验一回,最好是没有报丧女妖和酒吧斗殴来破坏场景的时候。据她了解,自从绑架事件之后酒吧就关门歇业了,尽管布丽奇特很想在明天的圣帕特里克节准点营业。

"完美的胜利!"伊齐基尔欢呼起来,得意地上下晃动拳头。他倚靠在椅背上,看上去比平时更满意自己,"我知道,我知道,你们都惊呆于我怎么这么快就找到了,但我能说什么?我就是这么优秀哇。"

"我们稍后会给你掌声庆祝的。"斯通说。他和其他人紧忙围到会议桌旁,去看伊齐基尔的搜寻结果,只有詹金斯耐心地等待伊齐基尔详细描述。他们越过他的肩膀往手提电脑屏幕上瞄过去:"你发现了什么?"

伊齐基尔笑容满面地解释:"我以我最爱的宝石为幌子打探了一番,结果,有一个新手玩家出现了,他最近一直在交易不能问由来的古老金币。准确点说,是古爱尔兰金币——我刚才有没有提到过这个玩家的别称是'蛇人'?"

"就像毒蛇兄弟会的蛇。"贝尔德说,"干得漂亮,琼斯。有朋友在暗处总是有好处的。"

"呃,其实我并不想把他们中的有些人称作'朋友'……"

卡桑德拉为他的进展感到兴奋:"现在呢?我们能找到他们的藏身之处吗?"

"不用等你问,已经在找了,"伊齐基尔吹嘘,"我冒充了一个财力雄厚的销赃人员,设法进入人们和'蛇人'交易的安全网址中。一旦'蛇人'回答我的问题,我就能通过他的回答追踪到他的实际地址。"

"噢,"卡桑德拉迫不及待,"这个我能帮你!"

犯罪是伊齐基尔的专长,但破解加密的安全措施,在错综复杂的服务器和网站间追踪信号,则是卡桑德拉大脑擅长的东西,她的大脑运算速度比一般计算机程序都要快。

"正合我意,"伊齐基尔说,"两个黑客比一个强。"

"那好,伙计们,开始吧,"贝尔德鼓励他们两个,"幸运的话,我们能在变得不利之前挽救局势。我不知道你们怎么想的,但我实在太讨厌毒蛇们总是比我们知道的多。"

"可不是吗,"斯通同意,"我们什么时候知道过他们最近又在偷偷摸摸地——?"

"要先发制人,"贝尔德果断地说,"这次,我们要迅猛出击,出其不意,掌握解决问题的关键,然后在毒蛇兄弟会阴谋得逞之前,终止他们的邪恶行动。"她脸上决绝的笑容预示着阻挡在她面前的两条腿蛇人们将会有大麻烦,"不得不说,我太想赶在这些坏蛋之前一次了。"

"我和你想的一样,上校。"詹金斯说。

卡桑德拉希望事情能朝这个方向发展,但她过去曾经被毒蛇兄弟会欺骗过一次。你永远不知道他们会在何时何地作乱。

21

伊利诺伊州

伊甸庄园是芝加哥城郊外的一座私人宅邸。马克斯已经将阁楼转换成一个勉强称职的作战室，黑板架上完备地布置有公告牌和可擦白板。现今图书馆员们和他们守护者的监控画面照片被贴在公告牌上，每个人的照片下面还有他们简短的生平履历，这些信息是毒蛇兄弟会费力搜集来的。地图和时间轴留下马克斯不知疲倦地追踪黄金锅的行程足迹，西贝拉夫人的头颅和遗骨匣仍然鼓舞他继续追寻。高高的天窗提供了可以看向周围土地的视野，这些土地中包含直升机停机坪、网球场、私人墓地和一条护城河。马克斯不想在芝加哥逗留太长时间，但他不得不承认，这处毒蛇兄弟会的安全屋正是他现在需要的。

"它出现了！"科拉尔尖叫起来，她用棱镜抓住了夕阳的最后一抹余晖。结果是，彩虹突然在桌面地图上急转弯，然后朝美国本土地图的左侧倾斜过去。"它停到哪里了？"

"俄勒冈州的波特兰。"马克斯皱起眉头说。现在是图书馆大本营，地球表面最安全的储藏室之一。毒蛇兄弟会已经知晓附件馆有一阵子了，但仅限于此，没有真正踏足过。毒蛇兄弟会曾经找出它的薄弱环节趁机闯进过图书馆一次——马克斯看了一眼卡桑德拉·基里安的监控画面照片——但他们已不太可能从这一角度故技重施，"不用怀疑，是图书馆。"

"哦，不！"科拉尔说，她忽然担心起来，"这是不是意味着他们已经拿到了那口锅？"

马克斯不愿这么想："我们还是别直接跳到最坏的情况了。你的棱镜也许还追踪的是酒吧那枚金币，现在它可能已经落入我们的敌人手里，但这不一定就意味着他们已经拥有了黄金锅。"

他的手指摆弄着一枚假金币，那是他从酒吧回来后从口袋里发现的，他留下这枚假金币，就是为了提醒自己永远不要低估图书馆员。当他回想起自己沮丧地发现伊齐基尔·琼斯不知什么时候将真金币偷换走了，他的血压升高了一点。伪造的"金币"嘲弄、刺激着马克斯，它是真金币从他身边溜走的确凿证据。

只是目前而已，他想。

随着太阳西落，阁楼的光线越来越暗。"厄喀德娜，请开灯。"

"已开灯，"房间的语音电子助手回答，提高了阁楼内部的亮度，"不客气。"

光亮并没有驱散科拉尔的焦虑阴影。"但如果图书馆员已经拿到黄金锅了该怎么办？"她无比焦躁，"我们不能直接告诉他们我们要用它做什么吗？也许我们可以和他们合作，而不是敌对。"

"真是令人钦佩的理想主义观点，"马克斯说，"但完全不可能。图书馆员们一心致力于贮藏魔法，而不是使用魔法，这也是为什么从最初几千年前毒蛇兄弟会就和他们有巨大分歧。他们现在还没有明白过来，今生今世都不可能。"

"但也许我们可以真正地好好和他们谈一次?"科拉尔坚持。

马克斯摇摇头:"蛇类会脱皮蜕变,但图书馆从来不变。我们要寻找的东西是他们深恶痛绝的。和解是绝无可能,即使没有几代兄弟会和图书馆之间艰苦卓绝的斗争。可以说,太多流血冲突已经发生,覆水难收了。"

而且,还有太多旧仇宿怨等着清算,他在心里默默地补充道。

他的目光从西贝拉夫人的骸骨转移到贴在公告牌上的对手简介上。在他静心思量如何对付他足智多谋的敌人——还有猜想此刻他们在做什么时,假金币在他手指节背面上下翻动。

* * *

宅院后面的私人墓地迎来了几位访客,特意选在傍晚时分,所以没有人会留意到陵墓的入口被一道闪耀的白光照亮。

或者说,至少贝尔德希望没有人注意到他们。

她和图书馆员们偷偷地徘徊在陵墓的阴影中,在等待黑夜完全降临时,他们趁这段时间辨认方向。当伊齐基尔和卡桑德拉成功追踪"蛇人"找到芝加哥的郊区这一封闭式庄园后,图书馆员们就通过谷歌地图和其他私人监控系统仔细研究了这栋房产,然后他们确定了这片房屋防御措施中最可能薄弱的环节——陵墓。若这里的确是毒蛇兄弟会的一个据点,那它肯定会戒备森严,但贝尔德打赌陵墓的入口很有可能是不会重兵把守的一扇门。

目前情况良好,她想。

整支队伍除了詹金斯,都参与了这次任务,詹金斯仍在附件馆照看布丽奇特和布里吉特,既然他们已经确定毒蛇兄弟会卷土重来,理所当然地要将图书馆的安全等级提高一级。贝尔德相信当他们深入敌后时,詹金斯能保证图书馆安全。

"欢迎来到伊甸园,"她说,"当然,这里还有毒蛇。"

她端详起赫然耸现的石头宅邸,将先前研究时看到的房子外观同眼前的实物对比。伊甸庄园是一栋相当壮观的四层石建大楼,旁边配有小角楼和吊桥。滴水嘴和排水管被设计成蜿蜒的蛇形,装饰着森然的灰色建筑外立面。斯通设法发掘了这栋房子的有关历史:很显然,它是由鲁珀特·伊甸在1913年建造的,他是富有的强盗贵族①,最终消失于寻找真正伊甸园的探险旅程,从此再未出现。冒着不公平评论此人的风险,贝尔德猜测这个鲁珀特就是当时毒蛇兄弟会的成员之一,他追寻的目标最终让他没有好结局,但他的财产仍归属兄弟会。

"可不是我想象中的天堂模样,"她补充道,"但……"

"好像你现在不得心应手似的,"斯通打趣她,"带领一小队人马对敌人的院子进行秘密偷袭,这就像过去你参加反恐战斗的时候一样。"

"被你说中了,"她说,"多少还真有点过去打仗时候的感觉……这是个好兆头。"

实际上,一部分,她真希望这次任务能有一小队特种部队同志或者海豹突击队做她的后援;但转念一想,他们是在对付一支追求魔法宝物的古老秘密团体,常规的军事作战配置好像不太管用。若说她从做守护者后学到了什么经验,第一条就是她执行的任务需要图书馆员,而不是战士。

"至少他们没有躲在什么怪异的古老洞穴或者地下墓室,"卡桑德拉说,"我有没有和你们说过,我有点讨厌阴森森的洞

---

① 强盗贵族,指某个时代由于政策的监管不力,而造就的垄断市场经济的金融资本家,尤指19世纪末至20世纪初在美国利用不正当手段获取财富和权力的金融资本家。——译者注

穴了。"

"我还挺惊讶,真的,"伊齐基尔说,"一大堆这种石头,简直是在叫嚣里面放着无数的古币和奢侈装饰品。也许会有很多值钱的艺术品和古文物。"

"你要记得我们是来做什么的,"贝尔德强调,"还有我们的首要任务。我们要马克斯——行动指挥的首领,然后再考虑被盗的黄金……必须按照这个顺序。"

马克斯和其部下不太可能在常规的法庭接受猎杀矮妖的审判,所以,在毒蛇兄弟会谋害矮妖盗取更多仙境黄金之前,她和她的图书馆员们要竭力找出毒蛇兄弟会这次邪恶勾当的终极目标,并终止他们的恶行,待一切结束后,她希望能将马克斯扭送至磨坊尽头地下世界进行公平裁决。也许今晚他们能发现马克斯和他的喽啰在作什么恶?

"我们没能获得小矮妖朋友做后援,真是糟糕,"她说,"因为这也是他们的战斗。"

"你听到过詹金斯所说的,"卡桑德拉提醒她,"矮妖们是安居乐业的种族,不是打架好手。他们不得不捍卫自己的疆土,但他们是不会到战场上冲锋陷阵的。他们更擅长的是恶作剧,极端的情况,可能会用诅咒吧。"

"什么样的诅咒?"贝尔德问。

"恰好你问到了这个,"斯通说,"我刚好之前做了一番功课,深入研究了爱尔兰神话和民间传说,就在我们离开之前,我碰到了很多难解的叙述,是用古老的盖尔语写的,是这么说的,仙境王族有时候会用诅咒惩罚那些伤害他们的人,诅咒的结果是会有一位报丧女妖跟随作恶之人。"

虽然他们的任务很紧急,斯通的话还是激起了贝尔德的好奇心:"这种诅咒到底怎么发挥作用的?"

"据我了解,报丧女妖会追捕和纠缠他们,直至有罪者死去……大概类似这样。"

"你认为布丽奇特的麻烦可能是因为诅咒?"卡桑德拉大声说出自己的想法,"有人诅咒她的其中一个祖先会遭遇报丧女妖?"

"极有可能是某个位高权重的人下的诅咒,"斯通说,"报丧女妖本身是威力巨大的精灵。一般的小矮妖或者小矮人是召唤不出她的。"

"这就让人怀疑了,到底你会因为什么而用报丧女妖下诅咒呢,"伊齐基尔说,"我们已经推测出布丽奇特的金币的确来自矮妖手中,但我们从没想过矮妖首先从哪里得来的金币呢。也许她只是碰巧传递了某些来自仙境的不义之财?"

"正是这些金币招引来一位固执的报丧女妖,"贝尔德说,"就像碰巧收到、消费了一张从老式银行抢劫、偷盗案中做了标记的纸币?"

"报丧女妖的确是在布丽奇特用这些金币支付她医疗账单后出现的,"斯通指出,"也许那些金币上留有某种古老的诅咒。"

"这种想法很有可能,"贝尔德说,"但也许要等我们结束了这次对坏蛋总部突袭后,再去详细研究。现在,我们需要集中精力到眼前的任务上。"她认为天已经够黑了,可以行动了,"记住,马克斯是我们的主要目标。其他小鱼只是鱼汁而已。"

"你说的是混合隐喻吗?"卡桑德拉问,"有没有真的鱼汁这种东西?"

"这要看你如何定义'汁'了,"斯通说,"确实有鱼酱汁。"

"但你说的那些是浇在鱼上面的酱汁,"伊齐基尔吹毛求疵,

"它们不是真正用鱼做的。"

贝尔德白了一眼:图书馆员们啊……

"集中精神,伙计们。我们要出去了。"

从DOSA(异常事物统计署)洛克威尔将军征用来的夜视镜,帮助贝尔德和她的图书馆员们向大房子潜行,他们沿着阴影往前走,绕开窗户和门廊的光照范围。当他们悄悄走过直升机停机坪时,贝尔德留意到了直升机,她心里暗暗设想,若是事情变糟,直升机也是可以选择的逃跑路线;上帝知道她可不是第一次迫不得已在匆忙中启动一架飞机,在坎大哈①时她就这么干过。

当他们从后面接近房子时,贝尔德发现阁楼的灯还亮着。

好像我们要面对很多敌人,她心想,从楼上到楼下。

魔法门和陵墓已经让他们穿过铁大门,避免出现在庄园边缘的安全防护监控摄像头中。战胜下一道难关,比较棘手,更别提会有多湿冷了。

"一条护城河?"伊齐基尔嘲弄地说,"有必要这样吗?现在谁还会需要护城河呀?"

"别乱说,"斯通说,"至少从青铜时代开始,护城河就用于防御了,和埃及第十二代王朝一样久远。我们说的是久经时间考验的经典安保设施。"

卡桑德拉不确定地看了一眼静止的幽黑水面:"如果有什么……东西……藏在水下,那该怎么办?"

"例如呢?"伊齐基尔催促她继续说。

"短吻鳄?水蟒?你知道的,那种有鳞的东西。"

"在芝加哥?"斯通问,"三月里?"

---

① 坎大哈,阿富汗城市名称。——译者注

贝尔德明白他的意思。即使在刚刚太阳落山之前,这里的气温和季节都不太适宜冷血生物生活——除非毒蛇兄弟会把护城河水加热了。贝尔德认为这种想法太牵强,也太夸张了。

"没关系,"卡桑德拉一边发抖,一边预料,"会很冷,是吗?"

贝尔德耸耸肩:"为什么你会认为我们要穿湿漉漉的衣服呢?"

从DOSA借用来的另外一件礼物——黑色哑光橡皮服恰好能解决这种问题。贝尔德用了一秒钟来感叹他们为了这次任务准备有多充分;若有机会,她更愿意有周详的部署,而不是临时拼凑个计划,他们经常到最后都是临场发挥。

若是他们的任务允许这种准备充足的计划,该有多好!

他们一个接着一个,悄悄地溜进护城河,事实证明河水可没有经过加热,反而冷得彻底,护城河也够深,贝尔德感觉不到这条人造水沟的底部。他们静悄悄地游过去,小心地避免划水发出"哗啦"声,然后,他们到达一面侧墙的底下,侧墙就在前门和吊桥的拐角处。一条狭窄的石质土路隔绝了房子前的护城河,提供了可以让整支团队在干爽陆地上抱团取暖的空间。贝尔德看了一眼他们前面的砂浆泥墙。一间二层楼的黑窗户看起来很有希望让他们进入屋内。

"伊齐基尔?"她问。

"把它交给我吧。"他露出自信的笑容,"我喜欢古老石墙。太多可以抓手的地方了,很好爬。"

他脱去了湿漉漉的橡皮服,露出几乎是黑色的夜行衣,他像其他身手敏捷的飞贼一样,轻盈快速地爬上了墙。贝尔德忽然回想起,原来有时候梁上公子被称为"小飞贼"确实有其根据,此刻伊齐基尔就亲身示范了这个理由,他没有借助任何吸盘装置和抓钩,轻松地就爬了上去。贝尔德和其他人几乎没时间脱下湿衣服并妥善收好,就看到一条尼龙绳从窗户处顺了下来。她用力拉了一下,试验绳子是否结实。

"做得好,琼斯,"她说,尽管他有可能听不到她的话,"我们上去吧。"

他们在琼斯之后爬上墙,贝尔德第一个上去,以防他们在上面遇到敌人。斯通殿后,若是卡桑德拉摔下去的话,他可以接住她。小巧的数学魔法师抓起绳子向上爬,一边死死用脚撑住墙,一边喘着粗气。这种特技工作有点超出她的能力范围。

"提醒我了,"她说,"我什么时候能变成蝙蝠女侠啊?"

"记得提醒我下次带你去健身房练习攀岩,"贝尔德说,"等这个案子结束后。"

"哦,天哪,"卡桑德拉说,"这可真是我期待的。"

虽然她费了好大一番力气,不过三人终于成功地来到了二楼,他们和伊齐基尔会合,他帮助他们爬过窗户,来到明显是空无一人的走廊里,两侧排列着镶有相框的油画,很多画都是关于有一条巧言善辩之蛇的某个乐园。

"抱歉延迟了一会儿,"伊齐基尔解释说,好像他没有在要求的时间完成任务似的。"我得先解除窗户上的报警装置。"

"我们没什么好抱怨的,"贝尔德检查了一下走廊,没有发现任何直接威胁,"你现在侦察到什么了吗?"

尽管他们已经提前研究过这栋建筑的外部格局,但现在只能全靠自己胡乱地闯了。贝尔德保持高度警戒,团队其他成员也同她一样。肾上腺素的飙升让她格外警觉。

"只做了一点小小的侦察。"伊齐基尔朝附近的一扇门点点头,"这边走。"

他们跟随他走进一间庄严的、设备完善的图书馆——这里是什么地方？——看上去现在没有人。贝尔德怀疑，他们应该没必要为了发现毒蛇兄弟会的阅读资料都是哪些方面的去检查书架。

"我觉得这里比在走廊里暴露的概率更低，"伊齐基尔解释道，"我们可以在这里考虑下一步怎么办。"

"这下是科学可以参与的时候了。"听上去卡桑德拉比之前游过护城河与爬过高墙时都更激动。这种工作更适合她。"终于啊。"

她拉开防水包的拉链，拿出一柄手持式魔法探测仪，贝尔德也拿出一个。带个备用的探测设备似乎是闯进毒蛇老窝时的明智之举，也的确如此。如果幸运的话，探测仪能指引他们找到被盗的黄金锅，大概也能引领他们找到马克斯。如果幸运女神眷顾的话，毒蛇兄弟会新任大坏蛋头目极有可能离他的非法所得不远。

"别忘了把探测仪静音，"贝尔德提醒所有人，"现在我们最不需要这东西'哔哔'响，泄露我们的行踪。"

"没错！"卡桑德拉拧了一下仪器上的按钮，"好了，我的探测仪振动了一下，已经探测到上面楼层某个地方有魔法器物。"当她查看探测仪上的显示盘时，不禁深深皱眉，"嗯，读数上有点奇怪。我之前从来没有见过这种以太调波……"

"很有意思，"贝尔德启动她的探测仪后说，"我探测到楼下有密集的魔法能量。"

"毒蛇兄弟会像我们一样也在收集魔法物件，"斯通说，"若是我们的探测仪上出现不同峰值的读数，也不用怀疑。"

贝尔德做了一项战略决策："我认为我们应该分头行动。斯通和卡桑德拉，你们去楼上检查奇怪的魔法震动是怎么回事。伊齐基尔和我去楼下看看有什么东西。"

她的搭配安排背后是经过深思熟虑的考量：她想要每支小分队都有一位一流的格斗高手，另外，她还想盯紧伊齐基尔，防止这座大宅子里有太多转移小偷注意力的东西，因为伊齐基尔或许有可能领她找到马克斯和被偷的锅。

派一个小偷去抓另一个小偷……

"保持冷静，伙计们，如果需要帮助，别犹豫，赶紧叫我们。如果事情变得难对付，我们就撤退，到图书馆会合。"

"听上去安排得很合理，"斯通说，"你们小心点。"

贝尔德将探测仪交给伊齐基尔，把双手空出来。"你们也是，"她说，"用图书馆员的大脑思考问题吧，但要时刻保持警觉。我们现在正深入敌后。"

22

"你知道吗，我们是很好的团队组合，"当他们两人一起往楼下走去时，伊齐基尔如此说，"我来负责搞定锁，你来搞定那些坏蛋。"

贝尔德仓促地把一个失去知觉的打手扔进放扫把的柜子；那人脖子上有块毒蛇的文身，说明她刚刚打昏的不是无辜房主或者客人。那个不幸的笨蛋被出其不意地击中，还不知道是什么打了自己，就倒下了。贝尔德对付这个不幸之人的速度和高效，让打手甚至没能发出一点求救的声音，这再次提醒了伊齐基尔，幸好自己和贝尔德是同一阵营的。你绝对不想站到她这种人的对立面去。

"听上去像个计划。"她压低声音说。

他们听得到几个房间以外的地方，有更多打手正在看电视。伊齐基尔看了一眼探测仪，发现魔法能量很明显地来自地下室负一层的地方。他愿意接受这样的目的地，地下室极有可能没什么人，前提是他们不会碰巧掉进什么秘密地牢或者酷刑室。

他讨厌发生这种事。

厨房对面有一扇地窖门，引领他们来到地下室，一眼看过去，似乎没有什么残酷的全副武装卫兵、致命陷阱或者铁娘子。伊齐基尔检查了一下周围环境，只看到寻常地下室的标配物品——壁炉、热水器、挂在低处的管道系统，还有，哦耶，一个安装进墙体的巨大不锈钢保险库。

"来对啦！"他愉快地说，"爸爸来喽！"

贝尔德在后面监控，当伊齐基尔将精力全部集中到保险库时，她要确保没人跟踪他们。眼前的保险库非常大，看上去能容纳很多迷人的宝贝，包括很多盛放黄金的锅。小偷感觉自己就像一个小孩子在圣诞节清晨发现了等待被拆开的巨大礼物盒一样。他直接走向保险库。

"你认为怎么样？"贝尔德问，"你能打开它吗？"

他怀疑地看着她："你是真的要问我这个问题？"

"我在想什么呢？"她后退一步，让他开始工作，同时她随时盯紧地下室楼梯，"开始吧，大师。"

保险库是格兰瑞德牌大约2017年最新款的高级X-3000系列的。它是由九十吨强力钢筋和压制混凝土打造的，简直达到艺术品级别的坚不可摧，除非，像伊齐基尔这种人，能了解并记住所有市场流通中每个型号保险柜和安防系统所对应的电子入侵和篡改密码途径。一块电子键盘守护着保险库的入口，他没有破译密码，只是简单地强行重置密码，顺便把密码改了。他停下来一秒钟，然后选出了心目中的新密码：PWNED。

键盘上的红灯"咔嗒"一声转为绿灯，电子锁和备用锁都被解开了，沉重的保险库大门没发出一声"吱悠"就打开了。伊齐基尔脸上洋溢着胜利的喜悦。

"你刚才说什么来着？"他问。

"抱歉，不该质疑你，"贝尔德说，"让我们看看里面有什么。"

保险库大到足够容纳他们两个人，还有很多整齐堆放金币的架子，另外，里面存放有大量其他黄金物品——珠宝、高脚杯、金盘、器具、烛台、权杖和金锭子。伊齐基尔不需要是分析专家也能猜到，这些金光闪闪的东西都是实心黄金做的。他轻轻地吹起口哨表达自己的愉悦，自从上次他随意观看时瞧见图书馆藏品中的米达斯国王后，就再也没在一个地方见过这么多黄金了。

"不得不甘拜下风，"他说，"他们可是没少忙活。"

贝尔德环顾一圈："我没看到锅。他们一定是在抢到锅里的黄金后就把锅扔了。"

"明摆着呢，"伊齐基尔说，"当你有个媲美银行金库的保险库，谁还需要破铜烂铁的旧锅呢。"

"我想，可以断定毒蛇兄弟会的确为了黄金而猎捕矮妖，正如我们之前推测的那样。但仍然有个疑问：马克斯在哪？他要做什么呢？"

伊齐基尔耸耸肩："呃，我们还是留点东西让斯通和卡桑德拉去发现吧……"

* * *

"跟着我，"斯通对卡桑德拉说，"这种规模的庄园一般会有独立的楼梯供仆人走，一般那楼梯要狭窄一点，更偏僻一点。大概此刻没人会用那楼梯。"

遇到在规划凌乱的古老建筑物中找方向这种事时，她相信斯通的判断。她手中的魔法探测仪显示不寻常的放射物质来自阁楼，所以她跟着斯通来到一段狭窄的盘旋楼梯上。谢天谢地，在她小心轻盈的步伐下，楼梯没有发出太多"嘎吱"声响。每次湿透的运动鞋发出"咕叽"的声音，她都心里一抖。

我同意伊齐基尔，她心想，护城河真让人讨厌。

图书馆员们踮起脚尖小心地走上楼梯，直到看见顶层楼平面。他们从楼梯平面的缝隙看过去，瞧见两个面带厌烦表情的哨兵站在走廊尽头一扇紧闭的房门前。斯通投给她问询的表情，她用点头回复。根据她的探测仪，信号就是从那扇门后面散发出来的。

但他们要怎么越过门口的卫兵呢？

她正要计划该怎么办时，忽然警觉起来！她听到了下面楼梯传来的说话声和脚步声，正朝他们而来。

"哦，不！"她小声对斯通说，"我以为你说，只有仆人走这段楼梯呢。"

"嗯，保安也算是仆人，"他窘迫地说，"从某种程度上来说。"

脚步声越来越近，让他们两个夹在上面的保安和下面新来的保安之间。他们没办法避免被抓住，除非……

卡桑德拉闭上眼睛，集中精神想贝尔德，现在贝尔德在几层楼下的地方。她的新技能是隔空感知，这是被最近手术新解锁的特异能力，她最近才刚刚开始理解、控制如何使用。她紧紧闭上眼，然后设想出一条简单的信息，然后努力去想它：

救命！我们需要转移敌人注意力……现在！

* * *

远在地下室的贝尔德感觉到一条紧急的想法闯进她大脑的收件箱，她眼睛不禁随之睁大。

"卡桑德拉和斯通！"她脱口而出，"他们需要转移敌人注意力，立即！"

伊齐基尔看上去困惑了一秒钟，但很快就反应过来："哦，你刚刚收到卡桑德拉魔法大脑传来的即时信息。"

"说得没错。"贝尔德说。看了一眼保险库四周,她只看到一条可行的办法,"我们需要触动警报。"

"你不是开玩笑吧!"伊齐基尔抗议道,被她的想法吓坏了,"我是伊齐基尔·琼斯。我绝不触发警报!"

"每个人都有第一次。"贝尔德看到保险库里还有另外一块键盘。她飞奔到近前,看到操控台上有个红色紧急按钮。按键上面的铃铛图表说明了它的功用,"捂住你的耳朵。"

她按下按键,被触发的电喇叭发出尖锐的警铃声,刺耳地回荡在步入式保险库的墙壁间。红灯忽然亮起,保险库的大门立刻紧紧关闭,将贝尔德和伊齐基尔锁在了里面。

"这是计划的一部分吗?"伊齐基尔问。

"什么计划?"贝尔德说,"我是临时想到这个法子的。"

为了她的队友。

* * *

巨大的警铃声来得正是时候,至少斯通认为是这样。原本朝他和卡桑德拉而来的脚步声忽然向后转,飞快地奔下楼,去查看警铃的源头。原本以为自己会迎来一番激烈打斗的斯通,放松地舒了一口气。

"谢谢你,伊芙。"卡桑德拉轻柔地说,睁开眼睛。

斯通意识到:她一定利用自己独特的新天赋——隔空传心术提醒了贝尔德他们两人的困境。他希望贝尔德和伊齐基尔没有因此陷入太危险的境地,但也只能相信他们二人能化险为夷,就像他们以前很多次经历过的那样。他们知道自己在做什么……通常时候是。

与此同时,守在门口的两个卫兵也慌忙去查看警报。他们从主楼梯下去,离开了阁楼,使得走廊尽头的门无人看守。斯通不打算浪费他朋友刚刚提供的良机。

"我们走,"他简洁地说,"你和我去吗?"

卡桑德拉手中紧紧握着探测仪:"我就在你身后。"

他们冲到走廊尽头的门口。若是必须冲进去,斯通已经准备好用他的肩膀撞开门,但那门没上锁,很容易就推开了。图书馆员们闯进一间宽敞、明亮的屋子,里面有马克斯和另一位斯通不认识的粉红头发女子。一排安装好的图表、地图和公告牌都显示:他们两人找到了当前运营毒蛇兄弟会的指挥中心。

看上去,来楼上是来对了,斯通想,贝尔德一定会责怪自己走了反方向的路。

"斯通先生,基里安小姐。"马克斯用他一贯的自信沉着来称呼他们两人。他和另外的女子似乎因为警报声,正准备离开。马克斯正在撕碎一份文件,而他戴着眼镜的同伴正在慌忙地搜集几张纸。他抬头看到图书馆员们进来,"私闯民宅,闯空门……真的假的?你们这么粗野无礼了吗?"

"你爱怎么说就怎么说。"斯通看到一颗光亮的骷髅头放在看上去是便携的铝质遗骨匣上,"在我看来,你的副业还是盗墓呢。也许,这是你从爱尔兰的海岸偷来的?"

"只是收回你前辈们藏起的遗物,"马克斯说,"尽管我很高兴你能跟得上我的行动。"

"可别高兴太早。"斯通说。

他握紧了拳头。

* * *

卡桑德拉用探测仪扫描整间阁楼,很快定位到不知姓名女子脖间悬挂的链子上那枚水晶棱镜。棱镜散发的魔法能量是一种全新的类型,不属于任何常规模式和波段内。

"她身上的棱镜,"她告诉斯通,"那东西是奇怪信号的来源。"

女子的眼睛在眼镜后面瞪圆。她看上去和卡桑德拉的年纪相仿,穿着没有马克斯那么文雅考究,好像她刚刚才套上起皱的毛衣外衫和牛仔裤一样,这些衣服似乎从未用熨斗熨烫过。她的外表实在没有什么特点,只有她那糖果色的头发能让她在人群中被一眼看到。

"哇哦!"她尖叫着说,"你手里拿的是真的魔法探测仪吗?它测量什么?是不同抽象域层的微分共振,还是超凡量子特征?"

"大多数时候是后者,"卡桑德拉说,开心地发现找到了与自己有共同语言的人,即使这个女子大概是其中一个坏蛋,"不过,它能校准测量灵外质频谱的波动,还有时空连续区幽灵的意志力波纹。但,那棱镜是什么魔法物品?你在哪里找到它的?"

"不是我找到的,"女子的口音说明她是美国人,"是我做出来的。"

"你创造出一个崭新的魔法物件?"卡桑德拉不敢质信地敬佩起来。她知道从理论上来讲是有可能的,因为现在暗野魔法复出了;图书馆最近开始搜集全世界范围内自然产生的新魔法物品。但她从未见过谁能从零开始创造出一件魔法物。"特意做的?"

女子咧嘴笑起来,很满意自己的成就被认可。

"过程其实不容易,"她说,"你得找到一种炼金法术,将自然状态下的魔法融进一件象征性的物品中,这物品要适合达到预期效果,这就意味着我既要考虑精神上的需求又要想到物质的表达，还要从不确定性原则中删除不确定性条件，依据——"

"够了，科拉尔。"马克斯打断她。

斯通也同意他的话。现在没时间研讨魔法科学或者（和）科学魔法。等他们把马克斯和他头脑伶俐的同党都抓到手——并通过最近的魔法门将他们带到图书馆后，卡桑德拉有的是时间和这位极客女孩好好聊天。

"你哪儿都别想去。"他对马克斯说，摆出一副迎战的手势。斯通准备好再次比武，而且他相当自信结果会是自己赢，现在他知道自己要全力对付的是马克斯，而且也不用担心身边有无辜的旁观者会受伤。一股真正的格斗高手之力浮上他心头和身躯，斯通受过名师指点，训练有素，而且，他已经做好了万全准备随时迎战毒蛇。他用全球通用的手势告诉马克斯：来打吧。"用脚踢还是用拳头，随便你。"

马克斯拒绝了他的挑战："如果对你来说都一样的话，我想这次，我打算委托别人代替我应战。"他提高了嗓音，称呼一位在场看不见的人，"厄喀德娜，请派人来增援。"

一声电脑语音通过广播系统回答他："收到。已通知保安。"

"等一下，"斯通吃惊地说，"你刚刚通过亚丽桑[①]还是希瑞[②]，还是其他什么东西叫来更多保安？"

"她叫厄喀德娜，能给我节省不少时间。"马克斯嘲弄般地对斯通笑道，"你自己看吧。"

马克斯身后的门"砰"的一声被打开，三个保安从隔壁房间气冲冲地赶来。他们冲过来保护马克斯和科拉尔，各自挥舞着警棍、弹簧刀和指节铜套。他们看上去因为在休息时间被打搅而怒

[①] 亚丽桑（Alexa）是亚马逊智能音箱的智能语音助手名字。——译者注
[②] 希瑞（Siri）是苹果公司推出的 IOS 系统中的智能语音助手名字。——译者注

气冲冲，急迫地想把图书馆员们那充满智慧的大脑打爆。

"等一下！"卡桑德拉抗议，"这些家伙从哪里来的？"

"我也不知道。"斯通忽然发现自己要应对三个全新的对手，而不是那个他真正想对抗的人。他在三个人和卡桑德拉之间摆出防御姿势，"我觉得可能衣柜里有门！"

"但你不是建筑方面的专家吗！"她说，"你应该知道这种老房子的格局和结构！"

"每栋老房子都各有不同。"他紧急躲闪，迂回前进，保持不停运动的状态，这样打手们就不能将他逼进劣势。和多个对手打架的秘诀，就是让他们挡在自己人跟前。保持防御姿态也是克服数量上不利的关键。"正是不同造就了古建筑的魅力。它们都不是按照标准格式建造的，不像如今的千篇一律的豪宅。它们有个性，每栋房屋都——"

"我明白你的意思了，"她说，"不用给我讲课了，你赶紧发挥功夫吧。"

"我正在热身。"斯通用一招猴王亲自教给他的完美穿山甲式蜷身飞旋躲闪开敌人拿刀猛刺的那下。这一招若是身后有条能抓住东西的尾巴就更好了，但斯通紧接着用一招雪巨人式反手拳和三倍的摇曳竹式反作用回击，成功将拿着刀的家伙甩到另外一个暴徒身上，导致拿着棍子的家伙从膝盖处绊倒了，随之撞倒了一块白板，引发一连串的后果，让其他白板像多米诺骨牌一样连续倒下。"但是，唉，和这群笨蛋交手简直是浪费我的时间。"

更糟糕的是，这群打手都足够凶悍，让他无暇分身去追马克斯，而马克斯似乎不打算在这里观赏他们的拳击比赛。马克斯离正打斗的几人远远的，他冲科拉尔大喊，此时科拉尔正在和卡桑德拉争抢一张做出标记的美国地图，这张地图原来被展开放在桌子上。地图从中间撕开了,让两个女人都向后跌倒,每个人手里还攥着半截地图。

"恐怕我们的宁静要被打扰了,"马克斯对科拉尔说,"谨慎的建议是,我们换个地方。"他拾起头骨和遗骨匣,用一只手提着遗骨匣的把手,另外一只手将头骨抱在臂弯中,"厄喀德娜,启动撤退程序……尽快。"

"收到,"电子语音助手回复,"您的飞机已在途中。"

斯通听到直升机旋翼的嗡鸣。

见鬼,他要逃跑,而我还被这几个雇佣打手牵制住,无法抽身!

弯腰避开警棍的袭击后,斯通立即顺势用棍子打中警棍男的腹部,他沮丧地看到马克斯向俯瞰后院的阳台走去。卡桑德拉试图去追马克斯和科拉尔,打斗的四人却阻挡在她去往阳台的路中间。她把半截地图扔到匕首男的头上,让他看不见路,然后就赶紧慌忙后退,避免被刀刺伤、被警棍打中或者被拳头击倒。

"快点过来,科拉尔,"马克斯说,"我们的飞机正等着呢。"

粉头发的炼金术师有些犹豫:"但地图怎么办,还有金子……"

"不要了,"马克斯命令道,"我们不能让你的棱镜落入图书馆手中,那样的话,它会被永远地锁起来。"

想到这种可能性,科拉尔吓得脸都白了:"我这就来!"

这些打手坚决掩护他们老板撤退,斯通为此大为恼火。被卷入打斗中,赤手空拳的图书馆员只能眼睁睁地用余光看着直升机在轰鸣中出现,悬浮在阳台旁边的半空中。飞转旋翼带来的气浪袭击了阁楼,搅动松散的纸张像干草一样乱飞。马克斯将头骨和遗骨匣放进机舱,然后帮助科拉尔翻过金属栏杆,跳进直升机的机舱,随即准备离开。他把手伸进口袋,掏出一枚假金币,扔向被包围的敌人。

"再见,图书馆员们!"马克斯透过"嗡嗡"响的旋翼大声喊,"请放心,我一定会找到黄金锅的,不管它在哪儿!"他又将头骨和遗骨匣拿在手里,像拿着保龄球一样用手指抠住头骨的空空眼眶,紧握着咧嘴笑的头骨,"但首先:厄喀德娜,执行蛾摩拉①指令。"

"收到。五分钟后爆炸。"

"爆炸?"

斯通一听到自毁程序,就明白这是什么意思。马克斯在减少损失——他不想保留太多罪证。

"伙计们,你们听到了吧?"斯通冲打手们大喊,"你们的老板留你们和这栋房子一起被炸掉。你们是要继续和我打……还是赶紧逃出去?"

打手们停下来,彼此对视了几秒钟。他们双眼乌青、嘴角开裂、鼻子流血,这些都说明斯通的格斗技术不逊色。阳台外面,直升机已经撤下他们飞走了。

"四分钟后爆炸。"厄喀德娜说。

"去他妈的,"铜套男说,"我要保我自己活命。"

他放弃打架,夺门而逃,身后跟着他的两个兄弟。斯通让他们走了,比起追赶这些小喽啰,他现在有更重要的事。

若说是什么事,那就是活命。

"我们得走了。"他告诉卡桑德拉。

"等一下。"她在大脑中整理翻倒的白板和散落的纸张,努力记住看到的一切。贪婪的双眼扫视了作战指挥室中的所有物品,

---

① 蛾摩拉,《圣经》中的罪恶之城。上帝耶和华降燃烧的硫黄毁灭了该城。——译者注

"再给我点时间。"

斯通拽她离开满屋的狼藉:"没时间看了。整个房子都要爆炸了!"

"等等!"她说,"我能理出头绪。我知道我能!"

"你脑袋要是被炸开花就不能了。"斯通还很担心贝尔德和伊齐基尔,但只能希望他们已经逃出去了,"比起什么秘密信息,我们更需要你!"

"三分钟后爆炸。"

在倒数计时的紧迫下,斯通脑中迅速思考如何离开。沿路跑下三段楼梯,大概会看见其他毒蛇敌人,也会耗费太长时间。他试着打电话给詹金斯,但是忙线中。他料到忙线是詹金斯忙着为团队中的其他人操作魔法门。

"两分钟后爆炸。"

没时间磨蹭了。他们必须找到最快的一条逃生路线。他拽着卡桑德拉来到阳台,怒气冲冲地看了一眼阴沉的夜空中马克斯的直升机消失的方向,然后低头越过金属栏杆看到几层楼下的护城河。

"真想知道护城河有多深。"

卡桑德拉看上去十分惊恐:"求你告诉我,你想的不是我认为你想的那样。"

"你看过《虎豹小霸王》[①]没有?"

"他们最后不是死了吗?"

"不是跳崖摔死的。"

[①]《虎豹小霸王》,是1969年上映的同名电影。影片讲述两个小镇青年组成一个盗劫团伙,名叫"虎豹小霸王"。在多次抢劫邮车后,盗劫头目的两人被警察通缉,因而走上逃亡之路。在走投无路时,两人爬上悬崖跳入深涧逃生。——译者注

他一把举起一百多磅的身躯,将她从金属栏杆这侧扔了下去。一声下降的尖叫声传来,被巨大的"哗啦"水声终结。

"一分钟后爆炸。"

时间与他设想的一样紧迫。他翻身一跃,跳过围栏,冲入下面冰冷幽暗的河水,加上重力作用,会救他一命。速度比炸弹的倒计时要快,他脚先落入水面,然后跌入水面以下,他欣慰地发现护城河足够深,没有让他们重重地摔到底部。他用力划水,露出水面,想要喘口气,也看看卡桑德拉,其实他没必要紧张,因为很快他就发现了卡桑德拉正漂浮在房屋阴影下的水中,而这栋房子他认为马上就会爆炸。

"潜到水里!"他大喊,"尽你所能,潜到最深!"

他们潜入水中后没过几秒钟,就发生了爆炸,爆炸让护城河都震颤起来,震耳欲聋的爆破声和冲击力只被河水抵消了一点而已。大块碎石从他们头上滚落,砸进护城河里,斯通和卡桑德拉马上朝护城河另外那岸游过去。

好的一方面是,斯通心想,若护城河里真有什么凶恶的生物,它一定现在就藏起来了。

急需氧气的肺部迫使他们重新游到水面呼吸。他们一边喘着粗气,一边往老宅后面的空地游去。又冷又湿,肾上腺素上涌,斯通回头看他们惊险逃过一劫的大火。伊甸庄园现在只剩燃烧的砖石。一团团浓烟和灰烬升上天空,带走了整个团队也许可以挽救的有用线索。马克斯过河烧桥——阵势相当大。

卡桑德拉瞥了一眼毁坏的建筑:"贝尔德和伊齐基尔能及时逃出来的,对吧?"她双手抱臂,止不住地打冷战,"他们绝不会被困在里面的,是吗?"

"我不知道,卡桑德拉。我也希望我能确定。"

* * *

"这就是我讨厌警铃的原因。"伊齐基尔说。

他和贝尔德被锁在地下保险库里,还有很多愤怒的毒蛇被锁在保险库门外,正在尽全力强行闯进去。到目前为止,他们两个已经听过机关枪的开火声,还有大铁锤砸在厚铁门另一侧的声音。伊齐基尔相信,电钻和焊枪迟早也会出马。

"他们多久能进来?"贝尔德问。

"得很久,"他回答,"这座保险库坚不可摧。我们氧气耗尽憋死之后,估计其他人才能闯进来。"

"为什么我觉得你的话不那么让人安心呢?"

伊齐基尔并不能等发生窒息这种事再想办法,所以他开始往口袋里放贵重的金币。他无法带走保险库里的所有物品,但若是没能带走点什么纪念品,他是不会原谅自己的。

"真要这样吗?"贝尔德问他,"在这种时候?"

他耸耸肩:"这些是证据,不是吗?当然,会减去一点点中介费。"

"你现在想的就是这个事情——"

一阵自动化语音从广播系统传来,打断了他们的对话:

"请注意!蛾摩拉指令生效。五分钟后爆炸。"

门口的砸门声突然停止了,留他们两人待在保险库中面对意想不到的复杂局面。

"爆炸?"伊齐基尔重复。

"蛾摩拉?"贝尔德说,"就是被大火和硫黄毁灭的那座城?这听上去可不太妙。"

伊齐基尔太同意她的话了。以他的经验来说,秘密基地和总部遇到危急时刻，都不幸地倾向于燃烧自毁。他能料想到，这是毒蛇兄弟会用的断后、掩盖痕迹策略。

"往好的方面想呢，"他说，"听上去坏蛋们已经放弃抓我们了。"

"因为他们知道要躲开烟花表演。"贝尔德看了一眼四周，"你怎么想的？这个保险库能在大爆炸中幸存吗？"

"很难说，我们不知道是什么样的爆炸，"伊齐基尔回答，"从我个人来说，我可不想冒险。"他朝关闭的保险库入口一扬头，"那算是个门，对吧？"

贝尔德的脸瞬间被点亮："你说得对啊！"

"当然，我们需要冒险打开它，"他指出，"谁知道门那边会有谁、有什么东西在等着我们。"

"四分钟后爆炸。"语音系统又发出声音催促他们。

贝尔德拿出手机："开门吧。"

伊齐基尔抓着一盏实心金烛台，以防万一，然后在保险库里面的小键盘上忙碌起来。操控紧急关闭程序是易如反掌的小活，但等他敲完最后一个按键后，他忽然意识到：整个自爆倒数计时或许只是个引诱他们从里面出来的花招。当门滑开时，伊齐基尔屏住呼吸。

若是他现在被枪打中，那他真的会感觉自己愚蠢死了。

但打开的门只露出空荡荡的地下室，这意味着倒数计时并非儿戏。"贝尔德？"

"我来了。"她走到保险库外面，让手机信号增强一点，然后拨通了附件馆的电话，"詹金斯！我们需要撤离，越快越好。"她拍了一张保险库入口的照片，"我现在发送给你照片和精确的GPS定位坐标。"

伊齐基尔没听见对话另一头说的是什么，但他能想象到詹金斯紧忙跑往魔法地球仪旁边，操控魔法门。他在脑袋里催促这位永生的看管人要快一点。

"三分钟后爆炸。"

当伊齐基尔焦急地等待他们的逃生路线时，偷来的金子在他口袋里沉重地坠着。他希望有时间搬运更多宝贝，但他也知道他根本叫不动贝尔德去抓一把带着，尤其是现在贝尔德正设法救他们两人性命的危急时刻。

门口闪耀出一道明亮的白光，回馈她的努力。

"太及时了，"她说，"谢谢你，詹金斯。"

"等一下，"伊齐基尔说，"斯通和卡桑德拉怎么办？"

"我们会在另一端和他们会合，"贝尔德说，"就像我们之前计划的那样。"

"那如果他们没到呢？"

"他们会到的。"她说。

"你怎么知道？"

"因为他们是图书馆员。"

23

附件馆

"马克斯说他在寻找'黄金锅',"斯通说,"不是一口锅,也不是所有锅,而是特定的那口黄金锅,就是一口他还没有找到的特别'黄金锅'。"

整个团队回到附件馆会合,详细研究他们从突袭伊甸庄园回来后的各自发现。当斯通和卡桑德拉通过陵墓门口穿越回来后,他欣慰地发现贝尔德和伊齐基尔已经在等着他们了。干爽的衣服和热咖啡让他们暂时忘记了护城河的阴冷,尽管斯通的头发还散发着浓烟和灰烬的味道。布丽奇特和布里吉特也在一旁,焦急地想知道发生了什么事情。

"而且他一点都不在乎被留在身后的黄金。"卡桑德拉说。她同其他人一样,坐在会议桌旁边,除了詹金斯——詹金斯更喜欢不受打扰的私人办公桌。"从我瞥一眼看到的屋子里的图表和笔记来说,他的确在追寻一口特定的锅。"

"属于某个特定的矮妖?"贝尔德问,"那他猎杀矮妖就是为了寻找那口特别的锅?"

"那些被认错的矮妖可真冤枉,我想。"伊齐基尔两只脚抬到桌上,"太糟糕了,我们不知道他的真正目标是什么。"

"我或许能补救这个问题。"詹金斯站起身,对在场的所有人说,"当你们到敌人的老巢突袭时,我将图书馆的档案和磨坊尽头地下世界的矮妖族统计数据做了交叉对比。这颇花费了一些时间和精力,但我最后确定出一位特别的矮妖,名叫芬巴尔·奥格雷迪尔,完全符合一千六百年前的条件,大约与圣帕特里克山上发生那次事件在同一时期,好像他从那个时候起就把自己隐藏了起来。"

"我们能想到什么?"贝尔德问,"是否这个叫芬巴尔的家伙就是当年和毒蛇兄弟会有纠葛的矮妖,然后他们仍然出于某种原因继续追踪他的黄金锅?"

"麦克唐纳曾说那些坏人以隐士和独居者为目标,"卡桑德拉回想起来,"若芬巴尔自从 5 世纪后一直隐藏着,他极有可能就是他们真正追寻的目标。"

"但他的黄金锅有何特别之处呢?"伊齐基尔问。

"这个问题,琼斯先生,仍旧是个谜,"詹金斯说,"尽管我认为继续沿着这个方向深入挖掘也许能找到某些线索。"

矮妖的名字牵动斯通的记忆。

"奥格雷迪尔,"他重复着,"是不是'格雷迪'的全名?"

"我的格雷迪?"布丽奇特脱口而出,"酒吧里拉琴的格雷迪?"

"格雷迪也许是'奥格雷迪尔'的现代简化版称呼。"詹金斯说。

"的确,这是个古老的爱尔兰名字,"布里吉特说,"对于人类世界和小矮妖一族都是。"

詹金斯看了看另一位布丽奇特:"你对这位老人的个人背景

了解多少呢，奥尼尔小姐？"

"其实没多少，"她坦承，"他很久之前就出现了，提出在酒吧里拉小提琴，换几杯免费的啤酒喝。似乎这个提议在当时是非常公平的交易。"

"他曾暗示说，他因为某些没有详细说清的问题而无法回到爱尔兰，"贝尔德说，"我之前以为他暗指的是爱尔兰独立时的纠纷问题，没想到会是几千年前遇见毒蛇兄弟会的麻烦。"

斯通想起在酒吧时，格雷迪秘密地将马克斯手里的枪换成了小提琴。斯通一直没搞明白格雷迪是如何实施这一魔法诡计的……

"哇哦！"布丽奇特说，"格雷迪这只诡计多端的老狐狸，肯定是他，但你们真的认为他是一个真正的矮妖？"

卡桑德拉从书架上抽出一本书。她轻柔地打开书，翻到夹着一片四叶草的书页间。

"只有一种方法能知道。"她说。

24

芝加哥

"黄金之锅"酒吧里人满为患,似乎最近几天接连发生的骚乱并不能阻挡芝加哥人在圣帕特里克节来爱尔兰酒吧庆祝。死也要感受爱尔兰氛围的过节人群,塞满了整个酒吧,大家为了节日将酒吧打扮一新。绿色是节日特殊色,通过毛衣、鲜艳围巾、羽毛披肩、塑料圆顶礼帽、夸张镜框、头冠、假发、小亮片、珠子等体现出来,还有芝加哥河面流淌的绿色啤酒,这条河为了烘托节日气氛也被染成绿色。第一次来到酒吧的卡桑德拉,终于明白为什么布丽奇特不愿在节日当天关门停业了,不管什么样的威胁尾随着她。在圣帕特里克节关门,就等同于扔掉一口黄金锅。

对她而言不错,卡桑德拉心想,*我太知道头上有致命威胁那种提心吊胆的感觉了。*

假矮妖们,戴着假红胡子,穿着从商店租来的戏服,用夸张的爱尔兰口音说话,混迹在其他客人中间,但卡桑德拉从她落座的吧台高脚凳上,还没有看到任何真正像矮妖的人。她从彼岸世界发现的四叶草就别在温暖羊绒毛衣的扣眼上。绿色的紧身裤和一杯祖母绿的啤酒让她也很应景。

"会有什么事情让格雷迪耽搁呢?"她问布丽奇特。布丽奇特在吧台后面忙着招呼客人,布里吉特在一旁给她帮忙,布里吉特假装是她都柏林来的"堂姐"。卡桑德拉费力地张望着从酒吧进进出出令人眼花的人群:"他出现了吗?我是不是错过了他?"

但这没什么用,和其他图书馆员不一样,她没见过格雷迪。

"没见到他,"布丽奇特说,脸上露出困惑的表情,"我不明白。我没办法想象他挑今天这么个日子不来。"

除非,卡桑德拉烦心地思量,他可能被报丧女妖或者毒蛇兄弟会,或者两者都包括,给吓跑了。她期盼自己和其他人不是在酒吧里浪费时间干等,等待一个永远不会再出现的人。如果奥格雷迪尔——也就是真正的格雷迪——再消失一千五百多年怎么办?

团队其他成员都在酒吧里按照计划严阵以待,随时准备应付突发状况,或许可以说他们希望会发生这样的事。和卡桑德拉一样,他们也穿着融入人群中的衣服。贝尔德穿了一件绿色的套头毛衣,脸上绘有一片三叶草图案,斯通穿着绿色的法兰绒衬衫,还有一顶很小的圆顶礼帽,而伊齐基尔脸上炫耀着大写的"亲亲我,我是爱尔兰人!"标语。布丽奇特的金币——马克斯曾行动猎取的目标,现在安全地收在附件馆里,置于詹金斯严密的监控下。似乎没有任何吵闹的串酒吧顾客留意到金币缺席。

"哎!"布里吉特一边喊,一边把另一大杯绿色啤酒递给客人。她不会操作现代化的收银台,但她可以驾轻就熟地倒啤酒、送啤酒。她把长头发扎到脑袋后面,看上去更像是布丽奇特的双胞胎了。她用手背擦擦额头的汗珠:"我觉得,作为仙境来者,我绝对知道如何让人们开心起来!"

"我喜欢你的口音!"一个微醺的客人激动地说,"你真的是爱尔兰人?"

卡桑德拉"咯咯"笑起来。你什么都不知道哦,她想。

被这有趣的交谈吸引,她几乎没看到一位头发灰白的老人坐到几个座位之外的吧台旁边,他胳膊下面夹着一把破旧的小提琴。他摘下打着补丁的帽子向照看吧台的红发女子致意。

"原谅我迟到了,我的好姑娘。所有街道和人行道都挤满了人,我这样的老家伙没么容易从拥挤的人群中穿过来。"

"哎呀,"布里吉特说,"我想你把我和我堂妹认错了。"

"堂妹?"小提琴师的眼珠子都快瞪出来。那饱经风霜的面容上,迷惑让步给真正的惊恐,"不,不可能……"

"我的名字是布里吉特,"她说,"很高兴见到您嘞。"

"布丽奇特和布里吉特?"他脸上的皱纹又加深了一层,"这是你和我玩的一个恶作剧?"

他焦虑不安的反应映入真正的布丽奇特眼中,吸引了她的注意力。

"就是他!"她跑到吧台另一头的卡桑德拉身边,低声指着格雷迪说,"和布里吉特说话的那人!"

格雷迪?

卡桑德拉把手放到魔法四叶草上,闭上眼睛片刻。再次睁开眼睛时,她吃惊地发现似乎原本普通的小提琴师像幻觉般泛起波纹——也可能是仙境的障眼法消散。顷刻间,"格雷迪"被一个从故事书中跳出来的真正矮妖所取代,他浑身穿着绿衣,头戴三角帽,穿着宽松的马裤,脸上还有不知从哪里长出来的红胡子,而且格雷迪至少又矮了三英尺,大概只有高脚凳大小。他的小提琴也缩小到微型尺寸。他鞋上的黄铜扣闪闪发光。

屋子里有个真正的矮妖,卡桑德拉心想,我可以确定他的身份绝对是矮妖。

她举起酒杯,大声用预先商议好的暗号祝酒,提醒其他人。

"斯浪彻尔!"

周围的狂欢者都举起酒杯一同祝酒,所以团队其他人无法错过她的提示。贝尔德和两位男士开始悄悄向格雷迪聚集,从拥挤的人群中挤过去。卡桑德拉从高脚凳跳下,走近格雷迪,格雷迪还在疑惑长得太过相似的布丽奇特和布里吉特二人,没有留意到身边其他动静。矮妖看上去摇来晃去,不敢相信这两个女子如此相似,努力想解开心中疑团。他看上去不只是疑惑,更像是由衷的痛苦。他不开心地摇摇头。

"你们两个在一个地方?当然,这不可能发生……"

布丽奇特相当冷静。"你早该到这来了,老家伙。让我猜猜——你想要在演奏前喝点小酒?"她拖延住小提琴师,直到卡桑德拉走过来,"喂,我说,你见过我的朋友卡桑德拉吗?我和她说起过你。"

"是这样吗?"矮妖转过身面向卡桑德拉,忽然,他看到她毛衣上别着的真正四叶草后就僵住了。他们四目交汇,他脸上露出一丝警觉,因为他看到了她眼中他真正的映像。他艰难地吞了一口粗气,"见到你很高兴,小姐,但我现在必须走了——"

卡桑德拉一把抓住他的手腕:"芬巴尔·奥格雷迪尔,我猜这是你的大名。"

矮妖试图甩开她,抽出他的胳膊,但她光明正大地按着他胳膊。她眼睛盯着他,等待团队其他成员来到吧台这里。酒吧的嘈杂淹没了格雷迪的抗议。

"放开我,你这个狡猾的荡妇!"

"不放,等我们弄明白你的黄金锅有何特别之处,还有毒蛇兄弟会为什么那么对它紧追不舍以后,我再放开你。"

他红润的面容变得惨白:"你不知道你在说什么!"

"那就解释给我听。你到底在害怕什么?"

还没等他回答,从酒吧另一头传来忧伤的哭泣声。卡桑德拉转过头,看到一个相当丰腴的中年女子出现在人群中,人们紧张地散开给她让路。几缕灰白发丝渗透进她棕黑色的头发中。她的双肩裹着一条破烂的披肩。她的嘴始终张开,里面传来痛苦的哭泣。她的眼睛因为哭泣布满红血丝,脸上满是泪痕。其他客人或惊恐或不解地盯着她时,她悲戚地拧着双手,手指纠缠在一起。

"不,不,"布丽奇特一手抓住心口,喃喃地说,"今晚不要,不要现在出现——"

"是班希!"布里吉特说,"她来了,就像你们说的——可是为了谁而来呢?"

卡桑德拉被报丧女妖转移了注意力,一时没有抓住矮妖,矮妖趁机挣脱,从高脚凳上跳下来。没人留意到小矮人是如何逃走的,卡桑德拉提醒自己是唯一能看穿矮妖障眼法的人,其他任何人看到的只是一个衣冠不整、上了年纪的小提琴师。

一个矮妖,还有一个报丧女妖,她在心里连连称奇,竟然在圣帕特里克节当天同时出现!这才叫和我的爱尔兰血统密切相连啊!

卡桑德拉犹豫不决,心里疑惑不知该去追格雷迪好,还是保护布丽奇特免遭报丧女妖攻击。根据詹金斯所说,报丧女妖只是提示即将到来的厄运,她并不真的攻击人们。但若是这不祥的幽灵距离布丽奇特太近的话,她脆弱的心脏能否支撑得住?

卡桑德拉自己的心跳也随之加快。

报丧女妖靠近吧台。她悲伤的眼睛扫过布丽奇特和布里吉特，好像疑惑起来，不能立刻确定她要纠缠的是谁。她的哭声甚至出现了一声诧异的音调；你能真切地听到她脑海中的疑惑。

"离她们远点！"小矮妖跳到吧台上，站在报丧女妖和她目标物之间。其他客人瞪大了眼睛，露出吃惊的表情，卡桑德拉忽然意识到他可能在报丧女妖面前——也等同于在其他人面前暴露出他的真正身份。小矮妖大胆地摇晃着他的小拳头，"你一直在找的人，是我，对吗？这么多年了？"

报丧女妖头朝后仰，声嘶力竭地恸哭起来。她两只绞在一起的手松开，指责地用一根手指对准奥格雷迪尔。酒杯、椅子被慌乱的客人撞翻，贝尔德只好去扶住一位跌倒的老人，防止他被拥挤的人群踩踏。这时，报丧女妖张开两臂，伸出两只手，朝矮妖飞身扑过去。

"喔——喔！"斯通大声盖过哭声，"你去找别的矮妖去！"

"你快告诉她！"伊齐基尔说，"告诉她也降低点音量！"

他们两人从惊恐的人群中挤过来，图书馆员们从一左一右两边朝报丧女妖聚集。他们同时朝中间扑过去，但她立即消融成一团灰雾，让斯通和伊齐基尔两个人撞到一起，两人四仰八叉地趴到地上，还扭打在一起。

"他妈的！"斯通骂出声来，"她去哪儿啦？"

"别问我！"伊齐基尔说，"我还在想她到底从哪儿冒出来的呢！"

贝尔德帮助跌倒的老人站起身。"现在别管报丧女妖了！"她隔着酒吧大喊，"抓住那个矮妖！"

但格雷迪却不想被抓。

"很感谢你们过来帮我解围，小伙子们！"当他们两人笨拙地松开紧抓的手时，矮妖对两位男图书馆员说，"原谅我不能待在这里请你们喝两杯啤酒!"

他跳下吧台,朝前门跑去。

"哦,不!"卡桑德拉说,"不能从我手里跑掉!我抓住过你一回,我还会再抓住你的!"

她冲出酒吧,来到大街喧闹的狂欢中。

圣帕特里克节让整个芝加哥城市为之癫狂,门外比酒吧内更热闹。大街上正有一队游行队伍行进中,人行道上挤满了观众和制造欢乐的表演者,风笛声和鼓乐队的乐曲加剧了欢庆节日的喧闹。一大群过节的爱尔兰裔聚会爱好者簇拥着卡桑德拉,然后她忽然意识到她面对的困难——努力在圣帕特里克节时不跟丢一个小矮妖,就像在万圣节上跟踪一个僵尸,或者在漫画大会上追捕哈莉·奎茵[①]。她低头检查了一下,确保四叶草还在身上。

我得需要所有运气。

凉爽的温度令在酒吧温暖微醺的环境中待久了的她清醒了一些。在她前面几英尺远,奥格雷迪尔穿过正在路口跳《大河之舞》的爱尔兰舞者。卡桑德拉冲进大街,一脚踩进一摊酸橙绿色的呕吐物上,然后又差点撞上节日彩车,彩车发出尖锐的紧急刹车声。假矮妖们和本地选美小姐们,正朝人群挥撒绿珠子和铝箔包装的巧克力金币,他们冲她大声叫喊,让她别挡路。

"对不起!"卡桑德拉羞怯地喊回去,"让一下!"

在穿过游行队伍阻挡的大街时,尽管顾不上围观者的嘲笑,她还是暂时找不到奥格雷迪尔了,紧接着,她发现他趾高气昂地走在人行道上,背对她向别处走去。她加快速度迎上去,弯下腰,从后面抓住他。

[①]哈莉·奎茵,美国漫威漫画中的超级反派,最初是精神科医生,因为在工作中爱上了哥谭市传奇罪犯小丑,便也打扮成女小丑模样,成为极度疯狂的重犯。——译者注

"我告诉你了!"她说,"你不可能再轻易地从我手中溜走!"

"嗨,你想要我,宝贝儿,你抓到我了!"

她抓住的人转过身,露出另外一个不怀好意的小矮人面庞,是那种人类世界的小矮人。他毛乎乎的红胡子是用橡皮圈戴在脸上的,橡胶尖耳朵也和真的一样。他喘息间散发出威士忌的酒气,期待地嘟起嘴:"来吧,亲一个,宝贝儿!"

卡桑德拉立刻抽回了自己的手。

"抱歉!认错矮妖了!"

"嘿,你去哪儿,红发美女?"当她抽身远离他时,他大声抗议,"你可记得人们常说的,好东西不在个头大小!"

她没管那位失望的"矮妖",急忙在人群中搜寻真正的奥格雷迪尔,但她周围密集的庆祝活动阻碍了她的自由行动。简直就像再一次在数千平方英亩的三叶草草地上寻找一株四叶草!

"他去哪儿了?"贝尔德和其他队员追上卡桑德拉,"他又逃脱了?"

"我不知道!"卡桑德拉在寒冷的天气中瑟瑟发抖,抱紧自己取暖,"也许吧。"

"他一定在什么地方,"斯通说,"他不可能凭空消失。"

"你的意思是,像报丧女妖那样?"伊齐基尔指出。

卡桑德拉认为奥格雷迪尔不可能这样忽然间隐身,至少在她还戴着四叶草时他做不到,但她担心他借助满大街的欢庆游行场面,用最古老的方式溜走了。她忽然想到,这种场景,好像矮妖又一次被圣帕特里克给救了……

会不会呢?

一声如警笛一样悠长的哭嚎传来,报丧女妖再次出现,掠过图书馆员们的头顶低矮地飞行。吓了一跳的旁观者欢呼叫好,对着空中指指点点，很明显，他们以为空降的幽灵也是游行的一部分。游行的马匹惊恐万分，用后腿站立起来，差点甩掉骑马人。卡桑德拉跟在报丧女妖身后，感到一阵寒意袭来，她忽然想到一种可能。

"她在追格雷迪……芬巴尔……管他呢！"若是幸运的话，这一顽固的幽灵追寻到了矮妖的踪迹，能引领他们找到他，前提是他们能跟上报丧女妖。"跟着报丧女妖！"

* * *

全完了，格雷迪如此担心。

远离故土多年以后，他最担心的事还是出现了：报丧女妖最终找到了他。他早知道不应该再到酒吧露面，今晚他真的最好明哲保身远离那个地方，但是，最后，他仍是不忍心留可爱的布丽奇特一个人在那，无人照看，尤其是她饱受他作孽后果的时候。

她是位善良、勇敢的姑娘，毋庸置疑。她不应该为我的罪过受难。

这就是报丧女妖一直以来的意图吗？他怀疑。吓唬布丽奇特逼迫自己现身？如果是这样，那这个狡猾的迂回策略确实奏效了。

他急奔过拥挤的街道，感觉自己像被好几条猎狗追逐的狐狸，这时，当他尽力想弄明白自己的诡计和周旋如何失败的时候，他想起了悲伤的过去。无疑，那个女魔头——西贝拉夫人可能会说他最终失败的原因是太感情用事了，她这么说是因为她没有心，没有任何感情。她永远不会明白血脉亲情的牵绊会延续几个世纪，一路横跨大西洋来到新大陆。

酒吧里另外那位布里吉特又是怎么一回事？当然根本不是

"堂姐",格雷迪太知道红发姑娘的真实身份了,即使千百年来他再也没见过她。当年她还是个小女婴的时候,他把她从摇篮里偷出来,放了一个换生灵到她的位置,为了隐藏那个在山上差点被毒蛇兄弟会杀害的换生灵,不让毒蛇们找到,真正的布里吉特被送到仙境地下世界抚养了,但她什么时候,又是如何来到美国的,他也不知道。

此时此刻,她来到这里又是出于什么缘故?

在他奔跑逃命时,这些问题困扰着他。很快,他又沮丧地发现整个城市都拥堵着喜气洋洋的欢庆人群,大街上的喧闹为他提供了很好的掩护,但也阻碍了他逃脱的速度。他现在的住所隐藏在林肯公园里一棵令人敬畏的大橡树下,但他能在各方追逐势力抓到他之前到达公园吗?这是个问题,不是吗?

一声令人恐惧的哭声尾随在他身后,不用想都知道他跑得不够快、不够远。他扭头看过去,是报丧女妖,这回外表是哭泣的母亲,在很多凡人欢庆者头上滑翔,还有图书馆员们紧跟在她后面。不依不饶的幽灵逐渐逼近他,她双手渴望地伸向他。她灰白的裹尸布在身后飘荡,仿佛一条彗星尾巴,也是另一厄运的征兆。格雷迪感觉古老的诅咒就近在咫尺,被满世界不受约束的暗野新魔法唤醒。哎呀,当他把那些古老的黄金赠送给布丽奇特的时候,没料到这些金币会引来这么强有力的报丧女妖,因为现在地脉的魔法暗流比千百年前更强大。

"闪开!"格雷迪对挡在他逃跑路上的懒散行人说,"让我过去!"

"有什么好着急的,小老头?"一个举止粗鲁的醉汉嘲笑他。醉汉脸上涂满了绿色,他头戴一顶荒谬的毛毡帽,怪诞样子简直是对爱尔兰古老神话的亵渎,格雷迪真恨自己今天带去酒吧的是小提琴，而不是一根橡木棍。当这个白痴看到靠近过来的报丧女妖时，手里的廉价啤酒从瓶子里倾泻出来，"哇哦，看看这恐怖的特效！"

报丧女妖朝格雷迪降下去，格雷迪以为自己插翅难飞了，但那幽灵降下来的高度足够让卡桑德拉够到，于是，卡桑德拉跳起来，抓住了报丧女妖飘逸长袍的衣边。

"放过他！"勇敢的爱尔兰女孩大声喊，"我先抓到他的！"

报丧女妖愤怒地尖叫起来，导致满街的人都捂起耳朵，但卡桑德拉是图书馆员，绝不松开女幽灵的衣服，即使衣服连带她也升到半空中。

"哎呀！"

女孩死死拽住报丧女妖，当女幽灵实体化以后足够结实到能让她抓得住，一路将她带到一层楼那么高的空中。幽灵怒号着，愤怒地看了一眼卡桑德拉，然后消失了，徒留图书馆员两手空空，只抓着一缕薄雾。卡桑德拉朝下面拥挤的人行道坠落，她尖叫起来，几乎和报丧女妖的哭声一样嘹亮。看到这一幕，格雷迪的心一揪。

不要啊，又一个因为我的罪过而受难的姑娘！

"她掉下来了！"贝尔德叫喊。她和斯通、伊齐基尔急忙冲上前去接卡桑德拉，及时钻到她的身体下面。一些勇敢的行人也加入救人行列，搭建起人力承托网，缓冲了卡桑德拉的坠落，保护她免受摔到人行道上的硬撞击。她坠落进施救者的胳膊中，其中包括贝尔德。"接住你了！"

当卡桑德拉被轻柔地放到地上站起来时，她还惊恐地喘着粗气："我得记住，下次可别搭报丧女妖的顺风车了！"

"好像这种状况会经常发生似的。"贝尔德打趣。

伊齐基尔耸耸肩:"很明显,我们还没搞定报丧女妖呢。"

"真希望已经搞定了!"斯通说,"我的耳朵就能好好休息了——布丽奇特也是。"

格雷迪小心翼翼地看着图书馆员们。他很高兴地看到卡桑德拉在莽撞地与报丧女妖纠缠后还平安无事。小矮妖知道自己最好不要在这里逗留太久。

图书馆员和他们的守护者停下来,确定卡桑德拉只是呼吸不匀而没受其他伤害,这时,格雷迪趁机重新开始了他不顾一切地逃跑,逃开人类和其他追踪者。没完没了的人群让他感到自己像传说中的智慧鲑鱼①,逆着河流向上游去,所以,他选择朝一条狭窄的小巷跑去,希望能寻觅一条人少的逃生路线。

然而,事实证明图书馆员和报丧女妖一样锲而不舍。他们留意到他的逃脱计策,追赶着跟随他跑进小巷子,丝毫不打算放弃他们的目标,如同千百年前伊拉斯谟、黛德丽和虔诚的帕特里克那样。格雷迪体会到历史在重演,他又夹在图书馆员和毒蛇兄弟会之间了,现在一心复仇的报丧女妖为他已经混乱得成一锅粥的局面添了一勺热汤。

"回到这来,格雷迪!"贝尔德叫喊,"我们只想和你谈谈!"

格雷迪不敢冒险。图书馆员是好心,毫无疑问,但他们也有自己的目的,而他不敢拿自己的性命来赌。他们无法保证他安全地躲过报丧女妖或者毒蛇兄弟会,所以,他不能冒险被他们暂时扣留。逃跑和躲藏是他千百年来安然无恙的法宝,自从他偷了那

---

① 智慧鲑鱼,爱尔兰传说中的一种生物,传说菲奥(Fionn)向渊博的导师芬尼格斯(Finnegas)询问如何增长智慧,芬尼格斯告诉菲奥,鲑鱼(Salmon of Knowledge)是集智慧为一体的食物,并告诉他如何捕获、享用鲑鱼,最终,菲奥通过自己的思考成为有智慧的诗人、战士和领袖。鲑鱼是洄游动物,洄游过程中要克服非常大的阻力,逆流而上,有时需要跳过水潭、瀑布等自然险阻。——译者注

该死的魔法锅……

躲避是逃亡者唯一的救命稻草。

无论如何,慌乱的追逐对他产生了严重影响。他越来越喘不上气来,脚步也变得深一脚浅一脚。人类的大长腿让他们有得天独厚的优势,所以他们和他的距离越来越近。不过,巷子尽头再次朝他招手,催促他赶紧跑过去。

"让我走吧!"他恳求道,"看在上帝的份儿上!"

"不行!"斯通喊回去,"所有事情都是因你而起……还有你的锅!"

不是我的锅,格雷迪心想,从一开始就不是。

可是,现在还不是同他们讲他悲惨故事的时候,尤其是现在全世界都追在他身后,或许可以说看上去是这样。仅仅超过图书馆员们几步远,他冲出小巷子,抬头看看路的两边,猜测该往哪个方向跑。令他灰心的是,这些街道看上去和游行大街一样拥挤。根本没有一条清晰的逃跑路线出现。

若是能向自己许愿要点幸运就好了!

再熟悉不过的哭声从头上传来。他警觉地抬头,看见报丧女妖又朝他扑过来。厌倦了被追逐和被猎捕,小矮妖一时间轻率地决定:就让报丧女妖为他召唤来亡灵马车吧。至少他终于不用再提心吊胆过日子了……而且,也许报丧女妖会放过可怜的布丽奇特吧?

忽然间,一辆线条优美的黑色加长豪华轿车紧急停在他面前。客座门被打开,一位顶着荧光绿头发的女孩冲他大喊:

"进来!快点!"

格雷迪犹豫了一会儿,所有担心忽然间都被能见到明天清晨的诱人期盼驱除。不是有个说法吗,暴风雨中,任何港口都是好避难所……

他冲进豪华轿车的后面，落座在不知名施救者旁边的黑色皮椅上，她立刻关上他身后的车门。头顶上，报丧女妖沮丧地怒号起来，随着汽车加速离开路边，驶入大街，充满恶意的幽灵被甩在后面。报丧女妖那令人毛骨悚然的哭声逐渐消失在远处，格雷迪终于放松地缓了一口气。

"太感谢你了，小姐，"他说，"你真是我的救命恩人，不管你是谁。我真的感激——"

他的声音忽然间顿住，因为他看到了坐在他们对面的人：毒蛇马克斯和他的残忍保镖。

"等一下！"格雷迪扯着嗓子喊，但太晚了，他发现自己刚跳出油锅又掉进火坑。他急忙站起身想去抓车门，结果只感觉有什么冰冷的金属"咔嗒"声从他手腕处传来。银手铐困住了他，就像千百年前那个荒凉的月夜中，西贝拉夫人和她手下扭过他手腕绑住他的银绳。而这次，不会有图书馆员来救他，因为他们也被他落在身后。这次，唯一的获救希望被他自己远远甩在了身后。

当我再次需要圣帕特里克的时候，他在哪里？

豪华轿车加速在夜晚穿行。格雷迪的心沉了下去。

"我们又见面了，奥格雷迪尔先生。"马克斯露出胜利的得意笑容，"抱歉之前没有认出你，但那是你的障眼法欺骗了我。"

女孩摘去了绿色假发，露出完全不自然的粉色头发。"对不起，我们只能绑着你，"她道歉，"但你一定不相信我们找了你多久了。"

"还有我的锅。"格雷迪苦闷地说。

"那当然，"马克斯说，"而且，现在，你要告诉我们：你到底把锅藏在哪儿了？"

25

附件馆

"然后,轿车就开走了,"卡桑德拉说,"把矮妖带走了。"

"哦,天哪!"詹金斯听了从芝加哥带来的消息担忧地说。图书馆员们和他们的守护者回到附件馆,汇报了这次不祥的转折点。"恐怕我们可以认定,奥格雷迪先生实际上已经落入毒蛇兄弟会的手中了,这就给给他们进一步获取黄金锅增加了筹码,若是他们还没有到手的话。"

"但他手里的这口锅有什么特别之处?"斯通问。他不安地在附件馆里来回踱步,很明显为敌人夺去了矮妖而沮丧,"这口锅为什么会如此重要?"

"这还是个疑问。"詹金斯说。他的办公桌上堆满了从爱尔兰收藏馆拿来的大部头书和古卷,"我会继续沿着这条线索调查的。"

"至少蹲点监守不算一无所获,"贝尔德说,"我们现在确定了格雷迪就是奥格雷迪尔,极有可能和在圣帕特里克时与毒蛇兄弟会发生冲突的矮妖是同一人。"

"还有,我们也知道了相比布丽奇特,报丧女妖似乎对格雷迪更感兴趣。"伊齐基尔说。他和现今大多数人一样在玩弄自己的手机,"当他暴露身份以后,她就不顾一切地追着格雷迪跑了。"

布丽奇特和布里吉特都选择留在酒吧,忙活应付节日的疯狂人流,即使报丧女妖再次出现也没见客流减少,若说真有什么影响,只能说好奇的人们都因为传言所说的真正矮妖和报丧女妖出现在此,于是都蜂拥来到"黄金之锅"。尽管先前发生混乱,布丽奇特估算今天仍是有史以来圣帕特里克节利润最丰厚的一天,而且还有魔法门,能保证若是出现紧急情况,图书馆员们可以通过接个电话的工夫就返回芝加哥。但詹金斯宁愿相信毒蛇兄弟会将放过布丽奇特,因为现在毒蛇们已经抓到奥格雷迪尔本人了。他们已经得到了他们一直追寻的,至少是一部分。

对于报丧女妖来说……

"根据你所说的,"詹金斯说,"听上去好像报丧女妖的最初目标就是逃脱的奥格雷迪尔先生。"

"我猜是很久以前有人用报丧女妖诅咒了格雷迪,"斯通说,"为了毒蛇兄弟会追寻的黄金锅相关的什么事而诅咒他。"

伊齐基尔窃笑:"抱歉。只是一想到用错误的方法拿到手,听上去太搞笑了。"

"但愿毒蛇兄弟会只是追求逍遥草这种娱乐性毒品,"詹金斯说,"但若不是更宏大、更邪恶的计划的话,他们不会如此锲而不舍地追逐他们的目标。"

"也许那口锅里的黄金有什么特别之处,可能有奇特的魔力?"贝尔德推断,"也或许黄金能指引他们找到世界上其他隐藏的魔法物品?"

"你的推论都有道理,"詹金斯说,"尽管我们应该更小心点,不要偏离正途,走到错误路线上去。"

"那我们现在都有什么线索?"卡桑德拉焦虑地问,"毒蛇兄弟会抓到了格雷迪,也就意味着可能拿到了他的锅。我们是不是要做好准备迎接爱尔兰式世界毁灭?"

"也许,"贝尔德说,"但我们不确定他们现在是否拿到了那锅。也许格雷迪能拖延或者抵抗敌人,让我们先找到他的锅呢?这就是我们常干的,不是吗?在坏人之前找到魔法物品。"

詹金斯钦佩她的胆识和永不言败的气度。或许早年在卡米洛特①,我们能利用上她,他想,若是有贝尔德上校整肃圆桌骑士的话,事情可能就是另外的结局了。

"按照传统来说,有两种方法能得到矮妖的黄金锅:抓住矮妖,还有到彩虹的尽头找到黄金锅。鉴于敌人已经先我们一步做到了前者,我们就得从后者入手。"

"但彩虹实际上是没有尽头的,"卡桑德拉反对,"它们只是太阳光通过天空中的水滴折射出来的。它是一种光学现象,只发生在雨后刚刚转晴时,还需要太阳出现在适当的角度。碰巧,因为爱尔兰有很多时断时续的阵雨——由北大西洋低气压层引发的阵雨,它境内的彩虹比其他国家都多,又因为爱尔兰远离赤道,意味着这个国家接受的太阳光自地平线起不超过五十三度,有效地增加了彩虹出现的概率。但彩虹并不是真的接触到地面某个地方,所以根本就没有彩虹尽头这个地方。"

她停顿下来,脸上露出沉思的神情,"除非……"

詹金斯能清晰地看到她神奇大脑中的车轮在疾速转弯:"什么,基里安小姐?"

"只是一时疯狂的想法,"她说,"一旦我们有关于到哪里、

---

① 卡米洛特,亚瑟王传奇中的亚瑟王宫殿所在地,卡米洛特是追求正义、勇敢的骑士精神最集中之地,也是传说中召开圆桌会议的地方。——译者注

如何找到正确的彩虹的更好想法，或许值得一试。"

詹金斯很好奇，刚要催促她详细解释，斯通就直入正题，打断了她。

"所以，这是一场竞赛，"他粗声粗气地说，"我们需要在马克斯之前找到格雷迪的黄金锅，若是毒蛇兄弟会还没拿到手——当然，这口锅他们从5世纪就开始寻找了。"

伊齐基尔又窃笑。

"对不起，"他说，话音刚落，他没忍住，开始"咯咯"笑起来，"我真是憋不住啊！"

美国上空

伴随着私人飞机将格雷迪带离了芝加哥和图书馆，银手铐勒疼了格雷迪的手腕。在飞机奢华的机舱中，格雷迪坐在马克斯和科拉尔对面，他的小短腿悬在半空中。机舱内部装饰优雅阔气，满眼是光亮的不锈钢和豪华黑皮椅，和布丽奇特酒吧中闲适舒服的氛围大相径庭。

"亲爱的小姑娘，"他伸出被铐住的双手，恳求科拉尔，"看在上帝的份上，把手铐松一点吧。"

格雷迪觉得这个女孩比她的同伙更柔和一点，科拉尔放下手中的咖啡。她看了一眼她的领导寻求同意："马克斯？"

"一点也不行，"他一边坚决地说，一边一丝不苟地用锉刀磨指甲，"我们为了追寻黄金锅花费了太长时间，现在不能冒不必要的风险。"

格雷迪皱着眉头看向这个大坏蛋："飞机离地面这么高，我能去哪里？你是指望我能长出翅膀来，我就可以自己飞走了？我是个矮妖,又不是天兵一族!"

"很可能是这样,"马克斯承认,"但你们矮妖是出了名的诡计多端。你领我们找到黄金锅前,你要一直被捆绑住,就这样,不用再说了。"

"然后呢?"格雷迪问。

"呃,然后就要看你是否合作了,我猜,"马克斯说,"但我经历过太多次你们施展的诡计,所以我会用一根皮带紧紧捆住你,我认为你一定会理解我的做法。"

科拉尔冲他露出一抹苦笑:"真是抱歉,奥格雷迪尔先生,但马克斯是对的。有太多不确定的因素了,不能冒险。"

"好像我不知道似的,"格雷迪阴郁地说,"真是可惜。"

"似曾经历"不是爱尔兰的常用短语,但格雷迪现在切身感受到这个词汇的含义。他目光落在前边铺着厚垫子的长沙发上那枚漂白的头骨。凡人生命已经过去了好几代人,但格雷迪一眼便从那恶毒的尖牙认出了西贝拉夫人,那两颗毒牙加剧了头骨笑容的邪恶程度。当他回忆起很久以前这两颗毒牙差点就杀死某位图书馆员时,他不禁打了个冷战。好像尽管与很多他的亲人和同胞一起移民到了新世界,时空仍然不能阻止他的过去最终找上门来。历史会重复过去的事情。

"给你个忠告,"他对马克斯说,"你最好明智地掂量一下你选择的路。"他朝恐怖的头骨扬头,"很明显,她追寻不到的事情,你现在来接力。"

"我要碰碰运气,"马克斯自以为是地说,"数千年来,毒蛇兄弟会沿袭至今,不会因为一两次挫折就放弃,即使需要花费一千五百年才能完成我们很久以前追求的事业。"

格雷迪咄咄逼人地瞪着抓住自己的人:"你就和她一样鲁莽、

狂妄,我诅咒她黑暗的灵魂永远得不到安宁。"

科拉尔面对他严厉的言辞和语气有些退缩,但马克斯只是得意地笑了。

"我会把你的话当作是种赞扬,"他说,"你最好还是祈祷如此横渡大西洋不是在浪费我的时间。"他的语气充满冰冷,本性开始透过他的优雅举止显露出来,"若是我们竹篮打水——白费力气的话,你的下场不会好过。"

"绝对没有这种事,"格雷迪说,"我被束缚住了,而且不止一种形式,只要你还关押着我,我就会带你去找到我的宝贝。那口锅远在神圣的爱尔兰,藏在远离你们这种人的地方……至少,我希望它还在那里。"

他没有说谎。当他1850年最终要离开爱尔兰时,他只带走了大量金币以备不时之需,而将锅留在了故土,自从圣帕特里克山那决定性的夜晚之后,锅就被安全地藏了起来,再也没有人能找到那地方。他当然希望锅始终留在那里,无人染指,一直到时间荒芜。

"但为什么要把这么一件宝物留在故乡呢?"科拉尔问,"我还是不理解。"

"为什么?"格雷迪重复,"因为我从不想从那口锅里得到任何东西,自从一千多年前你们的西贝拉夫人逼迫我为她偷来那口锅之后,它给我带来的,只有痛苦。最好是将它封存起来,远离人类世界和不死的妖精,而不是冒险将它和我的其他私人物品一起运送到大洋彼岸。"

马克斯仍旧在磨他的指甲:"若它成为你的累赘,我们很乐意从你手中接管它。"

"你就是想要它,对吧?你这个花哨轻浮的混蛋!"

"但你不能用魔法'嗖'的一下就把它变过来吗？"科拉尔又问。"或者许个愿直接把我们带去爱尔兰？"

"穿越广阔的大洋，到达地球的另一端？"格雷迪心烦地干笑了两声，"你以为我有这么强大？你太抬举我了，小姐。我只是个卑微的小提琴师，又不是至高无上的达努神族一员。若我能一眨眼间就穿越大半个地球的话，多年以前我为什么还要在船舱里忍受漫长的远洋航行才到达美国的友好海岸？"他摇摇头，"如果你们想要那口该死的锅，我们就得回到这个漫长、悲伤的故事开始的地方——拥有碧绿高山和峡谷的爱尔兰。"

"你说得够清楚了，"马克斯说，"虽然也有点绕弯子。不过，我想，一趟飞行时差是经过这么久终于得到黄金锅的很小代价。"他妥协地叹了口气，然后回到自己的座位上，期待起漫长飞行结束后的事，"祝贺你，小矮人。看上去好像你终于可以回到故乡了。"

格雷迪倒是希望想起这点时，自己的高兴多过恐惧。

26

附件馆

"我们需要线索,"斯通说,"哪怕只有一条线索,能指引我们找到格雷迪的黄金锅就好。"

他不耐烦地在办公室里来回踱步,心心念念地想着毒蛇兄弟会已经抢先他们一步——假设马克斯和他的余党实际上还没得到那口锅的话。贝尔德的猜测是对的,他们需要找到幕后隐藏的魔法器物,这是图书馆员们一向擅长的,但他们仍需要找到个开始的突破口。这个世界很大,若是论起遗失国度和秘密坟墓的话,这世界要比大多数人意识到的更大。根据他们已知的情况来看,黄金锅可能在任何地方。

"那枚从酒吧拿来的金币怎么样?"伊齐基尔问,"就是那枚我巧妙地从马克斯身后拿到手的金币,你们不是推断它直接来自格雷迪的锅么?"他忍住自己的"咯咯"傻笑,"对不起,你们不会再听到了。"

"再忍一点,"贝尔德说,"不过你的主意不错。"她转身问詹金斯,之前是由他来保管金币的,"詹金斯?"

"如你所愿,上校。"

他打开自己办公桌上了锁的抽屉，取出闪闪发亮的金币，将金币递给图书馆员们一一轮流查看。

"这是枚全金的金币，"伊齐基尔咬了一口后如是说，"若是假货我一眼就能认出来。"

卡桑德拉用一张纸巾擦拭好金币，然后用她最喜欢的魔法探测仪检查起来，探测仪立刻"嗡嗡"震动，发出"哔哔"的提示音。

"这金币确定无疑散发出某种魔法能量，但这不足以告诉我金币是从哪里来的，也无法提供黄金锅里其他金币在哪里的线索。"

她把金币递给斯通，斯通盯着硬币浮雕上头戴王冠的天神或者国王，陷入沉思："呃，这种艺术形式绝对属于凯尔特原住民，所以可以推测，这枚硬币极有可能是在爱尔兰铸造的，应该是在5世纪之前，恰好是黄金锅最后出现的时候。"

"也就是奥格雷迪尔带着它消失，然后躲藏起来的时候，"贝尔德点点头，说，"还有什么吗？"

"现在我还看不出来有什么，"斯通嘟囔，"太糟了，这上边没有刻下铭文之类的。"

"你确定吗？"贝尔德问，"那种古老的语言——欧甘字母——你不是说它通常是被写在物体边缘上？"

"没错！"斯通用起茧的手指摸着金币的边缘，边缘不过两毫米厚。难道是他的想象？还是他的确感觉到了金币侧边有某种微小的"V"形刻痕？他的心脏因为兴奋跳得更快了，"谁给我拿个放大镜来！"

"来了！"

卡桑德拉连忙从一张古桌上拿到一柄放大镜，然后飞奔回到斯通身旁。她和其他人都越过斯通肩膀仔细盯着，斯通用放大镜近距离观察金币的边缘，就在那里，没错，他看到了显然是欧甘字母的刻痕。这些刻字太小了，肉眼观察不到……但说不定是由小矮人写出来的，所以格外小？

"你说对了！"他说，"有什么东西写在上面。"

"格雷迪写的？"伊齐基尔问，"作为哪里能找到其他金币的线索？"

"有希望，"贝尔德说，"写的是什么？"

"给我一分钟时间。"斯通尝试翻译古字母的信息时，用手缓慢地旋转金币，"我需要找到铭文的起点在哪。"

詹金斯走上前："若需要我的帮助……"

"多谢，"斯通说，感激他主动帮忙，"但自从上次去过爱尔兰后，我就复习了欧甘字母。我觉得我能读出来。"他在脑中重新校对一遍译文，然后才大声读出来上面的意思：

"以天堂的力量……以岩石的坚固，我今日出现。"

"又来这套？"伊齐基尔挠挠脑袋，"为什么隐藏的信息总是这么晦涩难懂呢？为什么这些古老宝物的收藏人就不能把他们的线索留得清晰易懂呢？哪怕有一次呢，像具体的GPS坐标不行吗？"

"我觉得那样的话，就没意义了啊，"卡桑德拉说，"隐秘的信息就应该是测试、谜题，只有最聪明和最博学的人才能解开，这样就不会随随便便让无关的人把宝物拿走。"

"管它呢，"伊齐基尔没有被说服，他"扑通"坐回椅子上，"我还是觉得古代人就是时间太多了，大概因为那时候还没发明电视机和计算机游戏。"

"专注，伙计们，"贝尔德说，"'以天堂的力量，以岩石的坚固'——我们能从这两句联想到什么?"

"这很简单。"斯通说。当他翻译的时候,他已经认出这句话引自哪里,"这些话是著名爱尔兰传教士——圣帕特里克的经典语录,据说是用来驱逐黑魔法和巫术时的用语。"

"也是驱逐毒蛇时的?"贝尔德猜测。

伊齐基尔耸耸肩:"这有什么区别吗?"

"这么看来是没什么区别,"詹金斯说,"毒蛇兄弟会使用的任何魔法都归属于最黑暗的魔法。"

斯通从永生的看管人口气中听出了千百年的可怕经历。他猜想詹金斯究竟见过多少次毒蛇们仰起他们恶毒的蛇头,又有多少人在图书馆和毒蛇兄弟会永无止境的斗争中牺牲。据斯通了解,弗林之前的图书馆员前辈——爱德华·怀尔德曾经被毒蛇们腐化,与图书馆为敌,最后结局悲惨。

"又是圣帕特里克,"贝尔德留意到,"也许黄金锅所藏之地和这位名垂青史的帕特里克有关?"

"嗯,很明显这就缩小了范围,"詹金斯干巴巴地说,"就爱尔兰本地来说,就有无数个据说和帕特里克有关的遗址和圣地。的确,在朝圣者和朝圣之旅盛行的年代,任何爱尔兰修道院或者小教堂都值得声称帕特里克是它的建造者,就像纽约城里的所有雷恩比萨店① 都声称自己是最初的'雷恩比萨'。"

"嗯,我们没有时间去爱尔兰所有的遗迹搜寻黄金锅。"她先发制人地冲伊齐基尔摇起一根手指,"不要再偷笑了。"

他点点头,按住下巴绷紧脸。

"也许应该从其他角度找到那个地方,"卡桑德拉说,凝视着

---

①雷恩比萨(Ray's Pizza),美国纽约最常见的比萨店名称,口碑较好。——译者注

后门上面的地球仪,"我们知道格雷迪,也就是奥格雷迪尔,似乎照顾布丽奇特家族好几代。她家的家族传说称,很久之前有位矮妖给他们提供了黄金,资助他们在芝加哥开立酒吧,当酒吧和布丽奇特再次陷入麻烦时,他现身提供了更多的金币。"

"还有,当马克斯第一次出现时,格雷迪保护了布丽奇特,后来是报丧女妖,"斯通说,"尽管他冒着身份暴露的风险,还是把报丧女妖从布丽奇特身边引走。"

"因为她是换生灵的后人,"卡桑德拉提醒他们,"而且她身上还流淌着矮妖族的血脉。极有可能,布丽奇特和格雷迪之间存在某种未知的联系。"

"有道理,"贝尔德说,"但这些怎么帮助我们知道黄金锅?"

"顺着家族传承的脉络,追溯布丽奇特的祖先,"卡桑德拉说,"若我们能找到她家族人从爱尔兰哪里移民到这里的,再交叉对比当地有关圣帕特里克的历史古迹,我们就能找到该去什么地方寻找黄金锅了。"

"这是很细微的线索,"斯通说,"但这是我们能找到的最佳突破点了。我立刻联系布丽奇特,然后问问她家族祖先从爱尔兰哪里来的。若是幸运的话,她或许知道家族祖籍地的具体细节,也许是一个城镇,也许是一个村落,也许是他们离开启程的港口,任何在古老的土地有牵绊的名字都行。实际上,我想我记起来在芝加哥酒吧里,我看到过一张用相框镶嵌的爱尔兰小村庄的黑白照片,就挂在吧台后面的墙上。或许是家族传承下来的?"

贝尔德赞同地点头:"听上去像个计划。我只是希望毒蛇们没有比我们先到达。"

"他们能吗?"詹金斯问,"别忘了,上校,我们有一件他们没有的利器——魔法门,它能相对缩短去爱尔兰的时间。这一优势也许会让你们追赶上对手……或许还能赶超他们。"

"那我们还等什么呢?"贝尔德问,"准备好魔法门,詹金斯。我们这就启程去爱尔兰。"

27

爱尔兰，巴里卡里克

废弃的修道院残址坐落于峻峭的山顶上，俯瞰一座偏僻的小村落，小村庄看起来古香古色，又惬意自在，若你喜欢那种原始村庄的话。伊齐基尔偏爱那些更时髦、更刺激的地方，但你能有什么办法——魔法遗物总是隐藏在荒无人烟之处，这种人迹罕至之地完全符合条件。剥落的石墙和墓碑散落在潮湿的碧绿草地上。世界的这一边，黎明还要几个小时才到，所以遗迹这里漆黑阴冷。手电的光束补充了微弱的月光。

"哇哦。"斯通瞻仰起眼前的碎石破瓦，好像这里是泰姬陵，"你还能从这些残余部分看出主教堂、食堂这些建筑物。看看这里，是真正的十字架碑，历经千百年还站立在这。"他指着一座明显是凯尔特风格的石头纪念碑，欣赏地吹起口哨，"想象一下，在中世纪黑暗时代，这个地方该是多么壮观啊，那时它还是一所活跃的修道院社区，吸引了各地的虔诚学者和抄写员来到这里。据说，是爱尔兰的修道士帮助拯救市民保存、抄写无数书籍和古卷，否则这些古籍就会在罗马衰落之后遗失。"

"你说什么都行，哥们儿。"伊齐基尔不以为然地说。无聊的遗址和雕塑是斯通的心头好。伊齐基尔只想尽快找到锅，然后回到室内有排水系统、有夜生活和比萨店的地方。来爱尔兰两次了，他心里埋怨，竟然都和真正的城市不挨边。

贝尔德扫视一圈周围："没发现毒蛇们。"她抬起头看向乌云密布的夜空，"也没有彩虹，真不幸。确定这里是正确地点吗？"

"这里是我们的最佳选择。"斯通指着下面沉睡的小村落，它刚好坐落于爱尔兰中部地区，"在征询过布丽奇特关于她家族的历史后，我在图书馆做了点研究作业。确实花费了点精力和时间，但这个叫巴里卡里克的地方不仅仅是布丽奇特祖先的故乡，还的确和圣帕特里克有关联，据说圣帕特里克在5世纪时创建了这座修道院。实际上，传言称，其中一位爱尔兰奥尼尔家族的族长早年正是在这里接受洗礼的。"

斯通转过身，指着那道图书馆员们刚刚踏出来到这处遗址的石拱门。拱门只留下西南边缘的坍塌门房。一个身着三叶草纹饰长袍的浮雕人像刻在拱门上方，他剃光的头上有一个石头做的光环。

"那是帕特里克，"斯通说，"你可以从三叶草纹饰上看出来，他用三叶草向不信教的民众介绍基督教中的三位一体理论。一朵花，三片叶子——很简单吧？"

"我相信你说的，"伊齐基尔说，"但是，不是爱尔兰每个教堂、墓地、水塘、许愿池都声称和圣帕特里克有关吗？就像美国许多地方都标榜'乔治华盛顿在此安眠'。"

"在某种程度上是很像，"斯通承认，"但如果你把布丽奇特、金币上的刻痕、圣帕特里克放到一起，你最终得到的就是这个地方。除非你有更好的想法？"

"没有，"伊齐基尔说，"我只是想确定我们始终都没搞错，虽然听上去从我嘴里说出来有点搞笑。"

"总得有人说出不好听的话,"卡桑德拉说,"只是这次可能就轮到你了而已。"她背后鼓囊囊的背包里装着从附件馆带来的特殊设备。她抬眼看了一圈四周占地有几英亩的古迹,叹出一口气,"不过,你觉得锅会在哪里?"

好问题,伊齐基尔想。他看向周围,发现许多遗留在此地始建于中世纪鼎盛时期的建筑沙石和坍塌痕迹,千百年来战争和侵略已经将这个地方变得破碎不堪。有时,一面仍站立的墙或者拱门,也许就是过去仓库、图书馆、小教堂,或者其他你能想到的一般老派修道院会有的全部建筑残留物。一座损毁的大教堂很久之前就没有了屋顶,现在只剩破败的石头外壳。遍地的古旧墓碑和石板标记出几代修道士的最后安息之处,他们早在伊齐基尔的故乡——澳大利亚还被罪犯们占领之前,就已经摆脱了尘世的烦恼。圆柱形的瞭望塔耸立在遗址上,但伊齐基尔猜,不会再有人到塔上监控是否有可疑的劫掠者前来。

从遗址的毁坏程度上来看,很久之前这座修道院曾十分兴旺,后来就被完全废弃了。这里任何值得被偷的东西都被维京人或其他人掠夺走了……当然,也许某个黄金锅留下了?

"你的问题难住我了,"他回答卡桑德拉,"这里有太多地方可以藏匿或者埋起一口古老的锅。我甚至不知道该从哪里找起。"

"那座塔,"斯通自信地说,大步向前走去,"爱尔兰这种碉堡传统上常常被称为'岩石',就像凯舍尔岩石[①]或邓纳玛斯岩

[①]凯舍尔岩石,位于爱尔兰境内的著名宫殿,始建于12—13世纪。传言圣帕特里克将恶魔撒旦从山中洞穴驱逐出去时,岩石飞到了凯舍尔地区,明斯特国王将宫殿建设在该岩石上,史称"凯袖宫",后来凯舍尔岩石也指凯袖宫。传言明斯特国王正是在凯袖宫正式皈依了圣帕特里克的天主教。——译者注

石①。那座塔呢？这附近的人都叫它巴里卡里克岩石。"

贝尔德想起之前的："以天堂的力量……以岩石的坚固，我今日出现。"

"太好了。一块由圣帕特里克建造的宗教遗址上登天堂的'岩石'。"斯通引领大家朝高塔走去，"另外，这种圆柱形的高塔一般都是特意建造用来保护珍贵文物或者古籍免遭抢劫团伙袭击的。当遇到袭击的时候，一般修道士会把他们珍贵的宝贝藏在这里。"

"珍贵的宝贝，"伊齐基尔重复，"或许就像一口特别的黄金锅？"

"我也是这么认为的，"斯通说，"尽管我仍希望我们已经知道这口锅到底有什么特别的地方了。"

"要事第一，"贝尔德说，"詹金斯已经在查阅书籍研究这个问题了，但我们的首要任务是在格雷迪领马克斯及毒蛇兄弟会一伙人之前拿到锅。我们可以稍后再去搞清楚他们为什么要追逐它，但愿能这么顺利。"

卡桑德拉抬头看了看高塔，看上去大约有一百英尺高："要搜寻的地方似乎还是很大。我猜测我们要找的地方，是个秘密隔间或者密道，也许还有一两个致命的机关陷阱？"

"也许是，"斯通说，"这座塔的外墙至少有一米厚，有太多空间足够藏起一口锅了，而且，谁知道塔基下埋着什么东西呢。"

"不会吧？"伊齐基尔笑了一下，摩拳擦掌，"有隐秘的宝库等着打开？这绝对是我期待的。"

---

① 邓纳玛斯岩石，爱尔兰莱伊什郡的岩石城堡遗址，现存是一块居高临下的巨石，城堡的断垣残壁立于岩石上。城堡曾是天主教徒静修之地的教堂社区，后来成为维京人抢夺的目标，后来又被盎格鲁诺曼人侵占，成为破败的遗迹。——译者注

他们来到高塔下,一段破旧的石阶引领他们来到前面入口,入口就已经比地面高出十英尺了。图书馆员们在台阶下停住脚步。

"为什么这么高呢?"伊齐基尔问。

"有很多原因,"斯通解释道,"从结构上来说,你把门口建得高点可避免整座塔的地基不稳。从防御角度来说,高门口让强盗没那么容易进入——"

伊齐基尔暗自责备自己又给斯通一次机会侃侃而谈他最爱的古老建筑。以这种速度,他们永远都找不到黄金锅。

"就看我怎么进去啦!"他打断斯通的话,然后飞奔上台阶进入昏暗的高塔里面。这座塔的屋顶已经没有了,他期待会在塔内部发现更多通往塔顶的台阶,却发现自己只站在一口高大的环形竖井中,让他想起了几年前在他短暂的军情六局[①]职业生涯中闯进过的那口废弃导弹发射井。整座高塔只是一个超大的空管子。

"真的假的?"他惊异地说,其他人也走进塔中来到他身边,"没有通往上面的路?"

"看来是没有,"斯通说,"原来的木板楼梯经过千百年的洗刷,可能被烧毁或者腐烂掉了。一般来说,爱尔兰的圆形高塔中没有台阶,而是经典的木质梯子,可以拉起阻止敌人攀爬。事实上,我想起……"

斯通的眼睛忽然一亮。伊齐基尔几乎看得见他朋友头发凌乱的脑袋上边有颗电灯泡亮起来。斯通冲出去,在通往高塔的台阶上来回走,注意力全在这些台阶上。其他图书馆员们匆忙赶过来。

[①] 军情六局,全称"英国陆军情报六局",缩写 SIS,简称 MI6,是英国情报机构,与美国中央情报局、俄罗斯联邦安全局(苏联时的克格勃)和以色列的摩萨德并称为世界四大情报机构。——译者注

"怎么了？"贝尔德问。

"这些台阶，"斯通说，"它们的出现不合理。这里不应该有台阶才对。你进入这种高塔要通过一架木梯，在紧急时能够拽起来的，就像里面的梯子一样。如果安装了真正的石阶就违背了防御的原则……除非，也许这些台阶是因为其他原因建的？"

伊齐基尔看出了斯通的言外之意："又是铭文里的意思。'通过岩石的坚固'，然后是'出现'之类的话。"他朝明显突兀的台阶扬头，"如果不是踩着这些石阶，你要怎么从这种岩石塔上出现？来自黄金锅的金币边缘上是这么写的。"

伊齐基尔兴奋地想到一种可能性。他立刻在台阶上快步小跑起来，用脚尖把台阶挨个敲一遍，同时，仔细地听着脚步声。不是这个，也不是这个，也许是下一个……

贝尔德困惑地看着他："你在干吗……跳踢踏舞吗？"

"嘘！"他在嘴边竖起一根手指，"如果不介意的话，别出声。音乐大师在工作呢。"

他耳边听到空荡的回声，那是当他踏起最后一级台阶时传来的，就在高塔入口的前面。他蹲下来，俯身将耳朵贴到冰冷粗糙的石阶上，他想着若是带一个听诊器就好了。他伸出手掌：

"请给我一块石头。"

"马上。"斯通从遍地的碎石中捡起一块，跑到伊齐基尔身边，"你有什么发现了？"

"那还用怀疑吗？"他用石头快速连续地敲击台阶上方，传来确切的回声，"你听到了吗？这个台阶下边有个中空的隔层。"

"干得好，琼斯，"贝尔德说，"那我们该怎么打开它？"

"正在想。"伊齐基尔在台阶上摸索起来，想要找到隐藏起来的什么伪装好的机关。这个时候，是发挥他第二属性——找到秘密门闩的时候了。毫无疑问,一定有个古老的锁芯等着被触发,"现在,任何时候……"

专业老练的手指探遍了每条边缘、尖角、破损之处,但什么都没发现,这让他越发焦虑。他可是伊齐基尔·琼斯,没有任何老修道士或者矮妖能比他更聪明。如果他能打开毒蛇兄弟会老巢那最新技术水平的顶级保险柜,他就一定能打开一个秘密隔间,要知道这玩意儿是在激光、动作探测仪和生物特征识别技术发明之前打造的。

但是……

"遇到麻烦了?"斯通问。

"有点,"伊齐基尔尴尬地承认,"一定有什么办法能打开这东西,但我找不到。"他用力拽沉重的石阶,迫不得已使用蛮力,但那该死的台阶没有挪动分毫。他暂时放弃了,站起身,"我猜是不是没人打包带来钻枪?"

"恐怕没人带。"贝尔德走回台阶,"也许终究,这里不是彩虹的尽头?"

"我们等等看。"卡桑德拉耸肩卸下身后的背包,开始掏出里面的东西,"之前我忽然想到也许有另外一种对'彩虹尽头'的解读。彩虹基本上的可视光谱是从红色到紫色,对吧?所以从科学上来讲,你会同意说彩虹的尽头就是紫色……或者紫外线?"

她从背包里拿出一柄便携式黑光投影仪,"我从附件馆詹金斯的工作室里借来了这个。它不是钻枪,但也许能带领我们找到彩虹的尽头,直达岩石天堂……"

伊齐基尔急忙走下台阶,避免挡在中间,卡桑德拉按下开关,将投影仪的光束对准最上面一级台阶。一束冷色调紫光照亮了那级石阶。伊齐基尔屏住呼吸,虽然不知道他等待的结果会是什么。一扇打开的秘密小门？一条密道的入口？

但没有发生任何事。

"哦，呃，"伊齐基尔说，"反正值得一试，我想。"

"等一下，"斯通说，"任何隐藏在石阶上面的东西都容易被千百年的践踏给毁掉，但台阶的前立面呢？"

"让我看看。"卡桑德拉向下倾斜投影仪，这样光束就可以落到台阶的垂直立面上。当她发现一朵浮现的四叶草时，她叫出了声，四叶草旁边还有几行胡乱刻画的线条，现在伊齐基尔认得出这些线条是欧甘字母。卡桑德拉开心的面庞如同手里的光束一样发亮，"哦，我的天，真有用！它就是彩虹的尽头！"

"说起突破思维定式去思考问题，"贝尔德说，"你们的大脑真算得上是明星了。"

"我不明白，"伊齐基尔有点不开心地噘起嘴，"为什么我的手指没有感觉到任何东西呢？"

"是魔法在作怪？"贝尔德猜。她转身面向斯通，"这上面写的是什么？"

斯通瞟了一眼新出现的线索。他只用了一分钟时间，就把欧甘字母翻译成了英语。

"意思是'幸运会为你带来财宝'。"他大声说。

"没错！"伊齐基尔说，"我幸运饼干里的签也这么说。四叶草就等于幸运，所以也许我们只需要按这里……"

他冲回台阶，来到浮雕四叶草跟前，但斯通紧随他身后，从后面抓住了伊齐基尔要触摸上闪闪发光台阶的手。他按住伊齐基尔伸出的胳膊。

"别着急，哥们儿，"斯通谨慎地说，"你知道一般防范程序的啊。我们得留心机关陷阱之类的东西。你想要把整座塔都压在我们身上吗?"

伊齐基尔仔细考虑一下他们头上赫然耸现的几十吨古塔。

"你说得对,伙计。"他缩回手,"你是黑暗时代历史的专家。你觉得按哪里?"

斯通松开伊齐基尔。他一边思考这个问题,一边挠下巴。

"我们想想。按照传统,四叶草的四片叶子依次分别代表了信念、希望、爱和幸运。所以,若说幸运会为我们带来财宝的话……"

"明白了。"伊齐基尔再次小心翼翼地靠近台阶,"介不介意我来按?"

"不用客气,你来吧,哥们儿。"

伊齐基尔深吸一口气,身子前倾,按下了代表"幸运"的那片叶子,叶子沉入石阶中,发出令人欣喜的"咔嗒"声。古老的齿轮"吱悠悠"重新转动起来,台阶上面的石板滑入塔中,露出一块隐藏的狭小隔间。

还有那口锅。

一口大铜锅静静地躺在隔间中。空锅的外沿由凯尔特艺术风格的纹饰装饰着,尺寸大到可以装下国王的一大堆金币了,照理说是这样。伊齐基尔立刻注意到有什么东西不见了。

"嘿!"他说,"黄金去哪儿了?"

28

附件馆

"目标物不是黄金,"詹金斯说,"自始至终都不是黄金。是那口锅。"

跨界电缆将复古的旋盘电话机连接到魔法镜子上,允许他不用借助任何时髦复杂的智能手机就可以和贝尔德、图书馆员视频通话,因为智能手机太容易被入侵,被窃取信息,这是他经过深思熟虑后想到的办法。他临时拼凑的装置要更加安全一些,而且还能让他远距离观察这口特殊的黄金锅,也省去了高昂的漫游费。

"锅怎么了?"贝尔德问。她身后,新挖掘出来的锅放在直通高塔的最高台阶上,"请向我们解释一下。"

一本关于爱尔兰神话和传说的厚重大部头书摊开在詹金斯的办公桌上,书上描绘了同布丽奇特酒吧拿来的金币上头像一样的凯尔特天神。同一面孔——戴着王冠,留着胡子的天神或者国王面庞雕刻在锅的外边。詹金斯暗暗责备自己之前没有早点认出这一天神。永生的问题是,人的记忆库渐渐被塞得满满当当,很难一下子就从海量的信息中提取出正确的记忆。

"它不是普通的锅,"他说,"那是达格达的魔法锅,是古爱尔兰的四大顶级宝物之一。"

"一口空锅是宝物?"伊齐基尔问,"真的吗?"

贝尔德仍然注意力集中:"它有什么故事?"

"它的确有自己的故事,"詹金斯说,"混沌时代,当达努神族刚刚来到爱尔兰时,他们将自己的故土——天上国的神秘岛屿取来的四件魔法物件也一同带来,这些宝物是:一块石头,一柄长矛,一把剑……还有一口魔法锅。"

"所以它基本上就是一口普通煮饭锅,"贝尔德说,"就像巫师用来煮巫术汤那样的锅。"

"德鲁伊特,"詹金斯说,"实际上,达格达——锅上刻有的那副面孔就是他的,正是达努神族众多全能领袖之一。他是丰产、魔法和祭祀之神。据说他永不枯竭的魔法锅是由最年长、最有智慧的德鲁伊特铸造的,能够养活大批百姓而不枯竭,所以,从没有人空着肚子走离它。"

"所以,它是一口自助餐式的煮饭锅喽?"卡桑德拉有些疑惑地说,"听上去这也不恐怖,也不危险啊。"

"从表面上来看,也许是,"詹金斯说,"但若你深入发掘一下,就会发现这口锅的黑暗面。"

贝尔德叹了口气,虽然好像已经预料到会是这样:"多恐怖,多黑暗?"

"准确来说,是用人献祭,施展妖术。"詹金斯翻看这本书的另外一页,上面露出两张不祥的插图。左手边的书页上画着蠕动挣扎的人体被扔进了魔法锅,而对应的另外一页上显示:一排排活骷髅从魔法锅里站起来。"根据很多古老的传说,这些献祭到魔法锅里的人会站起来成为势不可当的不死僵尸,谁控制锅他们就接受谁的支配。"

斯通朝镜子点点头:"有点像希腊神话中龙牙的巨人之子[①]。就是伊阿宋和阿尔戈英雄们遇到的那种。"

"非常相似的动机和魔法,"詹金斯同意地说,"但我们不要偏离主题,毕竟毒蛇兄弟会最后的真毒牙早在19世纪50年代就被先前的图书馆员收割归档了。"他将早已结案的案子推出脑海,把注意力集中在手边的发现,"就像达格达他自己,这口锅象征了丰产和毁灭,生、死和复活的永恒循环。在坏人手里,这项魔力会招致极其严重的后果。"

"这就是毒蛇兄弟会一直要做的事情,"贝尔德说,以令人敬佩的速度立刻抓住了威胁的实质,"从理论上来说,他们可以利用这口魔法锅创造出一支杀不死的僵尸队伍。"

詹金斯严肃地点点头:"简而言之,是这样。"

"哇哦!"斯通说,"难怪毒蛇们追寻了这口锅数千年。现在就讲得通了。"

"但是,"卡桑德拉指出,"奥格雷迪尔最开始是如何得到魔法锅的?"

[①] 龙牙的巨人之子,取自希腊神话中伊阿宋和阿尔戈英雄们取金羊毛的故事。伊阿宋在奉命去寻找金羊毛的旅程中,历尽艰险来到拥有金羊毛的科尔喀斯。科尔喀斯的国王埃厄忒斯刁难伊阿宋,让他用两头鼻子喷火的公牛耕田,然后播种龙牙。伊阿宋在美狄亚公主的帮助下成功用喷火公牛耕地,种下龙牙,龙牙长出很多不死巨人,异常凶猛,伊阿宋依照美狄亚公主的指示将石头丢进巨人中间,让他们自相残杀,于是,伊阿宋轻松地打败了龙牙的巨人之子。——译者注

29

公元 441 年，爱尔兰

奥格雷迪尔从令人望而生畏的山顶逃出来，庆幸自己自由了，还活着，但对于始终保持这两种状态，他却一点信心都没有。对抗着地心引力般，他跳过静谧沉睡中的乡村，尽管身上负有两件无比珍贵的负担压得他行动不便。穿过浓雾笼罩的田野，他不顾一切地赶路，想要摆脱掉任何追赶自己的人和魔物。偷来的魔法锅悬在他左臂弯下面，而他另一只胳膊紧紧地将一个小婴儿抱在胸前，护住小婴儿，小婴儿用褡褓绑在他肩膀上，所以也是半悬在他身侧。小宝贝被温和的法术抚慰，已经香甜入睡，这样她就不会哭，也就不会引来不必要的关注。只有小婴儿平和的呼吸声在深夜中轻声回荡。

婴儿的名字叫西弗拉，她的无辜鸣咽声牵动着矮妖急促跳动的心脏。她不是随便的一个无助的小婴儿，她是他的骨血，在三个季节前的温暖五朔节①夜晚孕育出来的。那天，篝火在整个爱尔兰国土上点燃，欢迎历经好几个月后才出现的夏日回归。当

---

① 五朔节，欧洲传统的民间节日，是庆祝温暖春、夏季节来临的古老节日，节日中有"选五月王后""立五朔柱""围篝火跳舞"等多姿多彩的庆祝环节。——译者注

奥格雷迪尔回忆起西弗拉可怜的母亲时,他内心涌上一段酸楚的记忆:趁他放松警惕时,一位孤独的年轻寡妇在枝叶繁茂的山楂树下抓住了他。她没有要他的黄金,她只需要得到一件东西——一个孩子——在节日氛围下,他也心甘情愿地为她效劳。

唉,那个寡妇的幸福特别短暂。五朔节孕育的孩子在九个月后出生,这本来不算什么稀奇的事,但不知什么缘故,有关西弗拉独特身世的传言不胫而走,传入了毒蛇兄弟会的耳朵和它庞大的情报网中,所以,西贝拉和她残忍的跟班认为有必要杀掉年轻的母亲,抓住小婴孩,这样就可以逼迫奥格雷迪尔对他们唯命是从……去偷来传说中达格达的魔法锅。

深夜中,一只猫头鹰"呜呜"叫起来,吓了他一跳。他一边紧张地转身看向后面,一边奔跑着穿过幽暗的树林,他只挑阴影下走。想起他犯下的罪过,他内心充满罪恶感和忧虑……

那是正值彼岸世界天神执掌的永恒青春国举办盛宴之时,自达努神族来到圣山之下,这里便远离人世,宴会上,他做了他必须做到的事。光芒、音乐和欢笑充满广阔、富丽堂皇的大山洞,吸引了各个界域的所有仙境国度。喜乐廷的天神和仙女们穿着高雅华丽的盛装前来赴宴,还有很多普通的矮妖、小妖精、普卡精、小精灵也都来了,他们聚到一起,使得宴会夜晚弥漫着畅饮、欢跳和喜悦。这次宴会是敬献给达格达的,所以,他的传奇魔法锅就展示在宴会庆典上,而不是像往日里那样锁在达努神族的隐秘宝库中。魔法锅安放在高高的石祭台上,里面堆满了献给天神的礼物和贡品,这口锅还被一条十分恐怖的诅咒保护着。

奥格雷迪尔来到宴会上,一手拿着小提琴,此外还暗地准备了另一手。那天晚上,因为他新出生的小女儿命在旦夕,他的演奏水平发挥到前所未有的高度。他的演奏富有激情,令他赢得了小提琴比赛冠军，获得的奖品是宴会主人赠予的一口黄金锅，但这口锅并不是他真正想要的。他想要的，是那口魔法锅，虽然它带有诅咒。偷走这一古老的宝物会被处以死刑，但奥格雷迪尔没有其他办法，若想要从毒蛇兄弟会手中救回他的孩子，他别无选择。

于是，他静静等待时机，在宴会中焦躁地等待着，直到宴会中众天神和精灵酩酊大醉、寻乐开怀时，他趁机冒险地做出大胆欺骗举动——用幻术将自己的锅换成魔法锅，他对这一花招抱有一线希望，希望能拖延到他足以将魔法锅送给西贝拉交换那宝贵的人质。

但最后事情发展并非按照计划而来，幸亏有图书馆员和他的盟友。

现在，西贝拉已不再是威胁了，但奥格雷迪尔依然被追捕。是树梢上传来狂风的哀号，还是已经有报丧女妖前来追踪偷走魔法锅的他？他的罪行无法饶恕，小矮妖自己明白，他已经是一个逃亡者了，命中注定要一直逃，一直躲下去。他紧紧抱着女儿，也想一直将她带在身边，但他知道，将她留在身边就永远得不到安全。他需要给她重新找到一个家庭和家人，他的敌人永远找不到她。

幸运的是，他知道有这样一个地方。

一间茅草屋遮蔽下，有一户普通的农家。炊烟从壁炉上头的烟囱袅袅升起，但屋子里看不到有蜡烛或者灯笼的光芒，说明全家人都已经在深夜中安然入眠，这正是矮妖期望的。他悄悄从篱笆的一条缝隙溜进去，小心地不惊扰牲畜，然后，他把魔法锅暂时藏在干草垛上，希望在他做完他的工作后，这口锅还能安然无恙地等他。

他手臂轻轻抱着西弗拉，从窗户潜入农舍中，他悄悄地踮脚走过地面，来到放着另一个小小红发婴儿的摇篮面前。这个小女婴出生在几个星期前的圣布里吉特节时，于是，这个小女孩便被取名为该节日的女神——布里吉特，奥格雷迪尔有点不安地想起，这位圣布里吉特正是达格达天神的女儿。这个小小的布里吉特大约就和西弗拉一样大小，一样年纪。

是的，他心想，总归，你是要做这件事的。

布里吉特的父母在一旁熟睡，小矮妖轻柔地将西弗拉放进摇篮里人类孩子的旁边。为了避免吵醒屋内的其他人，奥格雷迪尔轻声地吟诵起一连串古语魔咒，施展一项强大的魔法。碧绿色的光芒瞬时充满摇篮，光芒渐渐消散，露出和布里吉特一模一样的小西弗拉，太过相像了，以至于即使布里吉特的母亲都很难说出哪个是她的亲生女儿。

奥格雷迪尔也真切地如此希望。

矮妖喘着粗气，在摇篮旁边软塌下来，他因为刚刚施展的强大魔咒而筋疲力尽。这一魔咒不仅仅是幻觉，为了西弗拉和她未来的子孙，魔咒是长达一生以及后世的完全外貌转变。伪装成布里吉特，换生灵可以凭借人类的身份过上普通人的生活，甚至她自己都不会知道自己的天性。过段时间，若是命运和机会允许，她将有自己的孩子和孙辈，然后一辈辈传承下去，他们都是奥格雷迪尔的秘密后人，奥格雷迪尔发誓无论他们去哪里，他都要守护西弗拉和她的子孙。至少，他欠西弗拉母亲那么多恩情。

我没能保护好你，他自责地想，但我会照看好我们的家人，我向你保证。

至于真正的布里吉特怎么办？反正，他在地下世界还有朋友，会很乐意不问缘由地收养人类"孤儿"的。布里吉特将在永恒的仙境国度健壮、幸福地成长，那里是奥格雷迪尔永远也回不去的地方。仙境国度的时间非常灵活，也许，真正的布里吉特能比任何人都活得时间长。

相当公平的补偿，他这样自我安慰，让西弗拉一生都成为布里吉特。

留下换生灵在摇篮中，他抱起了布里吉特，就像仙境的古老传统那样。他知道他需要马上就走，以免他的敌人追赶上，他已经耽搁太久了，因为实在不忍心将他挚爱的宝贝女儿留下。他双眼噙满泪水，然后向女儿道别。

你不会认识我，他想，但我永远不会远离你。

狂风再次呼啸，提醒他还有复仇的幽灵紧跟着他。夜越来越深了，他还有个负担需要处理掉。

魔法锅。

他无法归还这件宝物，就算归还也会被判死刑，但他又不能让魔法锅落入坏人手中，就像之前差点铸成大错。他能做的，就是将它好好藏起来，如此一来，这口锅就永远不会再给任何人带来麻烦。魔法锅将变成一件遗失的宝物，永远被人追寻，却永远也找不到。

很像可怜的自己，他哀叹。

30

现今,爱尔兰

"真是不敢相信,我们竟然在毒蛇兄弟会之前拿到了。"贝尔德一边说,一边和图书馆员们一起走过月光下的遗址,到达他们之前使用过的门口。斯通抬着空锅,其实这锅比看起来要轻很多。贝尔德催促其他人快走,想要赶在矮妖领着马克斯和他手下来到矮妖藏锅之地以前,尽快把魔法锅送回到图书馆。"我们快走吧,兄弟们。"

"但格雷迪怎么办?"卡桑德拉问。

"我不知道。"贝尔德承认。想到狡猾的拉小提琴的老者还被毒蛇兄弟会控制,她也不开心,"希望我们稍后能救他出来吧,但得等我们确保魔法锅被安全地锁起来之后。"她用手机联系了詹金斯,"快去吧。为我们准备好门了吗?"

"马上就去,上校,"他回答,"我期待你们准时回来。"

"我也是。"她抬头看了看拱门,这里过去曾是门楼。意念中,大量碎石、残片组成的古老石墙和建筑从荒废的修道院遗址上站起来。贝尔德已经设想到他们又一次圆满完成了任务,更别提要回到温暖、干爽的老家。"波特兰,我们来啦!"

"我都没指望你在收藏起这口锅之前到这里。"一句意想不到的声音打断了他们,马克斯从化为瓦砾的小教堂后边出现,他身旁是高大凶猛的保镖,还有一位女同伴,样子很符合斯通和卡桑德拉描述的在毒蛇兄弟会安全屋里遇见过的女人。保镖手里提着一只铝质手提箱,而女伴手中抓着格雷迪,格雷迪现在是他的真正外表,他被一条皮带拴着。矮妖的手从前面被手铐铐住。马克斯举起枪对准贝尔德和图书馆员们,铁灰色的武器在月光下泛起光亮。"看上去我们来得正是时候。"

"要是晚点就更好了。"贝尔德冷冷地说。她扫视一周,衡量他们反抗的获胜概率,这时,更多的打手从散落碎石的遗迹上出现,包围了他们。贝尔德数了一下,至少又来了四个敌人。"我看,这次是学聪明了,带了更多后援来。"

"谨慎的预防措施嘛,"马克斯说,"考虑到图书馆员现在也增多了。"他打量起对手,"我看,弗林先生还是被别的事情耽搁了没来?"

"这是你的幸运。"贝尔德说。

"哦,我怀疑,他就算在场也改变不了什么,"马克斯争辩,"我占据上风……而且,还有人质在手中。我确定你们不会想给奥格雷迪尔先生带来任何伤害的。"

"请原谅我,我的朋友们,"矮妖凄楚地说,他的肩膀颓败地塌下去,"我从来不想因为我的罪过而牵连你们也被抓起来。"

"我们是图书馆员,"伊齐基尔安慰他,"将邪恶归档进历史,是我们的工作。"

"以后就不是了,"马克斯自鸣得意地说,"是时候用一次决定性的胜利来终止毒蛇兄弟会和图书馆之间的世仇了……不过恐怕,不是你们赢。"

他朝欧文斯一扬头,欧文斯立刻放下手提箱开始对贝尔德和图书馆员们搜身,其他的打手站在后面护卫。贝尔德怒目而视,她现在可不想轻易投降。图书馆员们的最佳武器是他们的头脑,所以她此时还有武器能派上用场。若说谁能想出解决他们目前困境的人,那一定是她的团队。最好是在马克斯带着魔法锅逃走之前找出应对之策。

"上校?"詹金斯的声音从她手机传出来,"怎么了?发生了什么事情?"

欧文斯咆哮着夺过贝尔德手中的手机。他粗暴无礼的举止说明,他没有忘记在芝加哥酒吧中贝尔德是如何狠狠揍他的,他被打破的鼻子上还贴着创可贴。他显然很幸灾乐祸地徒手将她的手机掰成两截,然后当着她的面把断了的手机扔掉,接着,他还扔掉了其他队员的手机。

"现在,"马克斯说,"轮到我们的主要目标了。"

欧文斯得意地笑起来,从斯通手里扯过魔法锅,引得不高兴的图书馆员恶狠狠地瞪了他一眼。遵照马克斯的指示,欧文斯将古老的宝物放在地面一块石头坟墓上,样子很像不祥的祭台。马克斯沉浸在胜利的喜悦中,欣赏起魔法锅。

"绝妙,"他大声说,"终于是我的了。"

看上去,科拉尔同样地兴奋难抑:"我们找到了,就像你经常说的,我们一定会找到的!"

"是,"格雷迪苦涩地说,"你们已经得到想要的东西了。现在,是不是该放我走了?"

科拉尔期冀地看向她的老板:"马克斯?"

"还不行,科拉尔,"他下命令,"别的不说,他还是个很有价值的人质。"

"哦，对。我忘记了。"她厌烦地瞥一眼图书馆员们，然后向矮妖道歉，"真是对不起，奥格雷迪尔先生，但为了更伟大的……"

"当然了，"贝尔德嘲弄地说，"没有比用活人祭祀、把活人变成僵尸让世界变得更好的办法了。"

"你在说什么呢？"科拉尔向贝尔德投过去疑惑的眼神，"我们要用这口魔法锅喂养全世界，消除贫困和饥饿。"

贝尔德发现，她说的话听上去完全发自内心，于是贝尔德为她感到惋惜："那我想，你老板可能没把他要用魔法锅制造活死人的那部分告诉你——不是善意目的的那种。"

"不，你理解错了。"科拉尔转身向马克斯寻求消除心中疑虑的肯定回答，"告诉她，马克斯。告诉她我们不打算做这种黑暗的事。"

马克斯嘲弄起她的窘迫："呃，实话说，我确实隐瞒了我们行动的某些方面。魔法锅是太强大的文物，用在慈善事业上未免太可惜了，就我个人而言，我对制造魔法汤食一点兴趣都没有。"

"但是……但我以为我们是要帮助人们。"

"除此之外，还杀掉那么多矮妖猎取他们的黄金锅？"卡桑德拉质问她，"爱尔兰和美国境内都有？"

"杀人？我们从不……"

马克斯狞笑一声："你还是不知道这些比较好，亲爱的。"

科拉尔的脸沉了下来。她紧紧握着悬挂在脖子间的棱镜，连连后退，远离马克斯："这不是真的。如果你让我知道你的所作所为，我永远都不会帮你……"

"这正是我从来不告诉你的原因。"马克斯朝他的保镖一扬头，"欧文斯，请拿走科拉尔小姐的宝贵小发明。"

粉头发女孩恐惧地看着逼近的打手从她手中拽走了棱镜,然后放进他的口袋里。他站到她身后,也拿走了拴着格雷迪的皮带。想到自己自始至终都被背叛,科拉尔脸上流过两行眼泪。负罪感颤抖着融进她的声音:

"我真是愚蠢。我早该料到你只是利用我。我从来不想这样负罪过活……"

他冲欧文斯点点头,欧文斯立刻站到科拉尔身后。还未等贝尔德和其他人想好要如何干预时,科拉尔就喘着粗气,脸朝下坠落到地上,她身后的保镖手中握着一把鲜血淋漓的匕首,深红色的血从刀尖上滴落。

"你这冷酷无情的魔鬼!"格雷迪暴跳如雷,"这个可怜的女孩还良心尚存,不像你们。你不应该这样杀害她!"

"我可不同意你的话,"马克斯说,"按照古老的传统,就是应该有活人祭祀,所以科拉尔要扮演好最后过程的分内角色。哎呦,你瞧……"

他示意欧文斯,欧文斯将拴着格雷迪的皮带递到马克斯手中,然后把沾满血迹的匕首扔进等待着的魔法锅里,锅立刻产生恐怖的回应。烟雾从锅里冒出来,锅里煮着沸腾的让人恶心的绿色液体,闻起来就像篝火。浓液冒烟、翻滚,好像正在用炭火煮饭。锅里面散发出诡异的光芒,照亮了锅外围的一圈凯尔特艺术风格的装饰花纹。一阵狂风不知从哪里刮过来,抽打着临时凑合成的祭台周围那些野草。一时间,气温好像下降了好几摄氏度。贝尔德感觉她全身都起了鸡皮疙瘩。

"哦哦,"卡桑德拉喃喃自语,"看起来很不妙。"

"一点都不好,"斯通说,充当起詹金斯的角色,"血祭会引发魔法锅的黑暗属性。"

"所以，不会有自助餐式的功用了？"伊齐基尔叹息道，"我就知道，我真该在来的路上吃点零食。"

马克斯拿过来铝质手提箱："看着吧，图书馆员们，你们不会想错过这部分好戏的。"

他打开手提箱，里面是一颗人头骨和对应的全身骸骨，他小心翼翼地将人骨放进魔法锅中，最后放进头骨。灰白的头骨似乎露出期盼的笑容，一对招摇的弧形尖牙让贝尔德明白骸骨主人本性就是毒蛇。那对毒牙令她想起詹金斯提及过的千百年前守护者曾斩首的那位美女蛇——后来她的坟墓被盗了，就是他们几天前发现的被推倒的独石纪念柱那里。巨石柱上面刻的铭文是怎么说的来着？

"这里躺着曾侵扰我们海岸的邪恶毒蛇之尸骨。不要打扰这些罪恶的残骸，以免危及汝之灵魂。"

贝尔德担忧地想，她知道事情朝哪个方向发展了。

马克斯做出夸张的挥舞动作，将带有毒牙的头骨放入冒着泡的大锅中，然后后退一步，等待他的魔术带来奇迹。锅中立刻冒出大量浓浓黑烟，模糊了锅里面的物体。骇人的能量光芒从浓烟中露出，就像汹涌澎湃的暴风雨云层中的闪电，一闪而过。里面的液体激荡着鼓泡。人骨"咔嗒"彼此撞击，然后出现不祥的寂静。头顶的天空传来隆隆的雷声。乌云越积越厚。而此时，魔法锅中的诡异光芒越来越耀眼。

"等着瞧吧。"马克斯说。

"一道人影从魔法锅中蜿蜒站起，就像一条眼镜蛇被耍蛇人呼唤从箩筐中探出身体。打着旋儿的水雾逐渐消散，露出一位个子高挑、头发乌黑的女子，她身穿一件银色紧身连衣裙，像蛇鳞一样闪闪发光。她白皙的肌肤隐约闪耀着七彩斑斓。"

"西贝拉夫人,"马克斯欢迎他重生的前辈,"欢迎再次来到活人世界。"

我就知道,贝尔德想,他是真的将毒蛇带回了爱尔兰。

"等一下,"伊齐基尔问,"她身上的裙子从哪儿来的?"

卡桑德拉嫌恶地瞟他一眼:"说真的,这就是你现在关心的问题?这是魔法啊,有问题吗?"

"或许吧,无所谓,"伊齐基尔说,"原谅我刚才多嘴问这句。"

西贝拉将胳膊伸到头顶上,陶醉于她罪恶的复活,然后,优雅地从锅中走出来,站到潮湿的草地上。狭长的黄眼睛打量起荒凉的四周。

"那你是谁?"她问马克斯。

"马克斯米利安·兰布顿,"他回答,"现任毒蛇兄弟会的头领。"

兰布顿,哼?贝尔德默默记住了他的名字。然而,他在她和图书馆员面前公开泄露自己的身份,充分说明他对他们另有打算。他不会放我们走的。

"我知道了,"西贝拉"嘶嘶"地说,"我想我应该感谢你把我复活吧?"

"不用客气,"马克斯说,施展他的个人魅力,"有你在我左右,我在毒蛇兄弟会的领导地位就不会被撼动了,我们最后会实现宏伟的蓝图。"

贝尔德想起来詹金斯曾经说过的,归来者将受使自己复活之人的支配。她认为这是马克斯圆滑地提醒西贝拉夫人现在谁是负责人。

"若是这样的话,我随您差遣。"西贝拉回答,理解了马克斯的意图。当她像蛇一样的眼睛转向被马克斯用皮带拴起来的格雷迪时,她的表情变得严厉起来,她的语气中充满了恶毒,"我们又见面了,小矮妖。"

格雷迪也看了她一眼:"我想你是不会打算让过去的事就这么过去了?"

"当然不会,"她说,"我们之间的矛盾还没解决呢,你和我。时光对你来说真是友善,而我却不是。"

贝尔德大声喊出来,转移她的注意力,避免她立即对格雷迪采取报复措施:"说得确实像毒蛇的话。过了一千五百年了还对仇恨这么耿耿于怀。"

西贝拉转头看向被俘的一群人,穿过教堂墓地仔细观察他们。她厌恶地皱起鼻子。

"我认识你们这样的人,你们散发着图书馆的臭味。"当西贝拉打量完贝尔德和其他人后,她皱起原本平滑的眉头,"但是……这个时代不止一位图书馆员?"

"说得没错,"贝尔德说,"我们扩充了规模。你试着跟上时代节奏吧。"

"啊,你一定是他们的守护者。"西贝拉的手朝自己的喉咙伸过去,好像再次确认自己的确完好无损,"你的一位前辈曾经砍掉我的头。亲爱的黛德丽如今一定已经入土了,所以,我只能把这笔账算到你们头上了。"

贝尔德面对过恐怖分子、恶魔和埃及的混乱之神,她不会让眼前婀娜性感的蛇蝎美人吓住自己。

"有什么手段,尽管使出来吧。即使你杀了我,另一位守护者也会粉碎你的毒蛇兄弟会,正如之前无数次做到的那样。"

"啊,但现在,我们有了魔法锅,"西贝拉指出,"而你和你的同伴全指望我们的仁慈,所以,将你们每个人,一个挨一个投进锅里祭祀,也不过是小事一桩,然后,你们就会变成毒蛇兄弟会控制下的傀儡,听从我们的指挥。你会带领我们进入图书馆,绕开所有坚固的防御设施,这样,我们就能拥有图书馆的宝物和秘密……一劳永逸地永远毁灭图书馆。"

"一定会,"马克斯赞同道,"我十分欣赏你的积极主动,西贝拉夫人。我们果真是志同道合啊。"

贝尔德努力维持自己不为所动的表情。她不确定哪个更令她失望,是被冷血动物杀掉,还是通过她个人让毒蛇们打进图书馆的内部。

后者,她心里想,毋庸置疑。

"等一下!"她说,"很抱歉打扰你,但是自从你那时代之后,活人祭祀已经不流行了。也许你应该与时俱进一点了?"

她的争辩,马克斯不为所动。"我能说什么呢?"他说俏皮话,"我们本质上都是很传统的人。"他对西贝拉夫人笑起来,"介意你来享受此荣耀吗,夫人?"

"很乐意效劳。"她带着满心报复的喜悦看着贝尔德,一条分叉的蛇信子从她嘴唇间闪露出来,"你是第一个,守护者。"

一只冰冷的手抓住贝尔德的胳膊,像老虎钳一样按住,然后开始朝等候多时的魔法锅拽贝尔德。贝尔德用尽力气和技艺抵抗,又是捶,又是踹,但就如詹金斯提醒过的那样,西贝拉已经变得异于常人的超级强壮,坚不可摧;她完全不在乎贝尔德的出击,好像贝尔德的攻击不过是羽毛拍打在她身上一样。贝尔德的野蛮攻击,结果只成功地在她身后的地上留下两道深深的拖痕。

"放开我,你个臭婆娘!"

她的图书馆员们也大声叫喊,抗议。他们想冲过去救她,但被马克斯的打手们按在原地,更别提还有枪瞄准着他们。

"住手！"卡桑德拉冲马克斯大喊，"你不能这样做！太野蛮，太残暴了！"

"耐心点，"他规劝她，"很快就轮到你了。"他低头瞟一眼科拉尔没有生命体征的身躯，"太可惜了，我没办法复活一个更合作版本的科拉尔了，但需要牺牲她来复活沉睡已久的西贝拉夫人。"

格雷迪用手捂住了脸："但愿命运之神会原谅我。这都是我的过错……"

"拜托，"马克斯佯装为难地说，"给我点信任好吗？"

"你个狗娘养的！"斯通咆哮起来，"你最好指望魔法锅会按照传说的那样产生效力，否则，我会找你报仇的，混蛋！"

"他说得没错！"伊齐基尔也说。

贝尔德听到了他们的辱骂声，尽管她费尽力气，还是被拽到了临时搭建的祭台旁边，祭台上放着魔法锅。她的拳头砸向西贝拉完美无瑕的面庞，却没有任何效果，不死的高贵女子双手抓着贝尔德的双肩，推搡贝尔德半跪在魔法锅的边缘，锅里还汩汩地冒着水泡，如同被烧开一样。贝尔德的脖子感觉到滚烫汁液的热气袭来，一股香味刺激她的鼻子和肺部。

"做你的临终祷告吧，守护者，"西贝拉说，"在你短暂的地府路上，替我向黛德丽转达一下问候。"

西贝拉的下巴张开得特别大，幅度大得超出了解剖学所限定的范围，她亮出一对充满毒液的毒牙。贝尔德不甘示弱，但想到西贝拉的毒牙咬进自己的脖子，她暗地里害怕起来……还有之后会产生的恐怖事情。

我宁愿做死人，也不想成为毒蛇的一员……

还未等西贝拉袭击，忽然，一阵铃声传遍古迹。

蛇女听到这声音就皱起眉头。她愤怒地吐着"嘶"声,暂时没管贝尔德,尽管守护者仍然被西贝拉牢不可破的手紧紧抓住。西贝拉凶恶地瞪向铃声传来的方向,和其他人一样扭头看过去。

"不!"她吼出一声,"怎么又是这可恶的铃铛!"

贝尔德转过头查看发生了什么事,她见到詹金斯大步越过古迹朝他们走来,手里摇着一只古朴的铁铃铛。

这不是普通的铃铛。

"哦,我的天!"卡桑德拉脱口而出,"是圣帕特里克的铃铛!"

从图书馆拿来的,贝尔德猜。"真的假的,我竟然会被一只铃铛救了?"

铃铛的出现激怒了西贝拉,她将贝尔德扔到一边,以惊人的速度冲向詹金斯。她尖叫起来,但声音里尽是愤怒,而不是痛苦。她从永生的看管人手里扯过铃铛,反手一击,将詹金斯摔到一块腐朽的石墙上,詹金斯后背朝下躺在一堆废墟中。他眨眨眼,摇摇头,看起来被撞得头晕目眩。

"圣帕特里克?"西贝拉愤怒地说,"这就是妨碍我的下场!"

"你自我陶醉够了吗?"詹金斯缓缓坐起来,从被袭击中恢复,"不是所有东西都是为你,西贝拉夫人。我很遗憾地告诉你,你不过是现今落满灰尘的老档案中一条脚注而已,一点都不重要。"

西贝拉"嘶嘶"地逼近,朝他亮出两颗毒牙:"不要紧!我现在比过去更强壮,更不可战胜了。这种令人讨厌的古物只不过吵人而已。"她用两只手捏扁了铁铃铛,金属被捏得"嘎吱嘎吱"响,"你真的认为,现在重生的我还会害怕这种吵人的玩意儿?"

詹金斯掸去西装上好像是头皮屑的碎石屑："谁说我摇响铃铛是为你了？"

一阵伤心的哭声回荡在古迹间，让贝尔德脊背瞬时间冷得僵住。

报丧女妖又找到他们了。

31

报丧女妖出现在废墟的高空中，引得下面众人都惊呆住。这次，她不再是满眼含泪的少女，也不是哭泣的妇人，她此时呈现的样子是一个幽灵似的白发老太婆，身穿破烂的灰色裹尸布。悲伤使得她干瘪的面庞更加扭曲，她不间断的哭嚎响彻四野。她伸出瘦骨嶙峋的手指谴责格雷迪。

"你想要他？"马克斯松开拴着格雷迪的皮带，一把将矮妖推出来，很明显讨厌被打扰，"他是你的了。"

"没这么简单。"詹金斯一边站起身，一边龇牙咧嘴。虽然他是永生的，但被一个超级强壮的复活人给抛到石墙上，这种先发制人的打击也足够他缓上一会儿了。他感觉好像是在骑士称号还兴盛的年代时，在异常激烈的战斗中被一杆长矛打翻在地。"毫无疑问，报丧女妖也是为魔法锅而来。"

想到锅会被别人拿走，马克斯吓得脸发白："绝不可以！这口锅是我的，我告诉你，我的！"

他朝漂浮在天空中的鬼魂开枪，但他的子弹对报丧女妖没什么效果，她只需在他射击时立刻消散，然后在一秒钟后再次出现就可以。她变成一团水雾，时隐时现，哭声却一直都在，让马克斯烦恼不已。

"滚开，你这该死的老太婆！你绝不可以把魔法锅从我手里拿走！"

"别妄想她会听从你的话，哥们儿，"伊齐基尔在边上嘲弄地说，他仍然被马克斯的手下捆绑着，"真不幸。"

混乱中，詹金斯仍然关注任务的重点。西贝拉阻挡在他和魔法锅之间，但因为之前西贝拉将贝尔德丢在一边，所以贝尔德很明显更容易把魔法锅拿到手。

"上校！"他急忙喊，"拿锅！"

贝尔德立刻挣扎站起身，冲回到冒着泡的宝物跟前："这就来！"

"欧文斯！"马克斯也立刻反应过来，朝手下大喊，"守住锅！"

肌肉男立刻朝魔法锅扑过去，但贝尔德更快一步。她看到欧文斯朝自己猛冲过来，所以，她一脚踢翻了大锅，锅里面冒着烟翻腾的汁液都朝暴徒洒过去。有毒的液体将欧文斯从头到脚都浇了一遍，令他痛苦地朝后跌落到石质地面上。难闻的液体淋遍他全身，于是，他连连愤怒地咒骂，而这时，贝尔德趁机抓起已经空了的魔法锅。

"如果你不介意，我就拿走它了。"

贝尔德拿走了魔法锅，没有逃过西贝拉的眼睛。她忽然想起什么是真正重要的，丢掉了捏得皱巴巴的铃铛，急忙转身去追贝尔德，把詹金斯扔到了脑后。

"放下锅！"西贝拉命令道。

"否则呢？你这次就不会善罢甘休了？"贝尔德带着魔法锅，开始在古迹上奔跑，"过来拿啊，臭巫婆！"

* * *

事情发生得太快了。

在所有人都盯着报丧女妖和接踵而来的混乱时,斯通发现此时正是打倒身后控制他和其他图书馆员的打手的好时机。他动作神速,用后脑袋狠狠撞向他身后暴徒的脸,迫使那人松手,摇晃地向后退了两步。斯通飞速转身,一记左勾拳招呼上那家伙的下巴,朝他下巴处狠劲一击,直接把这个小喽啰打得后仰昏倒在地。斯通握起拳头,可不想浪费时间和马克斯的这帮奴才周旋。

一个倒下了,他想,下一个是谁?

按住卡桑德拉和伊齐基尔的打手几乎没有时间反应发生了什么。斯通将功夫和酒吧打架时的招式结合起来,像俄克拉荷马州的龙卷风一样,他以旋转的四肢和出其不意的进攻迅速接连摆倒了其他打手。他的动作快速简洁,不多停留须臾,他同时交战两个打手,一面用脚攻击,一面用拳打另一人,或者转身反过来继续出招。马克斯的属下甚至不知道是什么打到了自己,他们都是壮汉,确定无疑,但斯通可是和忍者战斗过,而且是最后获胜的人。

你招惹错了图书馆员,他想。

其他图书馆员被应接不暇的看守人暂时忽略,伊齐基尔和卡桑德拉快步跑离打斗区域,跑出去一段距离后,他们又都回头,想看看斯通是否需要援军。

好像我需要帮手似的,斯通心想。

"不用担心我!"他叫喊,"我可以搞定这些虎狼大汉。"现在贝尔德正拿着锅躲开西贝拉,斯通大声指挥他的队友,"伊齐基尔,去救格雷迪!"

"我早就想到了，哥们儿！"

伊齐基尔低着头，飞速冲过墓地，来到被捆绑着的虚弱矮妖身边。斯通相信当他在解决马克斯的打手时，伊齐基尔会确保格雷迪安全。

"卡桑德拉……"

"对不起，"她脱口而出，逃离了现场，"我很快会回来！"

哼？在过招打斗间，斯通疑惑地看到卡桑德拉朝着打开的通往附件馆的魔法门跑去。一瞬间，斯通担心她抛弃所有人，但很快，他就摒弃了这种观点。卡桑德拉是图书馆员，她知道自己在做什么，即使现在斯通弄不明白她在想什么。

而他此刻正忙着打架，根本无暇去动脑猜想。

"我们刚才打到哪儿了？"

斯通一连串的手掌—手肘—膝盖的组合出击后，最后一个站着的人也倒下了。不会再有打手妨碍他了，他想。他的眼睛瞄准了马克斯，马克斯仍然在朝飞行的报丧女妖开枪，斯通期待地"咔咔"活动起指节。

"轮到你了，伙计，"他低沉地说，"就像之前我向你承诺过的。"

* * *

"上帝保佑我！"格雷迪呻吟，"我完蛋了！"

矮妖蜷缩在墓地上，躲避马克斯、西贝拉和报丧女妖。银手铐困住他，让他保留原形，也剥夺了他施展魔法的能力。伊齐基尔飞速地跑到矮小的小矮妖身边，小矮妖看上去就像直接从圣帕特里克节的节日贺卡里走出来的一样。伊齐基尔还是觉得很难让自己接受这一事实——矮妖和格雷迪是同一个人。

"不用害怕，哥们儿！"伊齐基尔蹲下来，这样他差不多才和被铐住的矮妖一样高，"我们很快就会把你从这副闪亮的手镯里救出来。"

伊齐基尔从后裤兜中掏出一根他最爱的小细钢棍，开始在手铐上工作，让他略感失望的是，这副手铐一点技术含量都没有。事实证明，这副手铐唯一出彩的地方就是它是用银做的，而锁芯的机械原理是千篇一律的标准设计，只需要一点点熟练的技巧就能解开。先是一只手解开，接着，另一只手也"咔嗒"解开，手铐脱离了格雷迪的手腕。

"看到了吧？"伊齐基尔把昂贵的手铐揣进衣兜，"小儿科。"

"你真是开锁奇才，真的！"格雷迪揉搓起磨得发红的手腕，活活血，"我得感谢你一千次才行！"

"既然你这么说，"伊齐基尔揣测矮妖的感谢会值多少金子，但转念一想，他可以等他用无与伦比的方式拯救完世界以后再说，"这个时候，我们可以利用你的帮助去——"

还没等伊齐基尔说完他的话，格雷迪就消失在他眼前。图书馆员叹了口气，恼怒地摇摇头，即使他意识到自己早应该料到会发生这种事。矮妖又一次逃走了。

"预料之中！"

* * *

卡桑德拉跑向石拱门，希望詹金斯留着魔法门，这样他们就能随时从爱尔兰离开。她也不想把其他人都扔在身后，但面对毒蛇兄弟会、坚不可摧的不死西贝拉，还有报丧女妖，他们需要充分发挥他们的每一项有利条件。幸运的是，她知道去哪里寻找这些有利条件……

一道白光闪过门口,她随即离开了"绿宝石岛"。

* * *

"离我们远点,你这该死的幽灵!"

当马克斯的胜利变成一片混乱,他的优雅高贵也随之崩溃。他朝报丧女妖接连开枪,打光了子弹,然后,他停下来,重装子弹。当斯通在古迹上跑过时,他发现了发狂的毒蛇,然后,他飞速掠过一块块破败的墓碑跑向他拿着武器的对手。马克斯已经两次从斯通手中溜走,愤怒的图书馆员不想让这一凶残的阴谋家再伤害任何人。

"放弃吧,马克斯!"斯通说,"你根本无法掌控你头上的那位……你把幽灵惹上身了!"

"我永远不会认输!"马克斯疯狂地来回挥舞着手里的枪,不确定该往哪里射击。他朝斯通开了一枪,斯通找到一块坚实的石头做掩护。"我要恢复毒蛇兄弟会的伟大。我要在怀尔德和德拉克失败的地方建功立业!"

子弹打碎了掩护斯通的古建筑。

"别自欺欺人了,马克斯,"斯通反驳道,"我见过德拉克,我和德拉克交过手,哥们儿,你啊,永远比不上德拉克!"

"我们等着瞧。"马克斯换了个姿势,试图一枪瞄准并击中斯通,"德拉克从来不会把你的脑袋打爆吧,你这个粗鄙的牛仔!"

斯通在枪林弹雨中飞快躲闪。别的不说,至少他将马克斯的子弹吸引走了,让子弹远离他的朋友们,但马克斯最后一枪击中他也只是迟早的事,除非幸运女神降临。说起幸运,当他需要一株四叶草的时候,它在哪儿呢?

"马克斯?"

哀怨的声音从意想不到的地方传来。斯通震惊地直眨眼，不可能啊，科拉尔从后面靠近马克斯，但她刚刚在几分钟之前已经死去了。他转头一瞥，发现她的尸体已经不在原来倒下的地方。她的面容和声音中充满了被背叛的受伤意味。

"为什么，马克斯？你怎么可以这样对我？我那么信任你！"

"科拉尔？"马克斯转身，迎面看到他杀害的女子，"我不明白！你不是已经死了？我杀了你……"

"为什么，马克斯？为什么？"

斯通也不明白，但他不会对这个幽灵的出现吹毛求疵，这可是个绝佳的机会。斯通从满地残石的地面一把抓起块拳头大小的石头，朝着马克斯就猛掷过去，正好打中他的后脑勺，麻痹了他的神经。马克斯向前摇晃了几步，举着枪的手垂下去，斯通立刻从后面接住他，将他击倒在地。斯通用膝盖按住马克斯，使劲一押，将神志不清的毒蛇手腕撞到石质地面上，令马克斯松开手枪。他用力戳了一处关键止血点，使马克斯处于昏迷状态。

"说晚安吧，马克斯。"

马克斯浑身瘫软。斯通对这一恶棍主谋沉沉睡去很满意，站起身面对科拉尔，她痛苦的表情随即被调皮的微笑取代。眼前的"幽灵"发出像幻景一样的光芒，然后转变成……一个浑身绿衣的小矮妖？

"格雷迪？"

"正是在下，"矮妖回答，"你不会真的以为我又扔下你们自己逃跑了吧？"

"呃……"

"的确，"格雷迪承认，"曾经我一有机会就会逃跑，但以后不会了。我不能让你们图书馆员一直为我的战斗而受牵连。"

"真好,"斯通说,"因为这场战斗还没结束呢。"

* * *

贝尔德紧紧地握着魔法锅艰难地穿梭在古迹中,急切地带着宝物远离西贝拉和另外一人——报丧女妖。她在破碎的建筑和纪念碑遗迹上出来进去,在障碍赛跑中跨过遍地的碎石瓦砾,但脑中还没有清晰的目的地。她最不愿意做的事,就是引领西贝拉回到附件馆。

你绝对不会挨着图书馆半分半毫,贝尔德想,还有这口该死的锅。

但西贝拉不是唯一的超自然人在追逐魔法锅。报丧女妖仍旧用尽力气哭嚎,从天空中向下俯冲,追着贝尔德。她干枯的胳膊向前伸展,想要拿回锅。贝尔德尽力避免撞上碎石堆,慌忙转头看一眼,看到报丧女妖离她更近了。幽灵刺耳的尖叫就像半拖卡车的汽笛声一样在她耳边聒噪,贝尔德甚至都能真切地感受到报丧女妖冰冷的手指随时能抓住她的肩膀。

"放开她,丑老太婆!那个守护者——还有锅——都是我的!"西贝拉扑向低空飞行的报丧女妖,试图用她的毒牙刺进幽灵的脖子,但报丧女妖在她还没咬上时就消失了,以至于西贝拉直接撞到地上,她在岩石和草地滑行了一大段上才停下来。她沮丧地站起身,继续追赶贝尔德,贝尔德发现自己比原本想的更受欢迎。

真的假的啊,同时有西贝拉和报丧女妖都紧紧追逐我?

贝尔德自己想的是,若追她的两人能彼此阻碍就好了,但她明白,这不是长久之计。当报丧女妖突然出现在她前路时,她的心一沉,西贝拉也距离她更近一步了。毁坏的石墙和废弃的建筑堵住了贝尔德，令她陷入一心复仇的毒蛇和毫不妥协的幽灵两者夹击的包围中。她无路可逃，只剩一个办法了。

"你，凯尔特女人！"她大喊，"锅是你的了，图书馆奉上！"

她朝报丧女妖扔去魔法锅，报丧女妖贪婪地接住。女幽灵布满皱纹的脸上闪过一抹微笑，停下了持续不断的哭嚎声，尽管只是一瞬间的事。她把魔法锅紧紧抱在胸前。

"不！"西贝拉错愕沮丧地僵住。惊恐毁坏了她精美的五官。"你这个蠢货！"她尖厉地指责贝尔德，"你干了什么？"

"给她比给毒蛇兄弟会要强，"贝尔德说，对手的反应更让她坚信自己做出了正确的抉择，"就我所知，她不过是想要回被偷的宝物。我能理解她的做法。"

报丧女妖再次哭嚎起来，升入天空，带走了魔法锅。她消散成稀薄的空气，但她刺耳的哭声仍然围绕在四周，最终，哭声渐行渐远……随之而来的，是地下深处某个地方传来的兽蹄踏地的声音：

嗒，嗒，嗒，嗒……

"见鬼，这是什么？"贝尔德说，"请告诉我，我不是唯一听到这个声音的人！"

"是它！"格雷迪红润的面庞瞬时间失去了血色，"这是克修达·巴瓦……是亡灵马车！为了践行诅咒，报丧女妖召唤出来的！"

贝尔德脚下的地面开始震颤起来，几乎让她无法站稳。毒蛇们和图书馆员一样都后退，避让开这不祥的"嗒嗒"声，声音越来越大，越来越近。

"好吧，"贝尔德无奈地叹息，"我们又多了一个搅局的！"

32

古教堂的地面上裂开一道狭长的深渊，吞没了很多有成千上百年历史的古墓碑和遗骸。一辆由四匹黑马驾车的殡仪黑马车从地下冲出来，来到废弃修道院的墓地上。这几匹马鼻孔里喷出的是火焰，乌黑的马车轮子上也迸出火星。银壁烛台安装在车厢外面，烛台上插着锥形的黑蜡烛，蜡烛顶端是燃烧着的橙色火苗。昏暗的黑幕布挡住了车厢内部，从外边什么都看不到。

老天一定是在和我开玩笑，贝尔德想，什么时候圣帕特里克节变成万圣节了？

恐怖的马车就已经够阴森吓人了，但当你再看到它的车夫，就会更惊恐：一具无头僵尸，挥舞着人类的脊骨当鞭子。当车夫朝喷火的坐骑甩起鞭子催促它们时，脊椎骨相互碰撞发出"咔嗒"声。虽然从他的两肩之间看不到，但他被切割下来的头颅就放在插进马车挡泥板的长矛上。黑眼睛发出恶魔般的幽光，骇人的笑容从这边耳朵扯到另一边腐烂的耳边。腐朽肉身呈现腐烂奶酪的蓝绿色，从夜风中飘过来的恶心气味来说，味道也像腐坏的奶酪。

"是杜拉罕，"詹金斯认出了马车夫的身份，"他的出现，是来带走他注定要死的旅客，前往死亡之域。"

令人毛骨悚然的鬼魂，加上他震慑人心的出场方式，足够吓退马克斯的打手们，他们觉得此地不宜久留，尤其是他们的胜利已渐渐消逝。他们之前打斗中已经被狠狠殴打了一番，欧文斯和其他打手丢下他们失势的领袖逃离了古迹，他们竭尽所能，带着瘀青的身体飞奔逃走。

走得好，很会随机应变，贝尔德想，也没精力管你们，现在我们有太多需要处理的麻烦了。

比方说西贝拉夫人，她可不会轻易被不合时宜出现的亡灵马车吓得止步。她对着闯入者发出"嘶嘶"的抗议声，亮出毒牙。很明显，她不想让贸然出现的无头车夫与鼻子喷火的恶魔黑马挡在她和她要报仇的敌人之间。

除非……

贝尔德想到一个好主意。这法子很冒险，但若是贝尔德能抓住西贝拉的痛处，激怒她，也许贝尔德能利用蛇女的仇恨心理将她制服？

"嗨，长鳞怪物！"她如此奚落西贝拉，"你忘记我了吗？我们还没完呢，不是吗？"

西贝拉转过身，她冷血动物的狭长双眸从新到的车夫转移回贝尔德身上。愤怒令她看上去更恐怖了。"守护者！"

"没错。就像当年黛德丽拿掉了你的脑袋一样，我拿走了你的锅。我猜，这么算来，你两次都是败家！"

西贝拉怒火攻心，朝贝尔德猛扑过去，贝尔德转身就跑，直接跑往亡灵马车的疾驰方向。西贝拉在她身后紧追不舍，满心报仇，无暇顾及其他。

"这就是你的全部能耐了，西贝拉小妞？难怪过去黛德丽能那么飞快利落地解决你！"

西贝拉就在贝尔德的身后。时机拿捏得要不差分毫,贝尔德想,但若是能成功……

她朝前一跃,躲开马车的前路。

西贝拉就没这么幸运了。

马车直接轧过蛇女,冒着火星的马蹄从她身上踏过。西贝拉被卷入马车轮下时,嘴里发出了不寻常的"嘶嘶"尖叫。这样是否足够让她回到她逃脱的地方?

我们应该会有这种幸运,贝尔德心想。

西贝拉被困在马车轮下,至少暂时是。西贝拉"嘶嘶"地吐着蛇信子,身躯不停蠕动,向所有在场的人诅咒说她会血腥复仇。

"你们所有人都该下地狱!你们要为侮辱我付出代价。这世界没有什么力量能保护你们免受我的——"

杜拉罕的人骨鞭打断了她的话。他坐在马车缰绳的另一端,用鞭子抽打西贝拉,让她在他处理死亡业务时保持安静。车厢的门自动打开了,露出里面如死亡一般召唤人的空洞。长矛上的脑袋转过去看向格雷迪。它发霉的嘴唇吐出一个词:

"奥格雷迪尔。"

"不行!"斯通说。他走上前,站到马车和矮妖中间,展示出明确的保护态度。伊齐基尔和贝尔德也急忙加入他。"你最好掉头,回到你来的地方,伙计。我们不会让你带走格雷迪的!"伊齐基尔朝车夫大喊。

贝尔德也这么认为。小提琴师虽然诡计多端,但他明显有颗善良的心,这么多年来,他一直照看布丽奇特和她的家族,可见一斑。无论有没有诅咒,她都不能袖手旁观,让车夫带走他,没有拼死抗争,绝不服输。杜拉罕的脑袋皱起眉毛。他甩动鞭子,警告众人。

"不,我勇敢的朋友们。"格雷迪悄悄走过图书馆员们身边,"当然,我特别感激你们站出来保护我,但我不能再让你们为了我冒险。"矮妖疲惫地叹出一口气,好像已经听天由命了,"我厌倦了逃跑和躲藏,是时候让我承担结果了。也许,这样可爱的布丽奇特以后就不会有幽灵纠缠了……"

"但我已经把魔法锅还给报丧女妖了,"贝尔德说,"这样做还不够吗?"

格雷迪摇摇头:"对我的处罚早在千百年前就已经下达了,在我偷了魔法锅交给西贝拉,去赎回我最亲爱的宝贝女儿以后,就已经有了。不可能将我的死刑撤销。"他将视线越过早已不存在的修道院,凝视着远处山下的安详乡村。

"至少,我又一次站到了我最爱的爱尔兰土地上。"

他朝等待的马车走近一步。

* * *

"等一下!别放弃!"

卡桑德拉累得红着脸,上气不接下气地突然跑回来。还没等别人拦住她,她一下冲到格雷迪和马车之间。

"打扰一下,是杜拉罕先生,是吗?我能占用你一分钟时间吗?"

车夫的脑袋转向她。他无头的身躯高高举起人骨鞭。

卡桑德拉倒吸一口气,后退了一步,但也仅仅是身体上的后退。她抬高声音,压过不耐烦的马蹄和黑马喷火的声音,在当下这种环境中用所有自信说出话来:

"我,卡桑德拉·基里安,真正的爱尔兰女儿,代表芬巴尔·奥格雷迪尔请求您的宽恕,他已经被很久以前的罪行惩罚过了。他被迫离开他热爱的土地有一千五百年,时间这么久了,我们就不能不计前嫌吗?"

杜拉罕狞笑起来,对她的请求无动于衷。他又甩动鞭子,鞭子奇迹般地延长,越过卡桑德拉,直接缠绕上格雷迪,将他紧紧缠住。车夫收紧鞭子,往亡灵马车打开的门拖拽格雷迪。

"不!等等!"卡桑德拉乞求道,"你必须听我说。我还没说完呢!"

贝尔德、斯通和伊齐基尔一起拽着格雷迪,试图阻止他被杜拉罕拉进车。卡桑德拉看得出她的队友已经拼尽全力,但鞭子的力量太强悍,他们看上去就要输掉这场事关生死的拔河比赛。尽管他们用尽平生力气,但他们仍被一英寸接一英寸地拉过大地接近马车厢。

"别放手!"贝尔德憋着气说,"我们能做到……也许!"

"我在尽力,"斯通力竭地嘟囔,"但它就像黑洞一样要把我们拖进去!"

"不,"伊齐基尔说,"我们从黑洞边上逃出来过。但这个更费劲!"

格雷迪在他们的拖拽下扭动不安,艰难地想要摆脱掉保护他的人,但他被三人死死拽住。

"放手吧,我求你们了!保护好你们自己!"

"别说了,"贝尔德说,"你没听过人们的说法吗?永远不要放开矮妖,除非你的愿望实现,现在,我就许愿要有个好结局……每个人都是!"

但此时图书馆员们正在节节败退。詹金斯加入拔河比赛中的这一方,但即使有这位永生人的帮助,也不是杜拉罕的对手,古老的诅咒赋予车夫无穷的力量。卡桑德拉意识到,现在只有她能帮格雷迪减免惩罚,若她能够出言得当的话。

"听我说,求你了。你不能这样做!这不公平!"

"你在白费口舌,小姑娘,"格雷迪说,"这是爱尔兰。古老的规矩,悠久的传统,都太强大了。你改变不了它们的!"

"但原谅和宽恕呢?这些也是爱尔兰的传统啊,这两种传统至少可以追溯到圣帕特里克时代!你知道圣帕特里克第一次来到爱尔兰,是以囚徒的身份,被爱尔兰劫匪从不列颠的故乡给掳掠来的吗?他在这里卑微为奴,苦苦劳作了六年,然后才逃回不列颠。尽管这样,你可能都以为他绝不会原谅爱尔兰人民,更别提重新来到爱尔兰岛,但相反,他感觉有种使命要回到爱尔兰,用余生帮助爱尔兰人民,甚至他还在毒蛇兄弟会将罪恶裹挟到这里时,赶来拯救过奥格雷迪尔。如果圣帕特里克能衷心原谅和遗忘,仙境国度也肯定能做到……慈悲为怀!"

当杜拉罕听卡桑德拉讲起这些话时,他的狞笑逐渐消失了,痴迷死亡的邪恶笑容转变为深思的神情。人骨鞭也松弛了一点,减缓了格雷迪被拉进亡灵马车的势不可当的速度。

"有作用!"贝尔德鼓励卡桑德拉,"继续说!你能说服他!"

"不可能!"格雷迪悲观地说,"一旦杜拉罕被召唤出来,他就不会空手而归!"

"的确,"詹金斯肯定了他的说法,手还使劲拽着。他用力帮助其他人拉住格雷迪不进入车厢,"这一传统相当明确。"

"但为什么必须是格雷迪呢?"卡桑德拉问,"可以是其他人啊,比方说,也许——"

"图书馆员!"

西贝拉最终从马车轮子下爬出来。泥土玷污了她象牙白的肌肤和带有闪光片的长裙。这边杜拉罕的鞭子缠绕住格雷迪,她不再被车夫鞭打阻挠行动。她嘴唇间吐出一口痰,露出毒牙,这样子令卡桑德拉想起布莱姆·斯托克的古老小说中所描述的那位半女半蛇的生物。是不是詹金斯说过,这本书的有些内容并不是虚构的,而是确有其事?

毒蛇女缓缓站起身:"这是最后一次你让我恼火了。等我用毒牙咬上你的脖子,你会痛苦得满地打滚,直到你求我赐你一死!"

"对啊,说起这个,"卡桑德拉急忙说,"她怎么样?"她指着不死蛇女说,"她是最初想要得到魔法锅的人,而且早就不应该活到现在。她已经死了,埋葬了有千百年,直到毒蛇兄弟会利用欺骗的手段将她从坟墓中起死回生。如果说必须有人去地狱的话,就该是她。"

"你是谁,凭什么宣判我?"西贝拉恶狠狠地瞪着卡桑德拉,"不,说真的,你是谁?"

"不是我想这样,"卡桑德拉说,"是为了让一切都正确。"她抬头看向专注的车夫,"你不认为吗?"

长矛上的头颅转过去,端详起西贝拉。他恶魔般的笑容重新出现,凶恶的眼神锁住了美女毒蛇。无头车夫对着她摇摆手指,脱离身体的脑袋又一次发出声音:

"西贝拉。"

"不!"西贝拉的脸惊恐得扭曲,"她只是个普通人类,你不能听从她的。"

杜拉罕手腕一翻,鞭子松开了格雷迪。他挥动鞭子抽打西贝拉,人骨鞭随之发出"咔嗒"声响,将她围困其中,看上去她被缠绕进蟒蛇白骨中一样。他猛地将她拎起,朝着车厢打开的缝隙扔进去,在这一过程中,她不停地扭动身体,却无能为力。

"你不能这样!我已经复活了……活了!"

"实际上,你在441年就已经死去,"詹金斯纠正她,和其他队员一样,他也松开了格雷迪,"你好好查查。"

伴随几乎和报丧女妖一样刺耳的尖叫声,西贝拉被扔进了马车厢中。她进入后,乌黑的车门"砰"地关上。她痛苦的面容从车厢窗中能看得到,因为她将窗帘布撕得粉碎,但杜拉罕又挥动了一下人骨鞭,比任何人类的脊椎骨医生都要暴力,黑马们立即跑起来,飞奔的马蹄践踏出火星。马车一跃跳入之前裂开的无底深渊中,亡灵之车进入后,地缝立即合闭,马车消失在众人眼前。一会儿工夫,就没有任何马车——或者西贝拉夫人的痕迹留下了。

"哇哦。"伊齐基尔将银手铐锁到昏迷中的马克斯手腕上,"我们刚刚是不是又将毒蛇驱逐出爱尔兰了?"

"似乎是的,琼斯先生。"詹金斯抚平自己的领带,"还保护了图书馆免受毒蛇兄弟会的洗劫。今晚工作完成得非常完美。"

"但是魔法锅呢?"斯通问。

"回到永恒青春国了,那是属于它的地方,我这么认为。"詹金斯伤感地叹出口气,"真是可惜。它差点成为爱尔兰分馆的新增荣耀。"

格雷迪拍拍自己,确定自己还活着。"可能吗?"他问,好像不敢相信发生的一切,"经过了这么多年,我真的被赦免了死刑?"

"看上去是的。"贝尔德对着卡桑德拉喜笑颜开,"干得好,红发美女。我不敢相信你真的能说服那东西饶恕格雷迪。"

"呃,其实不只是我,"卡桑德拉坦承道,"我借助了一点高人的暗地帮助，从某种角度可以这样说。"

詹金斯明白了她的意思："布拉尼的巧言石？"

"没错，"卡桑德拉说，"当你们几个在战斗的时候，我跑回图书馆，亲吻了那块石头。"她做了个鬼脸，擦拭了一下嘴唇，嘴上还残留着沙砾的味道，"我猜若我想要说服报丧女妖放过格雷迪和他的后代的话，我大概应该需要这种口才。"

"正是它赋予了你超乎寻常的说服能力，哪怕只是一时的。"詹金斯向卡桑德拉一歪头，"非常聪慧高超的解决办法，基里安小姐，让我来说的话，这是非常恰当的爱尔兰妙招。你的祖先会为你感到骄傲的。"

卡桑德拉喜欢听到这种赞扬。

"这是我做梦都不敢想的奇迹！"格雷迪激动得难以言表。看上去，他完全激动得不能自已，"我不再是流亡者了……终于可以回家了。"模糊的眼睛寻找到图书馆员们，"我要怎么感谢你们才好？"

伊齐基尔的脸瞬间一亮："嗯，那个金子怎么样——"

贝尔德用手肘给了他一下："唔哦。我们不能要求这个。"

"刚好，"詹金斯说，"若你能帮我们填补一下一千五百年前所发生之事的空白，只是为了记录完整，就最好不过了。"

格雷迪露出期盼的笑容：

"噢，如果你们只想听故事的话，我很乐意为你们效劳……也许，先喝一两品脱酒？"

33

芝加哥

"斯浪彻尔!"

图书馆员们举杯庆祝胜利(和死里逃生),酒杯中是圣帕特里克节剩下的绿色啤酒,上面铺着一层气泡。布丽奇特、布里吉特和格雷迪也加入庆祝之列。这一晚,"黄金之锅"酒吧关门不营业,这就意味着斯通和其他人独享酒吧。斯通抿了一口啤酒,带着深深的悠长满足感,从吧台旁边的凳子上打量四周。从潮湿荒凉的废弃修道院回来,这间舒适的酒吧,还有朋友做伴,正是他需要的。

他也很确定地相信,其他人也是这样觉得的。

"所以,我们已经做决定了,"布丽奇特说,胳膊环绕在和她长相一样的"双胞胎"身上,"布里吉特和我决定换个地方生活。被仙境幽禁了千百年,她迫切地想要探索人类世界;而我,也迫不及待地想亲眼看看磨坊尽头地下世界是什么样子,尤其是我现在知道了自己竟然还有一部分矮妖族血统。"

"你的确有。"格雷迪肯定地回答她。因为是和朋友在一起,所以矮妖直接舍去了他的人类伪装。他坐在高脚凳上,这样就和其他人差不多一样高,"仙境人们也会很乐意欢迎你回归。"

"你们确定要这样换?"贝尔德问,她坐在卡桑德拉和伊齐基尔对面的壁炉旁边,正享用一杯啤酒,"这可是相当大的改变……对你们两个来说都是。"

"哎呀,"布里吉特说,"将会是很奇特的冒险呢,也是很适合我的。我原本就出生在普通人家,是时候让我过普通人的生活了。"她脸上露出期待的喜悦,"另外,我还听说这一美丽新世界有太多新奇的东西,我渴望去亲身尝试一下,包括有种……叫珍珠奶茶的东西?"

"还有比萨,"伊齐基尔说,"你一定要尝尝比萨。"

"哎呀,"布里吉特的双眼直冒金光,"多告诉我点儿,还有什么……"

斯通看向布丽奇特。"那你的心脏怎么办?"他问她,"你在矮妖国度生活会没问题吗,考虑到心脏的话?"

"不必担心这个,杰克·斯通,"格雷迪说,"她到了那里以后,时间和人类的小病不会打扰她的。一年过去也不过是像过了几天,她会长寿快乐的。"

"这只是一部分原因,"布丽奇特承认,"我也期待去发现身为真正换生灵后代意味着什么。我就在这酒吧里长大,听说了太多古老的故事和传说,希望故事都是真的。你能想象这种感觉吗?忽然发现古老的爱尔兰的魔法竟然流淌在我的血液中……还有等待我的新国度。"

"你想探索你的渊源,还没有疾病纠缠你,"卡桑德拉说,"我完全理解你。"

"我也是,"斯通说,"你们都要回到原本属于自己的地方,就像魔法锅那样。"他举起酒杯,"为了深情告别,为了全新开始,干杯!"

34

附件馆

不久之后。

圣帕特里克的铃铛状况惨不忍睹。

"哦,我的天。"詹金斯检查起这一大块破铁,现在它看起来不过是一块拳头大小的废铁。贝尔德从她办公桌看过去,清晰地看到西贝拉那超强劲的手指印深深地留在铁块上。

"你能修好它吗?"她问。

"可能救得过来,"看管人唉声叹气,"不过,需要恰当的修复技法,既不可能快速,也不可能容易。"

"好在你有充足的时间。"伊齐基尔说起俏皮话。他和其他图书馆员从爱尔兰探险归来后,都放松了许多,"毕竟你是永生的嘛。"

"的确如此,"詹金斯坦承,"无论如何,这只是防止魔法锅落入毒蛇兄弟会手中的小小代价。"

"那后来马克斯怎么样了?"斯通问,从一本关于托尔特克[①]墓

[①] 托尔特克,10 世纪左右生活在墨西哥中部的美洲原住民,是拥有独特文化的民族,以建筑和手工艺品而闻名。——译者注

室的厚重大书中抬起头,"我们本地的矮妖们会乐意锁住他吗?"

"我联系上了磨坊尽头地下世界的康纳尔·麦克唐纳,"詹金斯一边暂时放下被捏坏的铃铛,一边回答,"他向我保证,针对兰布顿先生杀害仙境人民的恶行——不论是美国本地还是海外故土发生的,可恶的凶手将会面临公正的裁决。我不认为他以后还会是我们——或者任何人的麻烦。"

"这消息太让人开心了。"贝尔德乐于听到危险之人被永远地绳之以法,"我猜毒蛇兄弟会再次群龙无首了,至少现在是。"

"我们能不能不提'无首'的事情?"卡桑德拉问。正在独自玩复杂数独游戏的她颤抖了一下,"那个车夫可太恐怖了,令人不寒而栗。"

贝尔德刚想说西贝拉才是噩梦般的人物,正在这时,附件馆的后门忽然打开,浑身湿透的弗林·卡森"哗啦"一下从一层白光中走来。他湿漉漉地踏进地面时,脑袋和肩膀上还挂着几缕海带。他随手扯掉粘在翻领上的一条海带,旁边的詹金斯看着他脚下的那一小摊水皱起眉。

"好啦,"弗林问,"我这次又错过了什么?"

THE LIBRARIANS AND THE POT OF GOLD
Text Copyright©2018 by Electronic Entertainment
Published by arrangement with Tom Doherty Associates. All rights reserved.
Simplified Chinese edition copyright: 2020 New Star Press Co., Ltd.
All rights reserved.

著作版权合同登记号：01-2020-4555

图书在版编目（CIP）数据

图书馆员与黄金锅／（美）格雷格·考克斯著；赵阳译．
——北京：新星出版社，2020.9
书名原文：The Librarians and the Pot of gold
ISBN 978-7-5133-3959-9

Ⅰ．①图⋯　Ⅱ．①格⋯　②赵⋯　Ⅲ．①幻想小说－美国－现代　Ⅳ．①I712.45

中国版本图书馆 CIP 数据核字（2020）第 097498 号

幻象文库

图书馆员与黄金锅
[美] 格雷格·考克斯 著；赵阳 译

责任编辑：杨　猛
责任校对：刘　义
责任印制：李珊珊
封面设计：宋　涛

出版发行：新星出版社
出 版 人：马汝军
社　　址：北京市西城区车公庄大街丙3号楼　　100044
网　　址：www.newstarpress.com
电　　话：010-88310888
传　　真：010-65270449
法律顾问：北京市岳成律师事务所

读者服务：010-88310811　　service@newstarpress.com
邮购地址：北京市西城区车公庄大街丙3号楼　　100044

印　　刷：北京美图印务有限公司
开　　本：910mm×1230mm　　1/32
印　　张：10.25
字　　数：230千字
版　　次：2020年9月第一版　2020年9月第一次印刷
书　　号：ISBN 978-7-5133-3959-9
定　　价：45.00元

版权专有，侵权必究；如有质量问题，请与印刷厂联系调换。